META

Eine Geschichte in drei Teilen

von Anneliese Blum

Impressum

Bibliografische Information der Deutschen Nationalbibliothek:
Die Deutsche Nationalbibliothek verzeichnet diese
Publikation in der Deutschen Nationalbibliografie,
detaillierte bibliografische Daten sind im Internet
über dnb.dnb.de abrufbar.

TWENTYSIX - Der Self-Publishing Verlag
Eine Kooperation zwischen der Verlagsruppe Random House
und BoD - Books on Demand

© 2018 Anneliese Blum

Herstellung und Verlag:
BoD - Books on Demand, Norderstedt

ISBN: 978-3-740-748470

Mit den Lebenszeiten ist es
wie mit den Tagen.
Keiner ist ganz schön
und jeder hat
wo nicht seine Plage,
doch seine Unvollkommenheit.
Aber rechne sie zusammen
so kommt eine Summe Freude und Leben heraus.

F. Hölderlin

ERSTER TEIL

In der Zeit vor der Zeit vor der großen schwarzen Leere hatten in einem anderen Land Menschen gelebt. Sie hatten sich über die Schöpfung erhoben und alle Tiere und Pflanzen sich unterworfen. Die Menschen in der Zeit vor der Zeit vor der großen schwarzen Leere erfanden sogar neue Pflanzen und Tiere, weil sie in ihrer Unbescheidenheit vergessen hatten, dass nur das große Eine der Schöpfer ist. Von allem konnten sie nicht genug bekommen, und über allem hatte für sie ihre Bequemlichkeit gestanden und kurzweilige Vergnügungen. Sie hatten kein Erbarmen gekannt mit ihrem Nächsten und mit ihren Mitgeschöpfen. Als sie sich aber mit ihrer Medizin über den Tod hatten erheben wollen, war von Neuem der Hass in ihren Herzen erwacht und sie hatten sich gegenseitig getötet und manche sogar in Seinem Namen. Die anderen verhungerten, weil sie in ihrer Dummheit ihr eigenes Essen vergiftet hatten. Nachdem sie alle verhungert oder erschlagen waren, wurde es dunkel und leer und still in der Welt und der Himmel fiel ab von der Erde, denn es sind die Menschen, die mit ihren Füßen auf der Erde stehen und den Himmel mit ihrem Geist an der Erde halten. Und so war nichts mehr.

Kapitel 1

Am Fuße eines nach Süden ausgerichteten Steilhangs, zwischen Abhang und Fluss, liegt ein kleines Gehöft, wie man es oft in Hochland findet.
Wohnhaus, Stall und Tenne sind in einem Gebäude untergebracht. Daneben gibt es einen Schuppen, ein Hühnerhaus, ein Waschhaus und einen Vorratsspeicher. Vor dem Wohnhaus liegt ein großer Gemüsegarten. Um die Bienenstöcke, die an der Südseite des Schuppens aufgereiht sind, herrscht emsiges Summen. Die Witterung ist rau in Hochland. Doch aufgrund der geschützten Lage des Hofes baut man hier Obst und Gemüse an, welches man sonst nur in südlicheren Gegenden findet. Lavendel wächst am Hang und Kirsch-

bäume gedeihen im Garten.
Jenseits des langen wilden Flusses, der vom Gebirge her kommend ganz Hochland bis zum Meer durchfließt, dehnt sich die Ebene, auf der sich kleine Wäldchen und Strauchgruppen finden, bis zum Horizont. Im Frühjahr verwandelt sich das nun träge dahinfließende Gewässer in einen reißenden Strom, tritt über seine Ufer und sammelt sein Wasser in den Senken. Doch der Hof liegt, vom Hochwasser unberührt, erhöht am Fuße des Steilhangs auf einem zum Fluss sanft abfallenden Hang, der jedoch zum Wasser hin einige Meter jäh abbricht und gegen die Fluten von großen Felsbrocken gesichert wird. Auf dem weiten Grasland weiden Tiere, die die Kinder abends zu Pferd zurück in den Stall treiben. Hier liegen die Felder des Lavendelhofs. Über den Fluss führt eine Zugbrücke, die bei Gefahr hochgezogen werden kann. Freitags wird im Waschhaus eingeheizt, und die Frauen waschen die Wäsche. Anschließend nehmen erst die Frauen und danach die Männer ein Schwitzbad. Man kühlt sich ab und reinigt sich, indem man nach dem Schwitzen in eine Gumpe springt, die vom eiskalten Wasser eines Baches gespeist wird, dessen Quelle oberhalb des Steilhangs liegt. Wegen dieser Sitte bauen die Menschen in Hochland ihre Siedlungen gerne an Flüssen oder Seen. Die Menschen des Hochlandes sind hochgewachsen, kräftig und vital. Viele von ihnen sind kriegerische Leute.
Seit ihrer Geburt vor sechsunddreißig Jahren lebt auf dem Lavendelhof eine Frau namens Meta. Sie ist Mutter von vier Kindern und arbeitet als Heilerin und Hebamme. Häufig suchen Kranke sie auf, um nach Heilung oder Linderung ihrer Beschwerden zu suchen. Manchmal sieht man einen werdenden Vater oder Bruder im Galopp zum Hof reiten und kurz darauf Meta mit demjenigen, der um Beistand für Frau oder Schwester bittet, davongaloppieren.
Nun endet der letzte Erntemond und sie haben noch genug zu tun auf dem Lavendelhof, bevor die Herbststürme über die Ebene fegen werden, um die letzten Blätter von den Zweigen zu rütteln.

Metas älteste Tochter, Raa die Schöne, der bei der Geburt Schönheit und Kinderreichtum geweissagt wurden, hat vor einem Jahr das Schwert ihrer Großmutter erhalten. Erst vor einer Woche ist sie von ihrer Wanderschaft zurückgekehrt. Raa ist für ein Jahr im Hospital in Inroth gewesen, um zu lernen. Von klein auf haben ihr ihre Mutter und Großmutter vieles beigebracht und Raa fühlte sich schon früh zur Heilerei hingezogen. Auf dem langen Weg des Erlernens der Heilkunst befindet sie sich erst am Anfang. Meta hat neben Raa noch drei Söhne. Der jüngste Sohn, Jos der Helle, wird ab dem Herbst in Inroth, der Hauptstadt von Hochland, zur Schule gehen. Hana, der Zwischengeborene mit dem roten Haar, will in die Fußstapfen seines Onkels Gohor treten und Schwertschmied werden. Metas ältester Sohn, Begard, ist hochgewachsen und von schöner Gestalt. Mit dem schulterlangen hellbraunen Zopf und den strahlend blauen Augen sieht er ganz seinem Vater gleich. Als Vierzehnjähriger steht er auf der Schwelle vom Jungen zum jungen Mann. Erst im vergangenen Frühjahr hat er die Grundschule abgeschlossen und wird nach seiner Schwertleite auf Wanderschaft gehen. Im darauffolgenden Herbst will er eine Laufbahn bei der Armee einschlagen. Begard ist ein guter Kämpfer, den der Großvater vieles lehrte. Seine Mutter spürt manchmal ein leichtes Ziehen in ihrer Brust, wenn sie ihn betrachtet. Vor sechs Wintern ist Beregir, ihr Ehemann und Vater ihrer Kinder, zu den Waffen gerufen worden. Er ist aus der Schlacht am grauen Berg, in der neben vielen anderen auch der König fiel, nicht zurückgekehrt. Doch Hochland und seine Verbündeten waren siegreich. Die Ostländer zogen sich zurück in ihre kargen Gebiete, als die Schlacht schlecht für sie stand. Meist ist der Alltag zu ausgefüllt mit Arbeit, als dass sie allzu viel Zeit hätte, ihren verschollenen Mann zu vermissen. Nur manchmal, zu den großen Festen, wenn sie bestimmte Lieder hört oder eben ihren ältesten Sohn anschaut, spürt Meta, wie sehr Beregir ihr fehlt. Ihre Ehe ist glücklich gewesen.

Bisher hatten sie Glück bei der Ernte und der Regen macht ihnen keinen Strich durch die Rechnung. Gestern haben sie den Hafer eingebracht, der Hanf ist gebrochen und auch die weiblichen Hanfstängel liegen in der Ebene, um zu rösten. Alle haben mitgeholfen und die Arbeit ist ihnen gut von der Hand gegangen. Im kurzen Sommer müssen genug Vorräte für den Winter angelegt werden. Beeren, Hülsenfrüchte, Pilze und Kräuter sind getrocknet und in Säcken verpackt im Vorratsspeicher eingelagert, neben dem Knaster, den schönsten Blättern vom Hanf zum Rauchen.

Nur die Hanfsamen werden noch in der Sonne gedörrt. Im Rauchfang hängen Forellen und Speck. Meta wird zur Jagd gehen, um Fleisch und Felle für den Winter zu bekommen.

Zum Herbstmarkt muss sie noch ihre beiden jüngeren Söhne nach Inroth, Hauptstadt und Königssitz von Hochland, zum Haus der Bücher bringen und Wolle, Honig, Lavendelseife, Gerste, Käse und ihre Kräutermischungen auf dem Markt und an die Krämer verkaufen. Die Pferde, die vor vier Sommern geboren worden sind, sind in diesem Jahr angeritten worden und werden nun in Inroth feilgeboten.

Auf dem Lavendelhof wird oft gestritten, doch meist verträgt man sich hinterher wieder recht schnell. Ihre Mutter ist manchmal rechthaberisch, trotzdem versteht sich Meta gut mit ihr. Metas Vater ist ein besonnener Mann, der lange Zeit als Kämpfer in der königlichen Leibgarde diente. Ungeachtet seines hohen Alters und eines arbeitsreichen Lebens ist er ein lebensfroher und gesunder Mann. Seine beiden Töchter, die Söhne und auch seine Enkel hat er zu kämpfen gelehrt. Metas ältere Schwester hat in Freistatt, der Heimat der Großmutter, einen Kaufmann geheiratet. Bei der Geburt ihres ersten Kindes ist sie verstorben und auch der Säugling hat nicht überlebt. Ein Bruder ist im Kampf gegen die Ostländer gefallen, der andere lebt als Schmied mit seiner Frau und seiner Tochter im Handwerkerviertel von Inroth.

In diesem Jahr fällt die Ernte gut aus. Gemeinsam mit den Erntehelfern feiern sie das Erntedankfest. Nachdem die Tiere versorgt sind, senkt sich die Dämmerung über das Land und alle versammeln sich um den großen Tisch in der Wohnstube. Meta entzündet die Talglampen. Die Großmutter hat Lammfleisch, Rübenmus und Klöße gekocht, einen wahren Festschmaus. Dazu gibt es frischen Apfelsaft, der noch nicht gegoren hat. Großmutter lädt die Speisen in die Schüsseln und der Großvater erhebt sich. „Wir danken unserer guten Mutter Erde für unsere reiche Ernte", beginnt er, während Hana unter dem Tisch nach seinem jüngeren Bruder tritt, der den Zeigefinger in sein Rübenmus getaucht hat, um ihn danach abzulecken. Raa hingegen bedenkt beide Jungen mit einem strafenden Blick und Meta tut so, als hätte sie nichts bemerkt. „In diesem Winter werden wir wieder genug zu essen haben und es sieht so aus, als müsste in Hochland dieses Jahr keiner hungern." Begard grinst und starrt angestrengt in seine Schüssel. Der Großvater setzt sich und die Großmutter steht von ihrem Sitz auf. „Wir gedenken der Toten, die in der Anderswelt sind." Sie hält kurz inne. „Wir erinnern uns in Dankbarkeit an unsere verstorbenen Eltern und mit Schmerz und Zärtlichkeit an unsere verstorbenen Kinder und Geschwister. Unsere guten Wünsche begleiten sie in der Anderswelt." Die alte Frau setzt sich und alle schweigen, auch die Jungen, und jeder hängt für einen Augenblick seinen Gedanken nach, bis Meta ihren Löffel in ihr Rübenmus taucht und somit das Mahl eröffnet.

„Morgen früh werde ich noch vor Sonnenaufgang zur Jagd aufbrechen. Wenn du möchtest, kannst du mich begleiten, Begard", sagt Meta, während die Großmutter erneut Speisen in die Schüsseln der Jungen schöpft. Selbstverständlich will Begard mit seiner Mutter durch die Wälder streifen. „Ich will auf jeden Fall auch mitkommen", wirft Hana mit vollem Mund ein. Meta zögert, es wäre schön, mit ihren beiden älteren Söhnen zu jagen, doch der Großvater hat einen Einwand. „Hana, bitte bleib bei uns auf dem Hof. Seit die Menschen aus dem Osten besiegt sind, zieht niemand mehr mordend und plündernd durch das Land. Um den Lavendelhof jedoch gegen wilde Tiere, Trolle oder Werwölfe zu verteidigen, braucht es mindestens vier waffenfähige Leute. Wir können kaum auf deinen Bogen verzichten", bittet ihn der Großvater. So schüttelt Meta den Kopf. „Wir werden wenigstens zwei Tage fort sein, Begard und ich. Um in den

Wäldern zu jagen, brauche ich einen Begleiter, nicht mehr. Zu viele Menschen verscheuchen das Wild. Jemand muss Hilfe holen, wenn mir etwas zustößt. Begard wird die Pferde bewachen, während ich jage. Im nächsten Jahr, Hana, wirst du mit mir gehen, doch diesmal kann Großvater nicht auf deinen Bogen verzichten. Ich möchte, dass Begard mit mir kommt", versucht Meta, ihn und sich selbst zu überzeugen. Doch Hana ist verärgert. Er sattelt nach dem Essen zusammen mit Jos seinen Hengst und die ältere Stute, die seine Mutter früher geritten hat, für Jos. An diesem Abend treibt er die Tiere etwas strenger als nötig von den Weiden über die Brücke zurück in den Stall. Der Großvater zieht die Zugbrücke zum Schutz vor den gemeinen Kreaturen der Nacht hoch. Meta und Begard packen Ausrüstung und Waffen in die Satteltaschen, während Großmutter ihnen ein großes Bündel Wegzehrung zusammenschnürt.

Meta und Begard gehen früh zu Bett.

Am darauffolgenden Morgen weckt die Mutter ihren Sohn in der Dunkelheit. Nach einem kleinen Frühstück satteln sie die Pferde und verabschieden sich von den Großeltern, die schon vor Tagesanbruch aufgestanden sind, um Tochter und Enkel auf Wiedersehen zu sagen. „Seid vorsichtig, passt auf euch auf und viel Glück auf der Jagd!", rufen sie Meta und Begard hinterher. Im verlöschenden Sternenlicht steigen Mutter und Sohn auf und reiten mit einem zusätzlichen Packpferd über die heruntergelassene Zugbrücke. Die beiden Jäger traben über die Ebene, bis sie am späten Vormittag den Waldrand erreichen. Im Wald folgen sie stromaufwärts einem über flache Kiesel leise dahinplätschernden Bach in seinem Bett, um keine Spuren zu hinterlassen. Zudem wächst hier das Unterholz so dicht, dass zu Pferd kein Fortkommen möglich wäre. Man sagt, die Waldelfen hätten das Dickicht undurchdringlich gemacht, damit niemand sie störe. Am späten Nachmittag erreichen Mutter und Sohn endlich einen Teich, in den sich der Bach über einen Überhang schäumend hineinstürzt. Meta und Begard reiten durch das knietiefe Gewässer, sich links haltend direkt auf den Wasserfall zu. Hier gibt dieser, einem Vorhang gleich, einen kleinen Durchgang frei, welcher zum Eingang einer Höhle führt. Man muss sich der Öffnung im Felsen vom Wasser aus nähern, um den schmalen Durchlass erkennen zu können. Vom Ufer aus ist von einem Unterschlupf nichts zu sehen. Meta springt vom Pferd in das spritzende Nass und zückt ihr Schwert. „Ich will erst nachsehen, ob ein Bär oder ein Troll sich in der Höhle seine Wohnstatt eingerichtet hat, bevor ich dich hereinrufe." Jedes Mal, wenn Meta den Unterschlupf betritt, fühlt sie sich in ihre Kindheit zurückversetzt. Das Versteck bietet genug Platz für einige Menschen und ihre Pferde. Der Großvater stieß in seiner Jugend zufällig auf die Höhle und zeigte sie seinen Kindern. Sooft es die Arbeit auf dem Hof erlaubte, streifte er in Metas Kindheit mit Meta und ihren Geschwistern durch die Wälder. Zum Wasserfall hin ist der Boden leicht abschüssig. Der sandige Untergrund ist erstaunlich trocken. Nicht größer, als dass ein Eichhörnchen hätte hindurchschlüpfen können, aber groß genug, um als Rauchabzug für ein Feuer zu dienen, befindet sich im hinteren Teil des Verstecks eine Öffnung im Höhlendach. Die Höhle ist leer. Meta steckt ihr Schwert in die Scheide, geht hinaus und nimmt die Zügel ihrer Stute. „Du kannst herein kommen, kein anderes Wesen bewohnt unseren Unterschlupf." Erleichtert folgt ihr Begard mit seiner Stute und dem Packpferd. Nachdem sie die Pferde versorgt haben, bereiten sie sich ihr Lager für die Nacht. Unterhalb der Öffnung in der Decke befestigen sie eine Stange, an die sie das Wild hängen können. Die erlegten Tiere werden sie aufbrechen, innen salzen und in den Rauch hängen, damit das Fleisch nicht verdirbt. Begard macht Feuer. Mit Appetit essen sie von Brot, Speck und Käse, die ihnen die Großmutter eingepackt hat. Selbst Äpfel und Honigkuchen finden sich in ihrer Provianttasche. Inzwischen ist es dunkel geworden und sie erzählen einander beim Schein des Feuers Geschichten über den Anfang der Welt, über den Untergang des Geschlechtes der Riesen, über den Zwergenkönig Asnakir, der wegen seiner Gier die Riesen ins Verderben schickte.

Der Ritt ist lang gewesen. Meta badet unter dem eiskalten Wasserfall, kämmt ihr Haar aus, reinigt die Zähne mit einem Weidenzweig, legt sich auf ihre Fellmatte und deckt sich mit ihrer warmen Wolldecke zu. Begard tut es ihr gleich. Er genießt es, seine Mutter für sich zu haben. Bald wird er sein Elternhaus verlassen und in die Welt hinausziehen. Meta lächelt Begard an. „Im Winter wirst du deine Schwertleite haben. Wohin wirst du auf deiner Wanderschaft ziehen?", fragt sie.

„Ich denke, ich werde mit Hana auf Wanderschaft gehen, wenn er die Schule abgeschlossen hat, und noch für ein weiteres Jahr auf dem Lavendelhof bleiben. Meine Hände könnt ihr gut gebrauchen und ich habe keine Lust, alleine zu reisen. Hana hat angedeutet, er hätte Lust, Freistatt zu sehen", erzählt Begard, während er einen Holzscheit ins Feuer legt. „Wie findest du das? Ich weiß, ich bin nicht so wagemutig wie andere, die sich alleine aufmachen, aber mir ist es lieber so."

„Nun ja, ich kenne kaum jemanden, der sich alleine auf den Weg gemacht hat, und ich bin natürlich froh, dass ihr beide, Hana und du, gemeinsam reist, denn es ist viel sicherer. Zudem sind wir auf dem Hof dankbar für jede Hand, die mithilft." Meta starrt eine Weile ins Feuer. „Du bist erwachsen geworden, mein lieber Sohn, deine Entscheidung klingt in meinen Ohren weise", fügt sie noch hinzu.

Binnen kurzer Zeit schlafen sie ein, den Dolch in der Hand haltend, der Bogen liegt gespannt neben der Schlafstatt. In der Wildnis ist der Schlaf leicht. Man schreckt auf wegen einer kleinen Bewegung, wegen des leisen Geräuschs von behutsam aufgesetzten Pfoten einer sich anpirschenden Bedrohung. Instinktiv erwacht der Körper des Menschen bei Gefahr. Auch wenn das Tagesbewusstsein dem Traum Platz macht, besitzt der Mensch Wahrnehmung, eine Art Vorbewusstsein, das im Bauch seinen Sitz hat und ihn, wenn nötig, warnt. Das Himmelszelt spannt sich über die Welt und alle ihre Bewohner.

Nicht weit entfernt, am Ufer eines klaren Sees, lagert ein Trupp Soldaten, die ihren Anführer an den Hof von Inroth begleiten. Ulf, Nachkomme von Lug und Beredon, König vom heiligen Berg Camroth, Herr über Steinstadt und das Südliche Land, will das Bündnis mit Hochland erneuern. Ulf beabsichtigt, vor dem Wintereinbruch zurück an seinem Hof zu sein. Er betrachtet den Sternenhimmel und fühlt seine Seele sich weiten im Angesicht der Erhabenheit der Gestirne. Frei und glücklich gibt er sich seinen Träumen hin.

Am Anfang war nichts. So blieb es lange Zeit. Dann entstand das Licht. Nach dem Licht entstand das Wasser und nach einer ungeheuer langen Zeit entstand im Wasser ein Fisch. Der Fisch hieß Ata und fraß Wasser und wurde größer und größer und größer, bis er platzte.

Kapitel 2

Glitzernd perlen Wassertropfen seinen Rücken hinab. Die Morgensonne scheint seitlich auf sein schwarzes Haar und sie erahnt das Spiel seiner Arm- und Rückenmuskulatur, während er sich über den Bach beugt, um sich zu waschen. Sie kauert schräg in seinem Rücken, etwa vier Pferdelängen von ihm entfernt. Beim Licht der ersten Sonnenstrahlen ist Meta aufgebrochen, um zu jagen. Sie kennt die Wildwechsel hier im Wald und sucht nach frischer Losung. Es verspricht ein schöner Tag zu werden, denn die Luft ist frisch und klar. Begard ist im Lager geblieben, um die Tiere und die restliche Ausrüstung zu bewachen. Dem Bachlauf folgend, erreichte sie die Felsen beim See. Als sie ein Kind war, hat sie sich vorgestellt, Riesen hätten die Brocken wie Kieselsteine aus dem Gebirge hierher geworfen, um ihre Kräfte zu messen. Am Ufer des nahen Sees, ein gutes Stück entfernt, brechen einige Soldaten ihr Nachtlager ab. Ihre Waffen glitzern in der Sonne. Meta zählt dreizehn Männer. Das Wams und die Schilde der Krieger hat sie nie gesehen. Ein Eschenzweig ist auf ihre Mäntel gestickt. „Vielleicht Leute aus Steinstadt", denkt sie. Sie will nicht gesehen werden, da sie nicht weiß, mit welcher Absicht diese Menschen hier in Hochland umherziehen. Sie ist bewaffnet, doch ihr Vater hat ihr eingeschärft, Auseinandersetzungen möglichst zu vermeiden, und ein Kampf gegen viele wäre ohnehin aussichtslos. Der Fremde, der sich am Bach wäscht, scheint zu der Truppe am Seeufer zu gehören. Er richtet sich auf und sieht sich um, lässt den Blick über den See schweifen und wendet sich in ihre Richtung. Ihr Atem stockt. Meta duckt sich noch tiefer hinter einen Ginsterbusch, der seine Wurzeln in die spärliche Erde in den Felsspalten getrieben hat. Anscheinend hat der Mann sie nicht bemerkt, denn er beschließt, nackt ein Bad zu nehmen und entledigt sich seiner Beinkleider. In ihrem Leben hat die Heilerin von Berufs wegen schon oft unbekleidete Menschen gesehen, Männer wie Frauen, nur waren die meisten alt und krank, auf jeden Fall aber krank. Doch dieser Mann strotzt offensichtlich vor Selbstbewusstsein und Gesundheit. Sie errötet, kann ihre Augen aber nicht von ihm abwenden. Nach Art der Südländer trägt er sein Haar kurz. Es ist schwarz, von grauen Strähnen durchzogen und seine Haut ist gebräunt. Metas Sehvermögen ist vor allem in die Ferne eingeschränkt, dennoch zieht eine kaum wahrnehmbare Bewegung am gegenüberliegenden Bachufer ihre Aufmerksamkeit auf sich. Sie sieht den dunklen Umhang eines Jägers zwischen den Zweigen, der sich leise heranpirscht. An ihren sich sträubenden Nackenhaaren und ihren Ohren, die nach hinten gezogen werden, merkt sie, dass etwas nicht stimmt. Ein unbehagliches Gefühl breitet sich in ihr aus. Meta braucht einen Augenblick, um zu begreifen, was hier vor sich geht. Der Jäger scheint es auf den Badenden abgesehen zu haben. Zu weit sind die Gefährten des Mannes entfernt, um ihm zu Hilfe eilen zu können. Sie hätten es vielleicht nicht einmal bemerkt, wenn der Jäger sein Opfer geräuschlos ermordet und ins Unterholz gezogen hätte. Nur zwei Pferdelängen entfernt lauert der dunkel Gekleidete von seiner Beute im Gebüsch, bereit, den wehrlosen Mann zu töten. Warum der eine Mann seinem Menschenbruder das Leben nehmen möchte, versteht Meta nicht. Der Badende stellt doch für den im Gebüsch Lauernden keine Bedrohung dar. Der Soldat wendet ihr sein Gesicht zu. Während der Attentäter in seinem Rücken einen Pfeil auf die Sehne seines Bogens legt, schickt er sich an, aus dem Wasser zu steigen. Mit einem Schrei richtet sich Meta auf und schleudert ihren Speer gegen den Bogenschützen. Die anderen Männer werden auf das Geschehen aufmerksam, greifen nach ihren Waffen und eilen herbei. Metas Speer ritzt die Haut am Oberarm des nackten Mannes. Erschrocken springt der Krieger zur Seite, im gleichen Augenblick sinkt der Attentäter getroffen zu Boden. Für einen kurzen Augenblick sehen sich der Soldat, der so mit sich selbst und der vermeintlichen Angreiferin beschäftigt ist, dass er den Jäger gar nicht bemerkt hat, und Meta in die Augen. Dann verschwindet Meta hinter den Felsen. Ulf, Nachfahre von Lug und Beredon, König vom Südlichen Land und Herr über Steinstadt greift nach seinen Kleidern. In Windeseile zieht er sich an. Nun spürt er, wie Zorn in ihm aufsteigt. Im Südlichen Land kennt man viele Geschichten von den Frauen in Hochland. Dass sie gleichermaßen bewaffnet sind wie ihre Männer, so wie es einst Ehwaz war. Das macht dieses Land nahezu uneinnehmbar. Selbst wenn man die Armeen Hochlands schlüge, sähe man sich dann einer noch schrecklicheren Macht Aug in Aug gegenüber, nämlich Müttern, die Kinder, Haus und Hof verteidigen. Borg, Ulfs Hauptmann, hat ihn erreicht. Ulf schnaubt: „Dank sei den Göttern, dass dieses wilde Weib sein Ziel verfehlt hat. Sie schleuderte ihren Speer gegen mich, als wollte sie einen Bären töten!" Borg schüttelt den Kopf und zeigt mit der Hand hinter seinen Freund. Erst jetzt bemerkt der König den Körper des Angreifers. Mit dem Kopf im Wasser liegt der Bewaffnete am anderen Ufer des Bachs, den Bogen noch in der Hand. Meta hat ihn direkt ins Herz getroffen. Olof, einer der Soldaten und Ulfs Neffe, zieht den Speer aus der Brust des Mannes, wiegt ihn in der Rechten und reicht ihn Ulf. „Ein ganz normaler Speer, etwas kleiner und leichter als ein Männerspeer. Ein guter Wurf", schnalzt er anerkennend mit der Zunge. Borg und Ulf kennen sich seit ihrer Kindheit. Sie haben einander in vielen Gefahren treu zur Seite gestanden. „Sei froh, dass sie dich beim Baden beobachtet hat. Hätte sie dich hässlicher gefunden, wärst du jetzt tot." Er geht zu der Leiche, beugt sich über sie und durchsucht sie.

Ulfs Zorn ist verflogen. Eine Frau hat ihn gerettet. Nur für einen Augenblick hat er sie gesehen. Ihr Haar ist hell gewesen und hat in der Sonne geleuchtet. Sie hat es zu einem hüftlangen Zopf geflochten und trägt die Tracht ihres Volkes, ein knielanges blaugrünes Kleid mit langen Ärmeln über einer weiten Hose und weiche Lederschuhe. Die Frau ist nicht alt und nicht jung. Er schätzt, sie ist etwa in ihrem fünfunddreißigsten Sommer. „Sucht eine Spur. Findet sie und lasst sie nicht entwischen", sagt er leise.

Ulf und Borg beginnen, mit drei Männern nach einer Fährte der Frau zu suchen, während vier der Soldaten am anderen Bachufer nach einer Spur des Attentäters fahnden. Die restlichen Leibwachen brechen das Lager ab und satteln die Pferde. Ulf und Borg durchstreifen den Wald bis zu einem Wasserfall, in dessen Nähe sie Rauch zu riechen meinen. Bis zum Nachmittag suchen sie vergeblich, doch sie finden nichts. Es ist, als hätte niemals ein Fuß dieser Frau die Erde berührt. Hätte die Leiche des Meuchelmörders nicht am Ufer des Bachs gelegen, man hätte glauben mögen, Ulf habe die Begebenheit mit der „Speerfrau" nur geträumt. Als sie den Körper und die Kleidung des Toten untersuchen, finden sie nichts Aufschlussreiches, auch seine Spur verliert sich am Ufer des Sees. Der Mann trägt leichte Jagdkleidung und ein sehr gutes Schwert hochländischer Machart sowie einen Dolch aus dem Südlichen Land. Er hat schwarzes Haar und ist von gedrungener Gestalt, scheint also eher ein Mann aus Steinstadt denn aus Hochland zu sein, doch wer weiß. Auch in Hochland gibt es dunkelhaarige Menschen und in Steinstadt leben blonde Leute. In der Stunde nach Mittag bittet Borg Ulf, aufzubrechen. Wenn sie sich beeilten, könnten sie den undurchdringlichen Wald bis zum Abend umrundet haben. Dann hätten sie binnen drei Tagen Inroth erreicht. Schweren Herzens gibt Ulf Borg recht. Sie lassen die Leiche zurück in einem schnell geschaufelten Grab und legen ihr einen großen Felsbrocken, den drei Männer anheben, auf die Brust, damit der Tote nicht als Geist zur Tag- und Nachtgleiche im Herbst aus seinem Grab steigt und die Lebenden heimsucht. Metas Speer nimmt Ulf mit.

Meta gleitet vom Felsen und schlägt geduckt einen Bogen, darauf achtend, dass sie auf Steinen läuft. Hinter einem Geröllhaufen springt sie in das Bachbett. Sie hört die Männer sprechen. Der Nackte scheint zornig zu sein, doch sein kräftig gebauter Freund widerspricht ihm. Sie muss Begard warnen. So schnell sie kann, hüpft sie gebückt von Stein zu Stein, rennt durch das Wasser. Als sie außer Sichtweite ist, richtet sie sich auf und trabt durch das Bachbett ihrem Versteck zu. Begard erschrickt, als seine durchnässte Mutter in die Höhle hineinstolpert. Mit nassen Schuhen tritt sie das Feuer aus und bedeutet ihm, zu schweigen. Flüsternd erklärt sie ihm, was geschehen ist. „Warum nur hat der Mann dem Soldaten das Leben nehmen wollen?", fragt Begard leise mehr sich selbst als Meta.

„Ich habe keine Ahnung", sagt Meta wahrheitsgemäß.

Sie hat ihm das Leben genommen, obwohl sie doch einmal geschworen hat, als Heilerin jedes Menschenleben bewahren zu wollen. Nun hat sie ihren Schwur gebrochen, um ein anderes Leben zu schützen. Sie möchte wissen, warum der Mörder sich so verhalten hat. Den Mann, der das Verhalten des Jägers bedingt hatte, will sie meiden, er hat etwas Schlechtes in dem Jäger und auch in ihr hervorgebracht. Die Männer durchstöbern den Wald. Eine Zeit lang suchen sie um den Wasserfall herum, den Eingang zur Höhle finden sie aber nicht. Meta und Begard bleiben bis zum nächsten Morgen in ihrem Versteck. Sie beschließen, die Jagd abzubrechen und nach Hause zu reiten. Ein wenig Jagdglück haben sie dennoch. Als Begard früh aus der Höhle tritt, trinkt gerade ein Rudel Hirsche am Teich. Er erlegt eine Hirschkuh, die sie aufbrechen. Bevor sie nach Hause reiten, zurren sie ihre Beute auf dem Packpferd fest. Im Bachbett reitend, erreichen sie gegen Mittag den Waldrand. Hier haben heute Nacht mindestens fünfzehn Leute gelagert. Meta kann sich denken, wer das gewesen ist. Die Spuren führen in Richtung des Lavendelhofs. Begard und Meta sehen sich an. Sie galoppieren an und erreichen ihr Zuhause in der Dämmerung.

Das Gehöft ist hell erleuchtet. Jos ist gerade dabei, die Tiere von der

Weide in den Stall zu treiben. Er sieht Mutter und Bruder auf sich zu galoppieren. „Wir haben hohen Besuch, Mama. Der König vom Südlichen Land hat um Unterkunft gebeten. Er und seine Männer nehmen gerade ein Schwitzbad."

„Nackt habe ich ihn ja bereits gesehen", entfährt es Meta. Ihre Söhne sehen sie fragend an. „Ach, nichts", sagt sie. „Können wir unbemerkt hineingelangen?", fragt Meta.

„Sicher", erwidert Jos. „Die Männer sind gerade sowieso beim Schwitzen und wenn ihr euch unter die Herde mischt, merken die gar nichts." Meta schaut ihren Jüngsten zweifelnd an.

„Einen Versuch ist es wert", meint Jos und zuckt mit den Schultern. Begard gibt den zweiten Viehhirten und Meta legt sich flach auf den Rücken ihrer Stute. Inmitten der Herde galoppieren sie über den Fluss und in den Stall. Eilig satteln sie ab und versorgen die Pferde. Jos gibt Großmutter, die zusammen mit Raa für alle kocht, Bescheid, dass ihre Tochter mit dem Enkel und einer erlegten Hirschkuh nach Hause zurückgekehrt ist. Schimpfend kommt sie in den Pferdestall, bringt etwas zu essen und nimmt das Wild in Empfang. Meta schlüpft unbemerkt ins Haus und in ihr Zimmer, das sie mit Raa teilt. Dort wäscht sie sich, kleidet sich frisch ein und geht zu Bett. Raa kommt später als üblich ins Zimmer, seufzt einige Male.

„Was hast du?", fragt ihre Mutter.

„Ach, nichts." Nach einer langen Pause fragt Raa: „Woran hast du eigentlich gemerkt, dass Papa der Richtige für dich war?"

„Nun ja, wir waren verliebt und wollten immer zusammen sein. Deshalb haben wir geheiratet", antwortet Meta. „Wieso fragst du?"

„Ach, nur so."

Am nächsten Tag brechen die Männer früh nach Inroth auf, welches zwei Tagesritte entfernt liegt. Meta kommt erst in die Küche, nachdem die Gäste fortgeritten sind. „Raa und Olof, Raa und Olof ...", spottet Jos. Die Großmutter weist ihn zurecht: „Eines Tages wird eine kommen, mein Lieber, die dir alles andere als unwichtig erscheinen lassen wird. Du tust gut daran, deine Zunge zu hüten." Raa schluchzt auf und läuft hinaus.

„Habe ich etwas versäumt?", fragt Meta, nimmt sich einen Apfel und beißt hinein. „Ich glaube, das Kind ist verliebt", erwidert die Großmutter.

„In einen Soldaten aus dem Ausland? Muss das sein?" Meta ist entsetzt.

„Jetzt schau nicht so. Er macht übrigens einen sehr netten Eindruck. Sein Hauptmann und sein König auch. Sie haben uns deinen Speer gezeigt. Eine Fremde habe einen Mann getötet und dem König das Leben gerettet", meint Großmutter. „Wir haben natürlich kein Sterbenswörtchen gesagt. Er hat sehr dankbar gewirkt, der König. Ein stattlicher Mann." Meta brummelt etwas Unverständliches und geht ihre Tochter suchen. Sie will sie trösten. Wie so oft, wenn Raa Kummer hat, hat sie sich zum Großvater geflüchtet. Der hackt beim Taubenschlag Holz, während seine Enkelin auf einer angefangenen Holzlege sitzt und Steinchen in Richtung des Misthaufens wirft. Immer wieder sagt er etwas wie: „Soso, hm, ah nein." Raa redet, als ihre Mutter um die Ecke biegt.

„Du verstehst mich nicht. Es ist sowieso hoffnungslos. Wir haben uns ja nur ein wenig unterhalten. In Steinstadt gibt es sicher haufenweise schöne Mädchen. Er wird sich kaum für eine Wilde aus dem Norden interessieren. Ich bin so blöde. Sicherlich findet er mich völlig albern." Meta und der Großvater sehen sich an. Er schmunzelt. Seine Enkelin glaubt ganz fest, dass so alte Menschen, wie ihre Mutter und ihr Großvater es sind, zu solchen Gefühlen, wie sie sie empfindet, niemals fähig wären. Meta wirft das Kerngehäuse des Apfels den Hühnern hin und nimmt ihre Tochter in ihre Arme.

„Auf der Rückreise wird er sicherlich nochmals vorbeischauen, um dich zu sehen. Dann wirst du sehen, was das mit euch beiden ist", sagt Meta. „Ich glaube nicht, dass es irgendwo auf der Welt ein Mädchen gibt, das so schön ist wie du, und ich habe viele Mädchen kennengelernt. Auf meinen Reisen, meine ich." Der Großvater räuspert sich. Raa ist wirklich geradezu überirdisch schön. Ihre Haut ist wie Milch und ihr lockiges Haar ist wie Honig, der über ihre Hüften fließt. Wie eine Katze bewegt sie sich schlank und geschmeidig. Das Mädchen hat die blauen Augen ihres Vaters geerbt. Raa ist freundlich, hilfsbereit und hat eine schnelle Auffassungsgabe. Was die Geschicklichkeit im Umgang mit den Waffen anbetrifft, steht sie ihren Brüdern in nichts nach. Trotzdem kennt Raa keine Neider, denn ihre liebenswürdige Art nimmt jeden, der ihr begegnet, sogleich für sie ein. Glücklich der Mann, der sie zu seiner Frau machen darf. Raa lädt einen Korb voll Holzscheite und trägt ihn zur Großmutter in die Küche. Meta bespricht noch mit Großvater die Einzelheiten ihres Rittes nach Inroth. Zu jedem ersten Vollmond vor der Tag- und Nachtgleiche im Herbst findet der große Markt in der Hauptstadt statt. Dorthin kommen Leute aus allen Teilen des Landes, um Waren zu verkaufen, Bekannte zu treffen, ihre Steuern zu entrichten, einzukaufen und um die Kinder vor dem Winter zum Haus der Bücher zu bringen. In zwei Tagen muss sie reiten, um rechtzeitig in Inroth zu sein. Bis zum Herbstmarkt haben sie noch viel zu tun. Sie muss die Waren packen. Hanas und Jos' Ausrüstung ist in Ordnung zu bringen vor dem Winter in der Schule.

„Vielleicht wirst du dort nach dem großen Markt jemanden treffen, mit dem du gemeinsam den gefährlichen Ritt über das Gebirge ins Südliche Land unternehmen kannst", sagt der Großvater. Noch vor dem Wintereinbruch will Meta nach Steinstadt auf den heiligen Berg Camroth reisen, auf dessen Spitze der Weltenbaum gestanden haben soll. Der Legende nach war der neugierige Lug am Baum Yggdrasil, der Esche, die Himmel und Erde verband, von der Welt der Götter hinabgestiegen in die Welt der Menschen.
„Ja, ich bin mir sicher, dass auch noch andere Reiter vor dem Winter ins Südliche Land reisen wollen", meint Meta zuversichtlich, um ihren Vater zu beruhigen.
Auf einem schnellen Pferd ist es nach Steinstadt ein Ritt von etwa zehn Tagen. In diesem Winter wird dort ein Treffen von Heilkundigen stattfinden. Heiler aus allen Ländern der Welt werden nach Camroth kommen, um sich auszutauschen, und Meta will unbedingt

an der Versammlung teilnehmen. Sobald im darauffolgenden Frühjahr der Schnee auf den Pässen geschmolzen sein wird, wird sie zurückkreiten. Ihre beiden ältesten Kinder sind alt genug, um sie mit den Großeltern alleine lassen zu können. Sie werden die im Winter anfallende Arbeit gemeinsam mit den beiden auf dem Hof gebliebenen Erntehelfern bewältigen können.

Bei Sonnenaufgang des zweiten Tages setzt sich der lange Zug in Bewegung. Raa, Begard und die beiden jüngeren Brüder begleiten Meta. Jeder von ihnen hat ein junges Pferd als Handpferd dabei, das gleichzeitig als Packpferd dient. Da sie den Weg kennen, kommen sie gut voran.
Die Grasebenen Hochlands liegen ausgebreitet vor ihnen. Die Sonne scheint. Es ist einer der schönen Herbsttage, die Meta so liebt. Tage, an denen die Sonne einen wärmt und an die man sich an langen, dunklen Wintertagen gerne erinnert. Das weite Land ist in goldenes Licht getaucht. Da sie die Packpferde dabeihaben, reiten sie nicht um die Wette. Es wird viel gelacht und gescherzt. Einer nach dem anderen muss für eine lustige Geschichte herhalten. Immer wieder werden auf dem Lavendelhof dieselben Erinnerungen aufgewärmt. Meta empfindet Dankbarkeit und ist stolz auf ihre wohlgeratenen gesunden Kinder. In der Dämmerung richten sie sich ihr Nachtlager unter freiem Himmel ein. Inzwischen sind die Nächte kalt. Abwechselnd halten sie Wache. Am nächsten Tag stoßen sie auf die Straße, die zur Hauptstadt führt. Reger Verkehr herrscht auf ihr. Meta trifft ein paar Bekannte, mit denen sie die Schule besucht hat und deren Ältester mit Raa in eine Klasse gegangen ist. Sie tauschen Neuigkeiten aus und erreichen am Abend Inroth.

Aus Atas Schuppen entstanden die Sterne, aus seinem Leib die Erde. Aus dem Atem des Fischs entstand der Himmel. Die Flossen wurden zu Bergen, sein Blut zu Flüssen. Die Gedärme von Ata wurden zu Pflanzen und aus den Muskeln wuchsen die Tiere. Doch alles war tot.

Kapitel 3

In der Ebene dehnen sich abgeerntete Hanf- und Getreidefelder. Die Hauptstadt ist ein auf einer Anhöhe am Fluss gelegener Marktflecken. Hier thront der Königssitz, ein zweistöckiges großes Gebäude um einen begrünten Innenhof. Alle Dächer sind seit einem Brand, der vor Jahren fast die ganze Stadt vernichtet hat, mit Lehmziegeln gedeckt. Vor der Stadt sind schätzungsweise hundert Zelte aufgebaut, in denen Leute übernachten. Auch ihre Bekannten haben ein Zelt dabei, Meta verabschiedet sich von ihren Freunden, denn am Herbstmarkt braucht sie kein Zelt. Sie besucht ihren Bruder Gohor, der eine Schmiedewerkstatt in Inroth besitzt, und wohnt bei ihm. Gohor ist einer der besten Schwertschmiede, die es zu dieser Zeit gibt. Gohor und seine Frau Irmhild haben nur ein Kind bekommen, eine Tochter, die mit einem Schreiner verlobt ist, weshalb sie eine Lehre als Schreinerin bei ihrem zukünftigen Mann beginnen will. Durch das südliche Stadttor reiten die Lavendelhofleute in die Stadt. Die Hufe ihrer Tiere klappern auf dem Pflaster. Gohors Haus ist das Elternhaus von Irmhild, Gohors Frau, ein einstöckiger Bau, um einen Innenhof gebaut, in dem ein stattlicher Kirschbaum wächst. Die Schmiedewerkstatt Gohors und Irmhilds ist im hinteren Teil des Gebäudes untergebracht. Kaum klopft Meta mit einem schön geschmiedeten Messingknauf in Form eines Pferdekopfes an Gohors Tür, wird sie auch schon aufgerissen und Gohor hebt sie hoch und wirbelt sie durch die Luft. „Der Friede sei mit dir, Gohor."
„Und mit dir, Schwesterchen. Schön, dass du endlich da bist", lacht ihr Bruder mit dröhnender Stimme. Gohor hat Bärenkräfte. Er ist zwei Köpfe größer als seine Schwester und man sieht ihm

die schwere körperliche Arbeit an. Sein rotes Haar reicht ihm bis über die Schultern. In Inroth wagt es niemand, sich mit dem riesigen Mann anzulegen. Meta ächzt. „Gohor, du zerquetschst mich. Wie hält deine Frau das nur aus?" Und nachdem ihr Bruder sie abgesetzt hat, sagt sie: „Ich freue mich auch sehr, dich zu sehen", ihn in die Wange kneifend. Irmhild biegt um die Ecke. Sie ist sechs Jahre älter als Gohor. Metas Schwägerin hat schwarzes Haar, das graue Strähnen durchziehen. Die feinen Gesichtszüge werden durch die Fältchen um ihre mandelförmigen grünen Augen betont. Irmhild ist eine lebenslustige Person. Die Schmiedewerkstatt hat ihrem Vater gehört.

„Lass sie am Leben, Gohor. Wir brauchen sie noch", lacht sie und umarmt Meta, Raa und die Jungen. Gohor klopft einem nach dem anderen auf die Schulter und lacht sein dröhnendes Lachen.

„Jos wird Hana immer ähnlicher", sagt er dann leise. Eine Träne rollt seine Wange hinab. Hana war der Bruder, den sie ebenfalls in der Schlacht am grauen Berg verloren haben. Hana und Gohor waren Zwillinge und ein Herz und eine Seele. Viel zu jung wurden so viele aus ihrer Generation aus dem Leben gerissen. „Verfluchte Ostländer", presst Gohor zwischen seinen Zähnen hervor.

„Im Osten gibt es gute und schlechte Menschen, genauso wie hierzulande auch. Ich bin mir sicher, dass die einfachen Leute dort auch lieber in Frieden ihre Kinder großziehen wollten, als in den Krieg zu ziehen", wendet seine Frau ein.

„Ach, davon will ich nichts wissen", sagt Gohor unwirsch.

„Ja, ich weiß, aber ich weiß auch, dass du deinen Neffen helfen sollst, abzuladen, und dass ihr sicher alle Hunger habt." Irmhild scheucht Meta und Raa in die Küche, während die Männer Gepäck und Reittiere versorgen. „Wir Frauen haben zu reden." Wenig später erscheint Anhild, Raas Base. Gohors Tochter ist das Ebenbild ihrer Mutter. Kichernd verschwinden die beiden jungen Frauen in Anhilds Zimmer. „Hühner", meint Meta kopfschüttelnd und die beiden Mütter schauen ihren Töchtern lächelnd hinterher. Anhild zeigt Raa ihre gut bestückte Aussteuerkiste. Im nächsten Frühjahr wird sie heiraten. Mit roten Wangen stecken die beiden jungen Frauen die Köpfe zusammen. Die beiden haben sich immer sehr gut verstanden und mögen einander sehr. Anhild ist nur zwei Jahre älter als Raa und bittet diese, ihre Trauzeugin zu sein. Raa fühlt sich geehrt und nimmt gerne an.

Zum Abendessen sitzen zehn Leute um den Tisch. Die Stimmung ist ausgelassen. Anhilds Verlobter Armin hat einen Freund mitgebracht, der Raa mit roten Backen verstohlene Blicke zuwirft. Meta verteilt die Geschenke. Großmutter hat Gohor warme Unterwäsche gestrickt und Honigkuchen für ihn gebacken, weswegen einige Witze gemacht werden. „Solltest du für deine Unterhosen keine Verwendung haben, kann Tante Irmhild ja daraus für Begard einen Schlafsack nähen. Damit er es bei der Armee warm hat", wirft Hana ein. „Oder ein Zelt", prustet Jos unter dem brüllenden Gelächter der Versammelten. „Wolltest du nicht bei mir eine Lehre beginnen, Hana? Wenn ja, dann solltest du besser aufpassen, was du sagst", erwidert Gohor mit erhobenem Zeigefinger und lachenden Augen. Großvater hat drei Brieftauben mitgegeben. Irmhild bekommt gesponnene Wolle und Honig. Für Anhilds Aussteuer haben die Frauen vom Lavendelhof gehäkelt, gestrickt, gewebt und genäht. Es wird viel gelacht. Nach dem Mahl helfen alle zusammen, die Küche aufzuräumen. Dann schieben die jungen Leute den Tisch an die Wand. Bis in die Nacht hinein singen, musizieren und tanzen sie, ausgelassen wie es nur junge Leute tun können, denen noch nicht die Verantwortung für jemand anderen ihre Leichtigkeit beschwert. Auch Meta schwingt das Tanzbein und Gohor und Irmhild feiern ebenfalls mit.

Am nächsten Morgen packen Gohor, Meta und Raa ihre Waren auf Gohors Wagen und fahren damit auf die große Festwiese vor den Toren der Stadt.
Hier herrscht ein buntes Treiben. Halb Hochland hat sich eingefunden. Die Bauern aus der Umgebung bieten ihre Erzeugnisse feil. Verschiedene Händler haben ihre Stände aufgebaut, Gaukler zeigen ihre Kunststücke und Musikantinnen spielen auf. Für das leibliche

Wohl sorgen die Garküchen, bei denen Köstlichkeiten wie schwarz geräucherter Schafskopf zu bekommen sind. Sogar Zwerge verkaufen an einem Stand fein geschmiedete Silberwaren. Die Kinder kommen mit den Verkaufspferden nach. „Bleibst du nicht?", fragt Begard Gohor.
„Ich habe einen besonderen Auftrag auszuführen und muss leider zurück in meine Werkstatt", erwidert der bedauernd.

Borg und Olof schlendern über den Markt. Da zwei ihrer Pferde lahm gehen, sind die beiden Recken beauftragt, mindestens vier Pferde zu kaufen. Hochlandpferde sind die besten Tiere, die man dieser Tage finden kann. Die Hochländer leben verstreut auf ihren einzelnen Gehöften und in ihren kleinen Dörfern. Untereinander treiben sie jedoch regen Handel und treffen sich regelmäßig zum Thing, weshalb sie auf gute Pferde angewiesen sind. Da sie von Ehwaz abstammen, nennen sich die Leute von Hochland Pferdemenschen. Die Pferde und Menschen von Hochland sind Brüder und Schwestern, so sagt man.
Die Pferde der Hochländer sind mittelgroß, der Rücken eher kurz. Deshalb sind sie in der Lage, schwere Lasten über große Entfernungen zu tragen. Diese Tiere haben ein ausgeglichenes Wesen, sind wendig und ausdauernd, kräftig und zäh. Auf einem kräftigen Hals sitzt ein edler Kopf. Mähne und Schweif sind dicht. Was Futter und Kälte anbetrifft, sind Hochlandpferde anspruchslos. Stolz wie ihre Herren sind sie und dennoch menschenbezogen.
Olof sieht Raa, bevor sie ihn bemerkt. Der junge Mann bleibt stehen und beobachtet sie aus einigem Abstand. Nie hat er ein schöneres Mädchen gesehen. Mit einem freundlichen Lächeln reicht Raa einer Mutter, die mit ihrem Säugling auf dem Arm den Markt besucht, ein Lavendelsäckchen und nimmt eine Münze entgegen. Die beiden jungen Frauen unterhalten sich noch eine Weile angeregt, bevor die andere Frau weitergeht. Raa wendet ihren Kopf und sieht geradewegs in Olofs Gesicht. Errötend schlägt sie die Augen nieder. Borg schaut Ulfs Neffen an und folgt dessen Blick. Anerkennend nickt

Borg. Ertappt räuspert sich Olof und zuckt mit den Schultern. „Da sind unsere Gastgeber vom Lavendelhof", sagt Borg. „Es scheint, als hätten sie Pferde zu verkaufen." Borg und Olof steuern auf Meta und Raa zu. Borg traut seinen Augen nicht, als er Meta sieht. War das nicht …? „Ich habe die Speerfrau nicht richtig gesehen, aber ich meine, sie sah genauso aus wie diese Frau", meint Olof auf Meta deutend. Meta sieht die beiden Männer aus Steinstadt zu spät, als dass sie noch hätte die Flucht ergreifen können. Sie lächelt bemüht. Der eine ist der kräftige Freund des nackten Königs, der andere ist, Raas Gesichtsfarbe nach zu urteilen, Raas Auserwählter. Meta und Borg stellen sich vor. „Wir haben Euch nicht angetroffen, als wir auf dem Lavendelhof übernachteten", meint Borg.
„Ja, also, ich war krank. Ich … ich lag im Fieber auf meiner Bettstatt", lügt Meta, die sich unbehaglich fühlt in Gegenwart der fremdländischen Soldaten. Sie lügt sehr schlecht. „Dann ist es doch umso erfreulicher, dass Ihr Euch so schnell erholt habt", sagt Ulfs Hauptmann mit ernster Miene.
„Ja, nicht wahr. Was führt Euch hierher auf den Markt?", fragt Meta schnell.
„Wir sind hierhergekommen, um Pferde zu kaufen", erwidert Borg.
„Vier Stuten und einen jungen Hengst hätte ich Euch anzubieten. Unsere Pferde sind gesund, korrekt gebaut, vom Wesen her unerschrocken, menschenbezogen. Sie sind alle angeritten. Besonders von dem Hengst trennen wir uns nur ungern. Er wird ein guter Vererber. Er ist sehr gelassen, wunderbar zu sitzen. Würde mein Mann …" Meta verstummt. Wäre Beregir noch auf dem Lavendelhof, der Hengst wäre sicher sein Pferd geworden. Zu Hause hat sie hat noch zwei dreijährige Hengste stehen von ebensolcher Qualität. Den einen davon beginnt gerade Begard für sich zuzureiten. Es ist ein beeindruckendes Tier. Vorübergehende bleiben stehen, um das edle Pferd zu bewundern.
„Er fiel mir schon auf dem Lavendelhof auf", sagt Borg. „Das Pferd meines Herrn geht lahm. Er braucht einen Ersatz. Olof, wo ist Olof?" Besagter Olof lehnt am Wagen, ins Gespräch mit Raa vertieft. Erst

als sein Hauptmann ihn zum dritten Mal ruft, merkt er auf. „Olof, lauf doch bitte zu Ulf. Er soll kommen und sich dieses Pferd anschauen." Während Olof seinem Onkel Nachricht bringt, lässt Borg sich die Stuten vorführen. Jede einzelne lässt er satteln, reitet sie und schaut sie sich genau an. Er scheint sehr zufrieden. Gerade als sie anfangen, sich über einen Preis zu unterhalten, kommt Ulf. „Aus welchem Grund rufst du mich aus einer Besprechung, um ein Pferd zu kaufen? Das kannst du doch selbst entscheiden", brummt er verdrießlich. Da fällt sein Blick auf Meta und er verstummt. „Du bist das. Du hast mir das Leben gerettet", ruft er, als er seine Sprache wiedergefunden hat. Er neigt seinen Kopf und stellt sich vor. „Mein Name ist Ulf, König vom Südlichen Land. Wie kann ich mich nur erkenntlich zeigen?" Meta ist peinlich berührt. Noch nie hat sie sich mit einem König unterhalten. Er hebt an, um Fragen zu stellen. Um die Umstände seiner Rettung nicht näher erläutern zu müssen, lenkt Meta das Gespräch auf die Tiere. „Ich habe gehört, Ihr braucht Pferde." Ulf ist von dem Rappen sehr angetan, er lässt ihn von Begard satteln und bittet darum, für eine halbe Stunde ausreiten zu dürfen. Als er zurückkommt, ist er begeistert. Er kauft den Hengst und die vier Stuten noch dazu. Der König vom Berg ist sehr reich. Er handelt nicht einmal um den Preis. Die Frau ist nicht im eigentlichen Sinne schön und dennoch muss der König von Steinstadt, direkter Nachfahre von Lug, sie immerzu anschauen. Sie ist anziehend. „Gebe mir bitte Gelegenheit, mich für meine Rettung erkenntlich zu zeigen. Ich stehe tief in deiner Schuld."

„Nein, wirklich nicht, das habe ich gerne getan." Er hebt eine Augenbraue. „Also nicht so, wie Ihr denkt. Also ja. Wobei – es gibt tatsächlich einen Gefallen, den Ihr mir tun könntet. Ihr müsst doch sicher vor dem Wintereinbruch zurück in Steinstadt sein. Ich wurde dorthin eingeladen zu einem Treffen von Heilern. Für mich wäre es sicherer zu reisen, wenn ich mich Euch anschließen dürfte", bittet Meta.

„Nun, für uns wäre es vermutlich ebenfalls sicherer. Ihr seid also Heilerin. Das ist schön. Es wäre mir eine Freude, wenn Ihr mit uns reist." Beinahe im selben Moment, in dem sie es ausgesprochen hat, bereut sie es, den König gefragt zu haben, denn sie spürt eine leise Ahnung von Gefahr, die ihn umgibt. Im Grunde möchte Meta vom König wissen, warum der andere Mann ihm nach dem Leben trachtete, doch sie wagt es nicht, ihm hier auf dem Herbstmarkt während eines Pferdekaufs Fragen zu stellen, deren Gegenstand ihm sicherlich unangenehm ist. Sie verabschieden sich förmlich, die Pferde werden von Begard und seinen Brüdern am Abend zum Königssitz gebracht, in dem der König vom Südlichen Land im Augenblick weilt. Meta hat noch drei Tage in der Stadt zu tun. Dann wird sie nach Hause reiten. In einer Woche werden Ulf und seine Männer Meta abholen und mit ihr über das Gebirge reiten.

Die Geschäfte laufen gut. Nach zwei Tagen hat Meta alle ihre Waren verkauft, bis auf wenige Stücke Lavendelseife, die sie zum Teil Irmhild, zum Teil Anhild schenkt, etwas Honig, den sie Hana und Jos in die Schule zum Naschen mitgibt. Nur ein halber Sack Gerste ist übrig geblieben. Die Hälfte davon bekommen Gohor und Irmhild, die andere Hälfte erhält das Haus der Bücher.

Sie haben gutes Geld eingenommen, von dem Meta ein Fünftel als Abgabe an die Königin entrichtet. Der Königssitz steht auf der Spitze des Hügels, auf dem Inroth liegt. Am Beginn des Menschengeschlechts von Hochland wurde er von Ehwaz selbst hier errichtet. Das Gebäude, dessen Dach weit heruntergezogen ist, wurde um einen großen Innenhof gebaut, in dem ein Walnussbaum und eine riesige alte Kastanie wachsen. Es wurde aus Lehmziegeln gemauert und mit ockerfarbenem Lehm-Stroh-Gemisch verputzt. Heute empfängt die Königin ihre Untertanen in der großen Halle, damit diese ihre Steuern zahlen. Seit sechs Sommern regiert Ehwaz' Enkelin nun und seither herrscht Frieden im Land. Neben ihr hat der Thronfolger Platz genommen und auf der anderen Seite sitzt – Ulf. Vor Meta warten viele Hochländer darauf, an die Reihe zu kommen. Jeder gibt den zehnten Teil seiner Einnahmen für das Gemeinwohl.

Unabhängig davon, wie groß der Betrag ist, bedankt sich die Königin bei allen gleichermaßen. Für einen jeden findet sie persönliche Worte. Die Herrscherin über Hochland ist in der landesüblichen Tracht gekleidet. Ihr Rock ist aufwendig bestickt und der Saum ihrer langen Hose ebenfalls. Sie trägt einen Goldreif im Haar, das sie zu einem langen Zopf flicht, wie alle ihre verheirateten Untertaninnen. Die Hochländer lieben und verehren ihre Königin. Endlich ist Meta an der Reihe. Sie verneigt sich mit den Worten: „Der Friede sei mit dir."

„Und mit dir." Ulf beugt sich zur Königin hinüber und sagt ihr leise etwas ins Ohr. Die Herrin von Inroth betrachtet Meta eingehend.

„Ihr habt meinen Gast gerettet. Ich danke Euch. Wie geht es Euch auf dem Lavendelhof?"

„Das war nicht der Rede wert. Auf dem Lavendelhof geht alles seinen gewohnten Gang."

„Tut uns die Freude an und seid morgen zum Mittagessen unser Gast", lädt die hohe Frau sie ein. Meta bedankt sich und gibt dem königlichen Schatzmeister das Säckchen mit den Münzen. Nachdem der Kämmerer das Geld gezählt hat, verkündet er den stattlichen Betrag, für den sich die Herrscherin bedankt. Meta verneigt sich, dann verlässt sie den Hof von Hochland. Anschließend besorgt Meta zwei Ballen Tuch, einige Rollen Garn, ein Fass Salz, einen Sack Zucker und Zuckerstangen beim Krämer. Vom Glaser kauft sie eine blaue Glasperle für Raa. Beim Gerber holt sie einen Teil der Felle und des Leders ab, die sie im Frühjahr hingebracht hat, und verkauft ihm einen neuen Ballen mit Häuten und Fellen zum Gerben. Gegen ein Entgelt bringt sie ihre Kräutermischungen ins Hospital und besucht ihre alte Lehrmeisterin Lobelia. Die beiden Heilerinnen sprechen über das große Treffen der Heiler in diesem Winter in Steinstadt. Der Älteren ist der Weg zu beschwerlich, bittet aber die Jüngere, nach ihrer Rückkehr ins Haus der Heilung zu kommen und zu berichten. Beim Apotheker bekommt Meta einen Lederbeutel voll Weinstein. Sie hat noch genug Geld übrig für ihre Reise nach dem Südlichen Land, Geld für die Großeltern und für das Schwert, das sie bei Gohor für Begard in Auftrag gegeben hat.

Obgleich ihr ihre Söhne helfen, die Dinge einzuholen, die sie für den Winter brauchen, ist es so viel, dass sie sich zwei Mal aufmachen müssen, bis sie alles beisammenhaben. Wo Raa ist, weiß keiner. Nachdem sie den Hof verlassen haben, ist sie verschwunden. Sie wird sicherlich zum Abendessen wieder auftauchen, wenn sie Hunger hat. Vor dem Abendbrot geht Meta mit den Söhnen zu Gohor in seine Werkstatt. Anhild sitzt auf einem Hocker beim Blasebalg. In diesen Tagen kann eine Schmiedewerkstatt nur zu zweit betrieben werden, denn es muss immer einer die Glut auf der richtigen Hitze halten, damit der andere das Eisen zum Glühen bringen kann. Gohor gibt einem Meisterschwert gerade seinen letzten Schliff. Der Griff ist golden verziert. Die Klinge ist scharf und aus gehärtetem Stahl. Die Scheide glänzt dunkelbraun, goldene Verzierungen schimmern darauf. Begard wiegt es in der Hand. Es ist leicht wie eine Feder. „Das ist ein Schwert für einen König", sagt er neidvoll. Der Schmied geht zu einer Truhe im hinteren Teil der Werkstatt. Er öffnet sie und kramt eine Weile darin herum. Schließlich kommt Gohor mit einem Schwert zurück, das in einer schlichten Scheide steckt.

„Stimmt, Junge, die Königin hat das gute Stück für den König von Steinstadt als Geschenk anfertigen lassen", pflichtet Gohor seinem Neffen bei. „Dieses hier hat deine Mutter für dich anfertigen lassen. Die nächsten beiden Jahre wird es für dich reichlich groß sein, aber wenn du ausgewachsen bist, müsste es dir genau passen." Begard starrt Mutter und Onkel an. Dann zieht er das Schwert aus der Scheide. Der Griff ist nicht so wertvoll verziert wie der von Ulfs Schwert, doch ansonsten ist es nicht weniger meisterlich gearbeitet. Gleichmäßig verläuft seine Schneide bis zur Spitze, sodass man annehmen will, sie sei nicht mit Feilen hergestellt, sondern im Schmelzofen geformt. Das Mittelstück der Klinge, geschickt gekehlt, erscheint wie mit einem kleinen Wurmwerk gekräuselt, und hier spielen so mannigfaltige Schatten, dass man glauben will, das glänzende Metall sei mit vielen Farben verwoben[1]. Begard steckt es zurück in seine Scheide.

---

[1] siehe Anhang

„Das kann ich nicht annehmen", stößt er hervor.
„Ich fürchte, du musst. Ich habe den größten Teil im Voraus bezahlt. Onkel Gohor hat es nur für dich gefertigt. Zugegebenermaßen hat er mir einen guten Preis gemacht", sagt seine Mutter. „Du bekommst es natürlich erst im Winter zum Geburtstag. Da ich aber nicht dabei sein werde, wollte ich es dir heute einmal in die Hand legen und sagen: Mögest du es nie gebrauchen müssen. Falls doch, mögest du siegreich sein." Begard fällt ihr um den Hals und bedankt sich überschwänglich bei Meta und seinem Onkel. Hana und Jos freuen sich für Begard. Sie fechten noch mit ihren Übungsschwertern aus Holz. Hana ist beeindruckt von der Schmiedekunst seines Onkels. Eines Tages, schwört er sich, wird er genauso gute Schwerter fertigen wie Gohor. Am Abend bringt Olof Raa zum Haus ihrer Tante. Er wird zum Essen eingeladen. Doch er lehnt dankend ab, da er zum Abendbrot bei der Leibwache des Königs erwartet wird. Bevor Olof geht, bittet er Gohor um ein Gespräch. „Geht es um Raa?", fragt Gohor. Olof bejaht. Da verweist Gohor ihn an Meta. Aber ihr Vater sei doch verstorben, und er, Gohor, sei hier der einzige erwachsene männliche Verwandte. Gohor ist ein wenig verärgert. „Hierzulande sind die Frauen durchaus in der Lage, das Schwert und das Wort selbst zu führen. Daran solltest du dich besser gewöhnen." Olof hat sich auf ein Gespräch unter Männern eingestellt. Nun muss er umdenken und fragt Meta, ob er mit ihr über Raa sprechen dürfe. Meta verabredet sich für den nächsten Tag nach dem Essen im Palast mit dem jungen Mann.

Nach dem Abendbrot spaziert Meta mit Hana und Jos durch die Stadt. Die Gassen sind voll von Menschen. Im Dämmerlicht durchstreifen sie Plätze, Winkel und Wege. Obgleich es kühl ist, setzen sie sich auf eine Bank unter einer alten Linde, eingewickelt in ihre Umhänge und unterhalten sich lange. „Du scheinst ein wenig besorgt zu sein, Jos", meint Meta an ihren Jüngsten gewandt. Jos druckst herum: „Ich weiß nicht, ob ich Freunde finden werde, und außerdem war ich noch nie so lange von zu Hause fort. Hoffentlich werde ich kein allzu schlimmes Heimweh haben."

„Nun ja, ich bin ja auch noch da. Außerdem können wir an den Wochenenden Onkel Gohor und Tante Irmhild besuchen", sagt Hana, ganz großer Bruder.

„Zudem sind die Kinder in deiner Klasse in der gleichen Lage wie du. Alle sind darauf angewiesen, Freunde zu finden. Oft entwickeln sich hier Freundschaften, welche ein Leben lang Bestand haben", tröstet ihn Meta. Meta hält Jos in ihrem linken, Hana in ihrem rechten Arm, bis es dunkle Nacht ist und der Nachtwächter durch die Straßen geht und die Laternen entzündet. Dann gehen sie zurück zu Irmhild und Gohor, trinken heiße Milch und legen sich schlafen. Meta ist froh, dass ihre Söhne so erwachsen sind, gleichzeitig wird ihr schwer ums Herz. Beregir wäre stolz, hätte er seine Jungen so gesehen. Raa wird sich wahrscheinlich bald verloben, das will ihr nicht in den Kopf. Erst gestern hat sie ihre Tochter unter dem Herzen getragen. Und Raa ist doch noch so jung. Erst sechzehn Sommer alt. Nun gut, sie hat Beregir mit achtzehn Jahren geheiratet. Wenn Raa sich jetzt verlobt, wäre sie siebzehneinhalb bei ihrer Hochzeit. Und dann? Würde sie mit Olof mitgehen nach Steinstadt? Meta grübelt noch lange, bevor sie einschläft.

Am nächsten Morgen bereitet Irmhild das übliche Frühstück der Hochländer: warme Milch und darin zerstoßenes, gequollenes Getreide mit gerösteten Hanfsamen. Je nach Jahreszeit werden getrocknete oder frische Früchte und Beeren hinzugefügt. Meta isst wie immer mit Appetit, um satt und gut gerüstet ihr Tagewerk zu beginnen. Auch ihre Söhne schlagen sich noch einmal den Bauch voll, denn in den nächsten Monaten wird auf ihrem Speiseplan wenig Schmackhaftes stehen. Dann bringt ihre Mutter Jos und Hana zum Haus der Bücher. Schulen gibt es in Inroth und Freistatt. Leben Kinder auf abgelegenen Gehöften, gehen sie ab dem zehnten Lebensjahr für vier Jahre in den Wintermonaten in der Hauptstadt oder in Freistatt, der Glänzenden am Meer, zur Schule. Dort wohnen und lernen sie im Haus der Bücher. Nur in den Sommermonaten kehren sie zu ihren

Eltern zurück. Mädchen und Buben üben sich gleichermaßen in den Grundlagen der Kriegskunst, im Lesen, Rechnen und Schreiben, in Handarbeit und Arbeit mit Holz, Metall und im Gärtnern.
Hana begrüßt am Schultor zwei seiner Kameraden mit Lachen und Schulterklopfen, verabschiedet sich kurz von seiner Mutter, tut so, als kenne er Jos nicht, und zieht davon.
Jos wird von seiner freundlichen jungen Lehrerin in Empfang genommen. Ein Junge, der am Vortag angekommen ist und der im Schlafsaal das Bett neben Metas Jüngstem bezogen hat, zeigt ihm die Gebäude. Vorher verabschieden sich Mutter und Sohn bis zum nächsten Sommer. Jos wird drei Klassen unter seinem älteren Bruder Hana sein, sodass er einen großen Beschützer haben wird. Zudem wird ihn jemand trösten, wenn das Heimweh gar zu schlimm werden wird, so hofft Meta. Sie weint ein wenig, nachdem Jos frohgemut mit dem anderen Jungen davongestoben ist.
Meta erinnert sich gern an ihre Schulzeit. Die täglichen Übungen im Schwertkampf, Bogenschießen und Speerwurf, die Gemeinschaft mit den anderen Schülern haben ihr gefallen. Die meisten Lehrer sind nett zu den Schülern und das Lernen macht Spaß. Sie lässt ihren Blick schweifen über das Gebäude mit den Klassenräumen, den Übungsplatz, die Halle für die Übungen im Winter, die Ställe und das Wohnhaus. Weniger gern erinnert sie sich an das schreckliche Essen. Nachdem sie die Schule abgeschlossen hatte, war sie für Großmutters Küche wieder ausgesprochen dankbar gewesen.
Beim Haus ihres Bruders angelangt, mustert ihre Schwägerin sie verständnisvoll. Irmhild tätschelt Metas Arm und sagt nur: „Jaja, es ist schwer, wenn die Kinder aus dem Haus gehen." Irmhild schenkt Meta eine Tasse Tee ein und die beiden Frauen setzen sich eine Weile an den Küchentisch, um zu plaudern.
Vor der Mittagsstunde bürstet Irmhild Metas Kleid aus. Meta wäscht sich und flicht ihr Haar. Sie legt die türkisfarbene Kette an, die ihr Beregir zur Hochzeit geschenkt hat, und wirft ihren gewachsten Umhang über. Ihre Schwägerin heißt sie, vor dem Essen bei Gohor in der Werkstatt vorbeizugehen.

Als Meta die Schmiedewerkstatt betritt, wendet sich Gohor zu ihr um. „Oha, du hast dich fein gemacht. Gut siehst du aus. Meta, würdest du bitte das Schwert, das die Königin bei mir bestellt hat, zum Hof mitnehmen?"

„Möchtest du es der Königin nicht selbst überbringen?", fragt ihn seine Schwester. „Ein solches Meisterschwert solltest du selbst überreichen."

„Nein, in einer halben Stunde gibt es das Mittagsmahl. Ich habe viel Arbeit und du kommst auch nicht mit leeren Händen zur Königin", antwortet Gohor. Als sie das Schwert annimmt, ist ihr für den Bruchteil eines Augenblicks so, als hörte sie Schlachtenlärm, sie sieht überall Blut und vernimmt Todesschreie. Meta schüttelt ihren Kopf und ist wieder im Hier und Jetzt. „Du hast ein mächtiges Schwert geschaffen. In ihm liegen alle Macht des Krieges und der Untergang seiner Feinde." Gohor nickt. „Es darf niemals in die falschen Hände gelangen. Ich hoffe, die Königin wusste, was sie tat, als sie es für den König von Steinstadt anfertigen ließ."

Zum zweiten Mal in zwei Tagen steht Meta auf der Schwelle zur Großen Halle des Königssitzes. Sie holt tief Luft, bevor sie den Saal betritt. Der Thronsaal bietet einigen Hundert Menschen Platz. Säulen aus rotem Sandstein tragen das Holzgewölbe und roter Lehm ist auf dem Fußboden in gebrannten rechteckigen Platten ausgelegt. Drei mannshohe Fenster an der Südseite des Gebäudes geben den Blick frei über die Ebene. In der Halle flackern mehrere Feuer, deren Rauch über jeweils einen eisernen Kamin abzieht. An der Stirnseite des Saales befinden sich drei prächtig geschnitzte Holzthrone. In der Mitte steht der höchste, links und rechts davon jeweils ein niedrigerer Sessel. Etwa vier Dutzend Leute stehen in der Halle und unterhalten sich leise. Eine Gruppe von Musikerinnen spielt auf. Meta ist aufs Neue beeindruckt von der Größe des Raumes, durch den sie auf eine Gruppe von Menschen zugeht, das Königsschwert eingeschlagen in ein Stück Tuch in der Hand haltend, unter ihnen Ulf und die Königin Ehwaztochter. Die Herrscherin von Hochland be-

deutet Meta, näher zu treten. Meta verneigt sich. „Friede sei mit dir, meine Königin. Mit den besten Grüßen von meinem Bruder Gohor Schwertschmied überbringe ich Euch das von Euch in Auftrag gegebene Schwert."
„Habt Dank, Meta, und seid herzlich willkommen in meinem Haus zu Inroth", erwidert die Hohe Frau. Sie legt das Schwert in Ulfs Hände. Als Ulf das Schwert aus der Scheide zieht, geht ein Raunen durch die Versammlung. Ulf ist beeindruckt. „Dieses Schwert soll Segen für Euch und Fluch für Eure Feinde sein", sagt die Königin. „Was unser Volk Euch verdankt, kann ich nicht mit Worten ausdrücken." Nachdem sich alle am Tisch eingefunden haben, wird das Essen aufgetragen. Es gibt Hirschbraten und Karpfen, Teigwaren und in Butter gebackene Pilze, Karotten und Fasan. Man reicht zum Nachtisch Pudding, Kuchen und frische Früchte.
Dazu gibt es Wein und süße Liköre, Saft von Kirschen und Birnen. Man speist und unterhält sich. Meta fühlt sich ein wenig beklommen angesichts der hohen Herren und Damen. Sie ist der Königin noch nie so nahe gekommen, die sich als angenehme und aufmerksame Gesprächspartnerin entpuppt. Auch der König vom Berge Camroth bereitet ihr ein unbehagliches Gefühl, da er der Höchste ist unter den Stämmen. Sie lacht plötzlich auf, als sie ihn sich in seinen Unterhosen vorstellt. Betreten starrt sie auf ihren Teller, da Ulf, Borg und die Königin sie fragend anschauen. Am Nachmittag wird die Tafel aufgehoben und die Gesellschaft zerstreut sich. Meta verneigt sich. Zum Abschied schenkt ihr die Königin eine aus Silber gefertigte Gewandfibel in Form eines Lavendelzweigs. „Ich danke Euch. Wie wunderschön das ist!", ruft Meta aus. „Wann immer Ihr meine Hilfe braucht, wendet Euch bitte an mich", lächelt die Königin.

Borg versichert Meta noch einmal, dass sie in drei Tagen beim Lavendelhof Rast machen werden, um sie abzuholen, während sich die Heilerin von ihm verabschiedet. Meta betritt den weiten Innenhof, um den der Königssitz gebaut ist. Im Schatten der riesigen Kastanie, die in der Mitte des Platzes neben dem Brunnen wächst, wird sie von

Olof aufgehalten. „Entschuldigt, Frau, ich bitte Euch um eine Unterredung." Erschrocken stellt Meta fest, dass sie die Unterredung mit dem jungen Recken völlig vergessen hat. „Kommt ein paar Schritte mit mir", sagt sie. Die Hochländerin und der Südländer gehen an zwei in der Sonne grünlich schimmernden Wasserbecken vorbei. Sie sammeln den Regen, welcher auf die große Dachfläche fällt. Meta und Olof verlassen den Königssitz und wenden sich nach Osten auf einer der von Apfelbäumen gesäumten Straßen, die zum Handwerkerviertel führen. „Was ist Euer Begehr?"

„Ich … ich bitte Euch um Eure Erlaubnis, Eure Tochter freien zu dürfen", stammelt Olof mit hochrotem Gesicht. Meta betrachtet ihn mit hochgezogenen Augenbrauen und gerunzelter Stirn. Sie kann sich ein Lachen kaum verkneifen. In Hochland ist es üblich, dass sich die jungen Leute ihre Gefährten selbst aussuchen. „Soso", brummelt sie.

„Ich bin der Nächste in der Thronfolge, da der König selbst keinen Sohn hat. Eurer Tochter würde ich es an nichts fehlen lassen", versichert Olof. Meta bleibt unter einem Apfelbaum stehen. Sie schaut den jungen Soldaten lange an.

„Was sagt Raa dazu? Habt Ihr mit ihr schon geredet?", fragt Meta.

„Nein, ich wollte zuvor Euch um Eure Erlaubnis bitten."

„Hm. Ich denke, Ihr solltet zuallererst mit Eurem Onkel sprechen. Wir hier sind es gewohnt, uns nicht in die Herzensangelegenheiten unserer Kinder einzumischen, aber ich vermute, dass die Wahl einer zukünftigen Königin vom Berge Camroth nicht nur eine Frage des Herzens ist", erwidert Meta.

„Lieber verzichte ich auf den Thron als auf Raa!", stößt Olof hervor. Meta lächelt ihn an, während sie sich wieder in Bewegung setzt.

„Auf dem Lavendelhof ist immer Platz für Raa und ihre Familie. Vorausgesetzt, dass sie Euch will. Ihr solltet trotzdem mit Eurem Onkel reden. Er macht ja einen ganz netten Eindruck."

„Von den Angelegenheiten der Liebe versteht mein Onkel nichts", sagt der Thronfolger bitter. Meta schaut ihn scharf an.

„Wie kommt Ihr darauf, dass er nichts von der Liebe versteht? Ihr

könnt doch nicht in sein Herz hineinschauen. Vielleicht müsst Ihr euch ja auch gar nicht zwischen der Liebe und dem Thron entscheiden." Meta tätschelt im Gehen seinen Arm. „Raa hat keinen Ehrgeiz, Königin zu werden. Doch sein Schicksal kann niemand kennen."
„Raa wäre die beste Königin, die sich das Südliche Land nur wünschen kann." Meta lacht.
„Bitte geht zu Eurem Herrn und bittet ihn um eine Unterredung. Ihr mögt Euren Onkel. Seht zu, dass Ihr mit ihm einen Weg findet, mit dem Ihr beide leben könnt." Olof nickt.
„Grüßt mir Raa. Ich würde sie gerne heute noch einmal sehen. Sie hat mir erzählt, Ihr werdet morgen zum Lavendelhof zurückkehren."
„Wie gesagt, in die Herzensangelegenheiten unserer Kinder mischen wir uns nicht ein", sagt Meta nach kurzem Zögern. „Ich möchte Euch dennoch bitten, mit Raa nicht zu spielen. Ihr habt jedoch meinen Segen, wenn Ihr es ehrlich meint. Besucht uns doch zum Abendessen im Haus meines Bruders", sagt Meta. Olof versichert ihr, wirklich ernste Absichten zu haben, und nimmt die Einladung an. Sie verabschieden sich freundschaftlich. Olof begleitet Raas Mutter zurück zur Schmiedewerkstatt, dann kehrt er zurück zum Königshof.

Zum Abendbrot kommt Olof mit bitterer Miene ins Haus Gohors und Irmhilds, wo er freundlich aufgenommen wird. Olofs höfliche Art nimmt die Hochländer sogleich für ihn ein. Die Stimmung bei Tisch ist heute eine andere, denn das Gespräch entwickelt sich zu einer angenehmen Plauderei unter Erwachsenen, was hauptsächlich den guten Umgangsformen des Mannes aus dem Südlichen Land geschuldet ist. Obgleich er offensichtlich einen Misserfolg zu verkraften hat, bewahrt er dennoch seine Haltung. Nach der Mahlzeit machen er und Raa einen Spaziergang in den Gassen von Hochlands Hauptstadt. Im Licht der untergehenden Sonne scheint erst alles in ein goldrotes Licht getaucht, bis langsam die Dämmerung die Gassen grau färbt. Die Unterredung mit dem König hat im Streit geendet. Die Gesetze des Landes seien eindeutig. Eine Hochzeit mit einer Frau aus einem nichtadeligen Geschlecht sei dem König nicht erlaubt. Auf keinen Fall will Olof im Dienst des Königs bleiben. Der Thronfolger ist ratlos, was er nun anfangen soll. Sein ganzes Leben ist er auf die Königswürde vorbereitet worden. Nichts anderes hat er gelernt.

Die ganze Zeit über schweigt Raa. „Für das Frühjahr sucht man einen Lehrer im Haus der Bücher", wendet Raa nun ein. „Bis dahin kannst du auf dem Lavendelhof leben. Überlege dir gut, ob unsere Liebe so stark ist, dass du wegen mir Lehrer oder Bauer sein willst. Du kennst kein einfaches Leben. Außerdem wissen wir doch kaum etwas von einander." Schweigend gehen die beiden eine Weile nebeneinander her.

„Liebst du mich?", fragt er. Raa sagt eine Zeit lang nichts, sodass Olof schon denkt, er habe sie verloren.

„Mehr als mein Leben", erwidert sie schließlich.

„Raa, ich möchte dich zu meiner Frau machen. Seit ich dich gesehen habe, weiß ich, weshalb ich geboren wurde. Ich liebe dich. Kein Thron der Welt kann mir geben, was du mir gibst." Raa lacht. „Wieso lachst du?", fragt er.

„Ach nichts." Irritiert schaut er sie an. Um ihn zu entlasten, sagt sie dann errötend: „Wir haben einander ja nicht alles gegeben. Ich bin der Ansicht, dass wir uns ein Jahr Zeit geben sollten, um uns besser kennenzulernen. Du gibst so viel auf für mich. Ich gebe nichts auf für dich. In meiner kleinen Welt bin ich glücklich und bin auch ganz froh, wenn ich daran nicht viel ändern muss. Ich bekomme den Mann meiner Träume und du bezahlst einen hohen Preis dafür. Es wäre angemessen, eine Zeit lang zu schauen, ob unsere Liebe stark genug ist für eine Ehe und ob du dauerhaft mit mir zusammen sein magst. Wenn du dich dann gegen mich entscheidest, werde ich sterben vor Kummer, aber immerhin hast du nur ein Jahr deines Lebens verloren." Olof widerspricht energisch. „Ich bin mir meiner Gefühle für dich sicher."

„Das mag sein, aber es macht Sinn, dass du dir anschaust, ob du auch harte Arbeit liebst, denn das kennst du nicht, auch wenn du glaubst, mich zu kennen." Schließlich sieht ihr Liebster ein, dass ihr

Vorschlag richtig ist.

„Gut, ich werde dir beweisen, dass ich dir ein guter Ehemann sein kann. Ich werde mich über den Winter als Knecht auf dem Lavendelhof verdingen und mich auf die Stelle als Lehrer an der Schule in Inroth bewerben. Wenn ich es mir im nächsten Sommer immer noch vorstellen kann – und übrigens auch du –, dann werden wir am nächsten Herbstmarkt heiraten." Olof betrachtet Raa von der Seite, während sie nebeneinander hergehen. Sie trägt ein hellgrünes Kleid über einer langen Hose. In einem goldenen Wasserfall fällt ihr lockiges Haar bis über ihre Hüfte. Es wirkt, als ginge ein Leuchten von ihr aus. Ihre helle Gestalt strahlt in die Dämmerung hinein und scheint die Dunkelheit noch eine Weile zurückzudrängen. Er ist bezaubert von ihrer Schönheit. Sie wendet den Kopf und lächelt ihn mit ihrem besonderen Lächeln an. Olof begleitet sie zum Hause Gohors und Anhilds. Unter dem Abendstern umarmen sich die Liebenden und verabschieden sich bis zum nächsten Tag. Dann wird Olof mit Raa zum Lavendelhof reiten, um Knecht zu werden.

Gegen Mittag des darauffolgenden Tages brechen Meta, Begard, Raa und Olof auf, um zum Lavendelhof zurückzukehren. Am Morgen haben sie gepackt und sich von Jos und Hana verabschiedet. Jos scheint sich schnell eingewöhnt zu haben. Sein Bettnachbar und er haben sich gleich angefreundet. In der Schule treffen sie auf Raas Bräutigam, der sich dort für das Frühjahr auf eine Stelle als Lehrer beworben hat. Er trägt nicht mehr die Kleidung der Soldaten des Königs, sondern eine lange Lederweste über einer leinenen Tunika, Hosen aus Leder und darüber einen grünen Radmantel aus Wolle. Er sieht seinem Onkel sehr ähnlich. Raa findet ihn wieder einmal ausnehmend schön und wird ganz verlegen. Meta und Begard begrüßen Olof freundlich und heißen ihn herzlich willkommen. Meta ist froh zu hören, dass ihr zukünftiger Mitbewohner und sein Onkel sich zum Abschied die Hand gereicht haben und im Guten auseinandergegangen sind. Mit Erleichterung hat Ulf es aufgenommen, dass Olof und Raa für ein Jahr schauen wollen, ob dem jungen Mann aus dem Südlichen Land ein einfaches Leben genügen kann oder ob er ein Dasein als Thronfolger vorzieht. Ulf glaubt, seinen Neffen so weit zu kennen, um sagen zu können, dass er harte Arbeit eher scheut, und ist zuversichtlich, seinen Ziehsohn im nächsten Jahr wieder am Hof in Camroth zu sehen. Der König hofft, dass dieses Jahr für Olof hart, aber heilsam sein und ihm seine Flausen austreiben wird.

Da erhob sich ein Wind und Vindu trat hervor, das Höchste, dessen Namen wir nie anrufen. Vindu teilte sich in Vilda und Vildo, in Göttin und Gott, die im Himmel wohnten. Als sie sich vereinigten, begann alles zu leben. Vilda und Vildo hatten viele Kinder und es entstanden viele Götter.

Kapitel 4

Olof und Raa reiten an der Spitze der Gruppe. Nach zwei Tagen sehen sie den Lavendelhof in der Ferne auftauchen. Die Großeltern sind gesund und sehr froh, dass ihre Lieben wohlbehalten zurückgekehrt sind. Der Großvater ist erleichtert, dass noch ein kampferfahrener Soldat den Winter über auf dem Lavendelhof sein wird, nun, da Meta nicht da sein wird. Olof zieht mit Begard in die Kammer der Jungen. Seine Kleidung ist zu fein für die Arbeit auf dem Hof und nicht warm genug für den kalten Winter. Er erhält eine alte Hose von Beregir und Unterwäsche aus Wolle, die die Großmutter für den Großvater gestrickt hat. Eine dicke Filzjacke von Beregir und ein Schaffellanorak werden ihn im Winter warm halten. Für Meta ist es Zeit, ihre Sachen zu packen für die Reise nach Steinstadt. Auf den Brunnen liegt am Morgen eine feine Eisschicht, die Bäume sind fast kahl. Die Nächte werden länger. Den Fluss hinauf ziehen die ersten Lachse zum Laichen. Bald werden die Pässe unpassierbar sein. Am Freitag heizen sie wie immer das Waschhaus und waschen die Wäsche. Danach nehmen erst die Frauen und dann die Männer ihr Schwitzbad. Meta erwartet Ulf und seine Mannen am Samstag.

Den Samstagmorgen überprüft sie ihre Ausrüstung. Ihre Winterkleidung trägt sie zum Teil am Körper, zum Teil in einer Umhängetasche. Unterwäsche zum Wechseln und zwei weitere Hosen und Gewänder hat Meta mit in die Tasche gepackt. In den seitlichen Satteltaschen verstaut sie Heilkräuter und eine Sammlung von Manuskripten über Heilpflanzen, die sie zusammengetragen hat, eingeschlagen in eine Lederhülle. Sie hat viel geforscht über die Wirkung der Pflanzen. Vieles ist ihr von der Großmutter beigebracht worden, manches hat sie im Hospital in Inroth gelernt. Zum Teil hat sie Pflanzen gepresst und getrocknet, zum Teil malte sie sie auf kostbares Hanfpapier. Meta hat nun einige Jahre Erfahrung im Ausüben der Heilkunde. Je länger sie behandelt, desto mehr hat sie den Eindruck, ihr Wissen gleiche dem Schein einer Kerze, die versucht, die ganze Nacht zu erhellen.
In den Satteltaschen verstaut sie außerdem ihre Messer zum Ausschneiden von Wunden, Kochgeschirr, Flickzeug, Binden aus Leinen, Seile aus Hanf und Leder, einen kurzen Spaten, ein kurzes Beil, Metallstifte, Karabiner, Hufnägel, zwei Hufeisen, ein Säckchen mit einigen Silbermünzen und Essensvorräte. Die Großmutter hat ihr Trockenobst und getrocknete Beeren eingepackt, zudem ein Säckchen Linsen. Jeweils einen Beutel voll Mehl, Speck, Salz und Brot packt Meta dazu sowie einen Sack Hafer für Leia, Metas Stute. Meta rollt ihren Schaffellschlafsack mit einer gewachsten Plane zusammen, ihrem Mantel und ihrem Schaffellanorak. Dieses Bündel befestigt sie hinter dem Sattel. Die Hochländerin legt ihre Glasperlenkette um, die zum einen Schmuck ist, zum anderen dienen die Perlen als Zahlungsmittel. Zum Schluss wirft sie ihren gewachsten Umhang über, in den sie eine Filzdecke hineingeknöpft hat. Sie schließt ihn mit der silbernen Gewandfibel der Königin. Wie eine Reiterfürstin von Hochland sieht Meta so aus.
Als die Frau alles gerichtet hat, reiten die Männer aus Steinstadt über die Zugbrücke. Sie werden zum Essen eingeladen und ihre

Pferde gefüttert. Während Meta nach dem Mahl aufsattelt, betrachtet Ulf mit spöttisch hochgezogenen Augenbrauen seinen Neffen, der mit Raa Pferdemist im Gemüsegarten unterharkt. „Es tut mir leid für Euch, dass der König von Steinstadt keine Frau aus einem niederen Geschlecht heiraten kann", sagt er zu Meta, die neben ihm Leia in den Mundwinkel greift. Die Stute beginnt zu kauen. Nun kann sie die Luft nicht anhalten und Meta zieht den Sattelgurt fest. Meta hält kurz inne und kneift die Augen zusammen. Sie spürt Zorn in sich aufsteigen wegen seiner Beleidigung. „Ihr solltet Euch selbst leidtun. Mir wird ein Sohn geschenkt und Ihr beraubt Euch Eures Thronfolgers wegen Eurer dummen Gesetze", erwidert sie scharf. Der König starrt sie mit offenem Mund an. Diese Frau ist entschieden zu unverschämt. Hilfesuchend wendet er sich zu Borg um, der nur die Schultern hebt. Meta umarmt Großmutter. Die alte Frau gibt ihrer Tochter einen walnussgroßen Runenstein, in den Ehwaz, das Pferd, geritzt ist, für Glück auf der Reise. Dann verabschiedet Meta sich von Großvater und Begard. Auch Raa und Olof haben ihre Arbeit unterbrochen, um den Reisenden alles Gute zu wünschen. Ulf sucht immer noch nach einer Erwiderung, als sich die Lavendelhofleute verabschieden und ihnen alles nur erdenklich Gute für die Reise wünschen. Meta sitzt auf, wendet ihr Pferd auf der Hinterhand und sagt zu Ulf: „Ich hoffe, es ist Euch recht, wenn ich hinter Eurer Gruppe her reite?" Ulf hat insgeheim auf eine Gespielin während des Ritts gehofft, nun entwickeln sich die Dinge anders, als gedacht. „Selbstverständlich", antwortete Ulf und setzt sich an die Spitze des Zuges. Er ist es gewohnt, dass er den Frauen gefällt. Nun gut, ihm soll es recht sein. In Steinstadt gibt es schönere Frauen, mit denen er sich die Zeit vertreiben kann. Meta und ihre Familie winken sich noch lange zu, nachdem Meta mit den Männern über den Fluss geritten ist. Der Trupp reitet über die Ebene und erreicht am Abend den Waldrand vom Wald am See. Sie schlagen ihr Lager in der Dämmerung auf. Die Erde ist trocken. Seit Tagen hat es nicht geregnet. Dennoch baut sich Meta, nachdem sie abgesattelt und ihr Pferd versorgt hat, aus ihrer gewachsten Plane ein Zelt und aus trockenen Zweigen eine Matte, auf der sie ihren Schlafsack ausbreitet. Unter dem Sternenzelt sitzen sie am Feuer. Sie essen Brot und Speck und erzählen Geschichten, bis sie zu Bett gehen. In der Dunkelheit geht Meta zum Bach. Sie wäscht sich und reinigt ihre Zähne.

Im Morgengrauen stehen sie auf, frühstücken, füttern die Pferde und satteln auf. Beltaf, einer der Soldaten, will Lato, den Hengst des Königs satteln. Das Tier wiehert und versucht, dem Mann auszuweichen, als dieser den Sattelgurt festzurrt. Als der König aufsteigen will, bockt das Pferd. Lato steigt und versucht, den Reiter abzuwerfen. Die Männer haben ihre Tätigkeiten unterbrochen und besehen sich das Schauspiel. Ulf versucht, sein Pferd zu beruhigen, doch ohne Erfolg. Borg hält sich im Hintergrund, denn das Pferd seines Herrn verabscheut ihn und zeigt sich ihm gegenüber angriffslustig. Der Herr von Camroth reitet auf Meta zu. „Was ist mit dem Ross, das Ihr mir verkauft habt?", fährt er sie an.
„Ich weiß es nicht", sagt Meta. „Bitte steigt ab, dass ich mir den Sattel anschauen kann. Lato scheint ihn loswerden zu wollen. Vielleicht passt er nicht und wir müssen ihn noch einmal auspolstern." Der König steigt ab. Meta sattelt ab und untersucht Sattel und Decke. Das Tier beruhigt sich schnell. Meta fällt nichts auf. Ulf fährt mit der Hand über die Sattellage des Hengstes. An seiner Hand ist ein wenig Blut. Ein kleiner Einstich ist, wenn man genau hinschaut, auf Latos Rücken zu sehen. Meta entfernt die Decke vom Sattel, und da sehen sie es: Jemand hat einen Eisennagel durch das Sattelblatt getrieben, der sich durch das Reitergewicht durch die Satteldecke in den Rücken des Tieres gebohrt hat.
„Habt Ihr etwas gefunden?", fragt Alaf, einer der Männer.
„Nein, nichts", erwidert Ulf. Meta und er stehen ein wenig abseits, sodass die Soldaten nicht sehen können, dass er ihr einen warnenden Blick zuwirft. Wie beiläufig hebt der Anführer der Unternehmung einen flachen Stein auf und schiebt den Nagel zurück, sodass er ihn herausziehen kann. Unauffällig lässt er ihn in dem Beutel, der an seinem Gürtel befestigt ist, verschwinden. Die Soldaten be-

enden ihre Arbeit. Ulf sattelt Lato selbst, sitzt auf und bedeutet den anderen, es ihm gleichzutun. „Bis zum Abend werden wir den Wald umrundet haben. Dann können wir bis zum darauffolgenden Mittag in Thingen am See sein."

„Entschuldigt meinen Einwand, aber wir können schon heute Abend in Thingen am See sein, wenn wir den Wald nicht umrunden, sondern durchqueren", wirft Meta ein. „Es heißt, die Elfen haben den Wald so dicht gemacht, damit niemand sie stört. Für Pferd und Reiter ist das Unterholz undurchdringlich", sagt Borg nun.

„Das stimmt, aber wir können durch den Bach reiten. Wenn Ihr erlaubt, werde ich Euch führen", meint Meta. Ulf erlaubt es ihr. Doch Borg beharrt darauf, man kenne den Weg nicht, das sei zu gefährlich. „Meta wird uns führen", sagt Ulf, die Stimme ein wenig hebend und damit ist es beschlossen.

Meta reitet voran, der König folgt ihr. Als der Bach breiter wird, reitet er neben ihr. „Warum habt Ihr den Männern vorhin nichts gesagt?", fragt sie leise.

„Ich habe schon länger den Verdacht, dass wir einen Verräter in unseren Reihen haben. Dies war nicht der erste Anschlag, der auf mich ausgeübt wurde. Es wäre unklug, unter den Soldaten Misstrauen zu säen, bevor ich nicht wirklich weiß, wer der Mann ist."

„Beltaf hat Lato gesattelt", meint Meta. „Er könnte es doch gewesen sein." Ulf lacht bitter.

„Jeder andere hätte es auch gewesen sein können. Die Sättel lagen im Zelt für die Ausrüstung. Beltaf hatte heute Nacht keine Wache. Das waren die Brüder Balto und Bolon. Jeder andere hätte es ebenfalls tun können, wenn er es nur gewollt hätte. Auf jeden Fall werde ich meinen Sattel in Zukunft mit in mein Zelt nehmen." Meta nickt. Sie hatte noch nie darüber nachgedacht, dass ein Herrscher manchmal sehr gefährlich lebt. Umso mehr ist sie froh, dass Raa nicht Königin werden kann. Sie haben sich leise unterhalten. Nun erreichen sie den Wasserfall. Meta verrät nichts über das Versteck. Das ist ein Familiengeheimnis. Die Pferde, denen das Wandern im Wasser nicht sonderlich behagt, scheinen erleichtert zu sein, wieder festen Boden unter den Hufen zu haben, nachdem sie an einer flachen Stelle ans Ufer geritten sind. Die Reiter steigen ab und führen ihre Tiere auf glitschigem Untergrund über einen Wildwechsel den Abhang neben dem Wasserfall hinauf. Dem Wildwechsel folgend umgehen sie die Stromschnellen flussaufwärts und durchqueren einen lichten Laubwald, auf dessen Boden Wildgras wächst. Hier rasten sie, tränken die Tiere und lassen sie weiden. Am Nachmittag erreichen sie die Stelle, an der sich Ulf von Camroth und die Frau aus Hochland zum ersten Mal begegnet sind. Von der Grabstelle des Toten ist nur noch ein kleiner Hügel zu sehen, doch die Pferde werden unruhig, so als witterten sie noch immer die Gefahr. Eine kurze Weile später stoßen sie auf den Uferweg, der den halben See umrundet, und in der Abenddämmerung erreichen sie Thingen am See. Die Soldaten, ihr Heerführer und die Heilerin beziehen Quartier im Gasthof des Dorfes. Ulf nimmt ein Zimmer mit Borg, die Soldaten schlafen im Männerschlafsaal und Meta hat das Frauenzimmer, in dem sich zehn Betten befinden, für sich allein. Die Tiere werden gefüttert und dann trifft man sich in der Schankstube zum Abendbrot. Es gibt einfachen, aber schmackhaften Eintopf und dazu, was die Männer und Meta gleichermaßen freut, Bier. Meta hat rote Wangen und ist heiterer Stimmung, als der Wirt sie anspricht. Sie sei doch Heilerin und seiner Frau gehe es schlecht, ob Meta nicht bitte nach ihr sehen könne.

Im hinteren Teil der Gaststube führt eine Tür in die Wohnung der Wirtsfamilie. Meta zählt fünf Kinder. Das älteste ist etwa in Hanas Alter, das jüngste ist ungefähr fünf Jahre alt. Die Wohnung ist sauber, wenn auch klein. Die Wirtin liegt im Bett und stöhnt vor Schmerzen. Sie ist deutlich übergewichtig. In ihrer rechten Achselhöhle findet Meta eine beinahe faustgroße Schwellung, die überwärmt ist und gerötet. Beim vorsichtigen Abtasten schreit die Kranke auf. Meta fühlt eine abgekapselte, prall gefüllte Blase. An dieser Stelle des Körpers bilden sich manchmal eitergefüllte Höhlen. Manche entleeren sich spontan, wenn sie dicht unter der Haut liegen.

Andere, die von einer dickeren Gewebeschicht bedeckt sind, können sich nicht entleeren und führen unbehandelt meist zu hohem Fieber und letztendlich sogar manchmal zum Tode. Diese Geschwulst ist von der zweiten Sorte. Meta bittet den ältesten Sohn, Wasser zu kochen, Seife und Handtücher zu besorgen. Einen der Jungen schickt sie in das Frauenzimmer nach ihren Satteltaschen. Nachdem alles gebracht worden ist, bittet sie die älteste Tochter, welche in Jos' Alter ist, ihr Schneidewerkzeug auszukochen. Aus Eichenrinde stellt sie eine Abkochung her und zeigt der Tochter, wie dies zu bewerkstelligen ist. Sie füllt Leinensäckchen mit Kamillenblüten, Sonnenhut, Arnika und Schachtelhalm und näht sie zu. Dann leitet sie die Tochter an, nach dem Schneiden die nächsten Tage die Wunde mit einer Eichenrindenabkochung zu spülen und anschließend eines der Säckchen, die sie zuvor in kochendes Wasser legen und abkühlen lassen soll, in die Achselhöhle der Mutter zu legen. Metas Reisegefährten haben in der Zwischenzeit bemerkt, dass im hinteren Teil des Gasthauses etwas vor sich geht. Borg klopft und fragt, ob er helfen könne. Der Wirt verzieht sich in die Schankstube. Die Heilerin lässt Borg noch zwei der Männer mitbringen, um die Frau festzuhalten, während sie schneidet. Die Patientin verlangt ständig nach Wasser. Sie habe unstillbaren Durst. Meta lässt sie in eine saubere Schüssel pinkeln, taucht ihren Zeigefinger in den Urin und leckt daran. Er schmeckt leicht süßlich. Vor dem Schneiden schickt sie die Kinder zu deren Vater. Meta wäscht die Stelle gründlich mit heißem Wasser und Seife. Je ein Mann hält die beiden Arme der Frau links und rechts neben dem Kopf fest und Borg setzt sich auf ihre Beine. Meta macht einen Schnitt in die Schwellung. Die Wirtin schreit, dann lässt der Schmerz nach. Meta gibt Acht, dass sie kein großes Blutgefäß verletzt. Eiter und Blut quellen in großen Mengen aus der Wunde. Dann vergrößert sie die Öffnung, damit sich später die Wunde nicht von der Oberfläche her schließt. Gidi, der den linken Arm der Wirtin hält, verdreht die Augen. Er wird kalkweiß und der tapfere Recke vom Stamm der Misteln fällt ohnmächtig neben das Bett. Es tut noch immer sehr weh, aber der stechende Schmerz, den sie zuvor gespürt hat, hat nachgelassen. Die Frau schimpft Meta ein böses Weib und bedankt sich bei ihr. Meta spült die Wunde mit der Eichenrindenabkochung und legt eines der Säckchen hinein. Sie ruft die Tochter herein und bittet sie, ihre Mutter zu verbinden. Dann kümmert sie sich um den auf dem Boden liegenden Helfer. An die Wirtin gewandt sagt sie: „Du hast süßen Harn. Deshalb bekommst du häufig Entzündungen. Das kommt daher, dass du zu viel isst. Du darfst die nächsten sieben Tage nur Quark essen. Danach musst du jeden Tag eine Stunde spazieren gehen und darfst nur dreimal am Tag jeweils einen Teller voll essen."

„Das geht nicht, ich muss das Essen probieren, das ich koche", erwidert diese.

„Lass es deinen Mann probieren oder spucke es wieder aus", sagt die Heilerin, „sonst erlebst du die Schwertleite deiner Tochter nicht. Bis du abgenommen hast, trinkst du jeden Morgen eine Tasse Tee vom Geißklee[2], dann lässt du ihn weg. Selbstverständlich darfst du den nicht süßen."

Der Wirt gibt nochmals eine Runde Bier aus. Und dann noch eine. Für Meta ist die Übernachtung selbstverständlich kostenlos.

Am Morgen hat Meta Mühe, aus dem Bett zu kommen. Dunkel erinnert sie sich an den gestrigen Abend. Zuerst hat sie einen Karbunkel bei der Wirtin aufgeschnitten, dann hat der Wirt ihr Bier und Schnaps ausgegeben. Hat sie auf dem Tisch getanzt und unanständige Lieder gesungen? Ihr Kopf schmerzt. Als sie die Wirtsstube betritt, lächelt der Wirt und die Soldaten grinsen. „Oh nein", seufzt sie. Borg nimmt einen Löffel voll Brei und schaut sie freundlich an. „Soso, sie kann heilen und töten, und tanzen kann sie auch." Der König schaut betont ernst drein. Er verzieht keine Miene und lässt sich zu keiner Bemerkung hinreißen. „Ich werde also nach meiner Kranken sehen", sagt Meta matt. Die Frau des Wirts ist nicht in ihrem Zimmer. Sie ist spazieren gegangen, um Geißrautenkraut zu sammeln. Der Heilerin geht es schlecht. Sie trinkt nur Wasser zum

---

[2] siehe Anhang

Frühstück. Anschließend geht sie zurück in ihr Zimmer und packt ihre Sachen zusammen. Leia ist schon gesattelt, als sie nach unten kommt und die anderen sind schon aufgesessen. Sie haben Heu und Hafer gekauft, denn in den ersten beiden Tagen des Aufstiegs im Gebirge werden sie keine Weiden finden. Ulf schaut sie kurz an. Er befiehlt ihr, etwas zu essen, und zwar schnell. „Ich kann unter meinen Reitern nicht einen gebrauchen, der vom Pferd fällt." Wenige Augenblicke später sitzt Meta mit einem Stück Brot in der einen und einem Stück Speck in der anderen Hand auf ihrer Stute. Das Tier trottet brav hinter den anderen Pferden her.

Sie reiten durch weites Grasland, auf dem halbwilde Pferde- und Rinderherden weiden. Ab und zu passieren sie einzeln liegende Gehöfte. In einiger Entfernung ragen die Berge auf, deren höchste Gipfel das ganze Jahr über von Schnee bedeckt sind. Gegen Mittag rasten sie an einem Wasserloch und nehmen eine Kleinigkeit zu sich. Meta fühlt sich nur wenig besser und legt sich auf den Sattel, um zu schlafen. Die Pferde grasen. Nach einer Stunde Rast satteln sie wieder auf und reiten bis zum Einbruch der Dunkelheit. Sie haben den Fuß des Gebirges erreicht. Unter einer überhängenden Felswand schlagen sie ihr Lager auf. Den Pferden werden Fußfesseln angelegt, damit sie nicht davonlaufen können, dann lassen sie sie in der Ebene weiden. Als sie ein Feuer entfachen, verfliegt Metas Unpässlichkeit mit einem Mal. Sie sind an einem heiligen Ort angelangt. Auf der Felswand zeigen sich im Schein des Feuers Wesen aus einer anderen Welt. Im flackernden Licht der Flammen scheint es, als liefen Hirsche, Riesenkatzen mit starken Eckzähnen und Tiere mit langen Rüsseln und gewaltigen Hauern über den Felsen. Die Gruppe steht mit offenen Mündern und ist ergriffen von der Schönheit der Darstellungen. Die abgebildeten Menschen – oder handelt es sich um Geister? – sind groß gewachsen und tanzen mit Speeren und Bögen um ihre Jagdbeute. Der Platz liegt etwas erhöht, sodass sie den Blick weit über das Grasland schweifen lassen können. Dies ist ein Ort, der eine Brücke schlägt in eine andere Welt voller Zauberwesen und Geister. Die Männer haben Angst, gerade hier ihr Nachtlager aufzuschlagen. „Was aber, wenn eines der Wesen uns im Schlaf in die Anderswelt entführt?", befürchtet Bolon. Doch Ulf beruhigt ihn. „Dies ist ein von Reisenden gerne genutzter Rastplatz. Hier sind wir durch die aufgemalten Tiere geschützt vor bösem Zauber und die Unwesen der Nacht wagen sich nicht in die Nähe des Felsüberhangs." Im Haus der Bücher hat Meta von den Felsmalereien gehört, hat sie aber selbst bisher nicht gesehen. Niemand weiß, wer letztendlich die Malereien angefertigt hat, wahrscheinlich aber verewigten sich hier die ersten Menschen von Hochland, die ersten Kinder, die Ehwaz und Hangista gezeugt hatten. Es heißt, an diesem Platz öffne sich der Zeitenraum. Auf Meta üben die Tiere eine beruhigende Wirkung aus. Sie nimmt ein Büschel vom trockenen Salbei aus ihrer Satteltasche und zündet es an. Sie singt das Lied von der glücklichen Reise, während der Salbei raucht.

„Auf meinen Füßen will ich reisen
Weit um die Welt auf meinem Weg
Will wie ein Tänzer um sie kreisen
Auf sichern Pfaden, Furt und Steg

Auf einem Pferd da will ich reiten
Durch Stadt und Land zu einem Haus
Will wie ein König vorwärtsschreiten
Auf guter Straße, hoch hinaus

Mit leichtem Herzen will ich gehen
Zurück zu dir, mein Ewig lieb
Auf immer will ich zu dir stehen
Hab nicht vergessen, was uns blieb."

Die Männer hören ihr schweigend zu. Der König sitzt am Feuer und raucht eine Pfeife Knaster. Es ist schön, eine Frau mit auf der Reise zu haben. Bogof hat ein schmackhaftes Linsengericht über dem Feuer zubereitet. Nachdem Meta gegessen hat, reinigt sie sich an der nahen Quelle und legt ihren Schlafsack nahe der Felswand auf den Boden. Sie kuschelt sich in ihr Nest und gibt sich dem Schlaf hin. Im Traum sieht sie Beregir. Er sitzt hinter einem Herdfeuer. Beregir sieht aus wie ein gebrochener Mann. Ein Eisenring ist um seinen Hals geschmiedet wie bei einem Unfreien. Sein Gesicht ist von ihr abgewandt. Da dreht er seinen Kopf in ihre Richtung. Dort, wo seine Augen sein sollten, befinden sich zwei schwarze Löcher. Meta erwacht schweißgebadet. Sie liegt eine Weile still. Länger hat sie nicht von Beregir geträumt. Sie ist sich jetzt ganz sicher: Die Ostländer haben ihren Mann, bevor die Schlacht schlecht für sie ausging, geraubt und in die Sklaverei verkauft. Vielleicht ist er noch am Leben. Vielleicht wird er sich eines Tages befreien können und zu ihr zurückkehren. Ins Östliche Land zu reisen und Beregir zu befreien, ist unmöglich. Die Reise würde ihren Tod bedeuten oder Schlimmeres. Selbst mit tausend Männern wäre das nicht möglich. Meta steht leise auf und geht zur Quelle. Sie setzt sich an den Rand des Wassers und besieht die Sterne, die sich im Teich spiegeln. Da empfindet sie in ihrem Innersten ein sehr starkes Gefühl der Verbundenheit mit Beregir, so als wäre er gerade hier. Sie hat wieder Hoffnung gefunden und bedankt sich im Stillen bei den Ahnen, die diesen Platz geschaffen haben.

Als Beregir erwacht, schmeckt er Blut in seinem Mund. Er hat sich in der Ohnmacht auf die Zunge gebissen. Dann dringt der Schmerz in sein Bewusstsein. Er braucht eine Weile, um zu begreifen, wo er ist. Mit einigen anderen Leuten liegt er verschnürt wie ein Bündel Holz auf einem Karren. Beregir stöhnt. Zum Schreien hat er nicht die Kraft. Das Bündel neben ihm sagt: „Na, bist du endlich aufgewacht? Eigentlich schade, wärst du tot, hätte ich deine Schuhe nehmen können." Beregir hofft, er müsste nur die Augen schließen, dann wachte er auf aus diesem Albtraum. Da erinnert er sich an die Schlacht am grauen Berg. Er wurde mit seiner Mannschaft an der Flanke des Berges vom Rest des Heeres getrennt und von Ostländern aufgerieben. Die meisten der hochländischen Krieger wurden niedergemetzelt, nachdem schon das Heer des Südlandes in die Schlacht eingegriffen hatte, an dessen Spitze König Ulf in strahlender Rüstung voranpreschte. Beregir sah einen ostländischen Krieger auf sich zureiten und galoppierte an. Das ist seine letzte Erinnerung als freier Mann. Die Männer auf dem Karren ahnen, dass diese Reise in die Sklaverei führt. Jahrelang sind die Ostländer immer wieder in Hochland eingefallen, um Menschen zu stehlen und sie in die Sklaverei zu entführen. Damit sie nicht flüchten und sich zurück nach Hause durchschlagen, werden sie geblendet. Die Ostländer sprechen zueinander in ihrer harten Sprache. Je einer reitet links und rechts neben dem Karren, einige dahinter und auf dem Kutschbock sitzen zwei Männer. Es gibt keine Möglichkeit, zu entkommen. Beregir richtet sich halb auf, um besser sehen zu können, als ihm der Reiter rechts neben dem Karren das stumpfe Ende seiner Lanze ins Gesicht stößt und es um ihn wieder gnädig dunkel wird.

Damit ein Gleichgewicht zwischen Himmel, Erde und Unterwelt bestand, erschuf Vindu auf der Erde aus den zerbrochenen Schuppen von Ata die Elfen, aus Stein die Riesen und aus Erde die Zwerge.

Kapitel 5

Meta erwacht am nächsten Morgen und es liegt eine dicke Schicht Raureif auf den kahlen Ästen der Bäume und den Blättern einer alten Eiche, die neben dem Felsüberhang wächst. Das Wetter ist trüb. In der Nacht sind dunkle Wolken aufgezogen und wandern langsam über den Himmel. Sie frühstücken rasch im Stehen und beeilen sich, aufzusatteln und ihre Ausrüstung auf die Pferde zu laden. Im Gebirge kann das Wetter schnell umschlagen. Ulf treibt seine Männer an. Er sitzt als Erster auf seinem Hengst und nachdem der letzte Mann aufgesessen ist, reitet er zügigen Schrittes voran durch ein steil ansteigendes Tal, welches sich auftut, als sie den Felsen mit den heiligen Bildern umrunden. Kurz vor dem Ende des Tales haben sie die Baumgrenze erreicht, hier beginnt ein Gebirgspfad, der sich zwischen zwei Felsen hindurchschlängelt. Sträflinge aus Hochland und dem Südlichen Land haben ihn angelegt. Sie sind es, die die Wege und Stege aus dem Gebirge schlagen. Viele von ihnen sind abgestürzt oder in den Wänden erfroren. Ulf zügelt sein Pferd und steigt ab. Aus Achtung vor denen, die hier das Leben ließen legt er einen Stein ab am Eingang des Gebirgspfades. Kurz schweigen sie, dann setzen sie ihre Reise fort. Noch bevor sie zu Mittag eine Pause machen, beginnt es zu nieseln. Nebel zieht auf. Meta befestigt ihre gewachste Plane über ihren Satteltaschen und zieht ihren Umhang enger um sich. Gegen Mittag treten die Felsen ein wenig zurück und geben einen fast kreisförmigen Platz frei. Ein Bächlein schlängelt sich neben dem Weg entlang. Hier ruhen sich Pferde und Reiter nach der Mittagsstunde aus. Der Regen fällt leise und stetig vom Himmel. Menschen und Vierbeiner nehmen Nahrung und Wasser zu sich. Eine Stunde später satteln sie wieder auf. Dieses Mal sitzen sie jedoch nicht auf, sondern führen ihre Tiere am Zügel. Meta ist ganz froh, dass sie nicht reiten. Sie ist es gewohnt, lange Stunden im Sattel zu verbringen, doch nun tut ihr doch ihr Allerwertester weh. Meta reitet ohne Steigbügel. Die Älteren und auch Krieger im Harnisch benutzen sie, um aufzusteigen, dann werden sie an den Sattel gehängt. Ihre Kinder verwendeten eine Zeit lang regelmäßig Steigbügel, was Meta selbstverständlich unterband. Diese Dinger verderben den richtigen Sitz. Stimmt der Sitz nicht, ist eine feine Hilfengebung und Zügelführung unmöglich. Momentan wäre sie jedoch, um ehrlich zu sein, ganz froh über dieses Hilfsmittel, um ihren Hintern und auch um den Pferderücken zu entlasten. Meta ist stur und steht, gerade was die Reiterei anbetrifft, Neuerungen eher ablehnend gegenüber. Wegen des Regens werden die Wanderer immer schweigsamer. Ulf führt sie auf einen schmalen Pfad, gerade breit genug, dass zwei Reiter aneinander vorbeikommen. Linker Hand ragt eine steile Felswand empor, rechts tut sich ein Abgrund von etwa zehn Pferdelängen auf. Der Steg ist rutschig

durch die Nässe. Sie wahren eine Pferdelänge Abstand zum Vordermann. Die Pferde lassen sich von ihren Menschen ruhig führen, bis sie an eine Holzbrücke gelangen, die über eine Schlucht führt. Ulfs Hengst verweigert das Hindernis. Der König spricht beruhigend auf ihn ein, dann gibt er ihm einen Klaps mit der Gerte, nichts hilft. Lato ist nicht dazu zu bewegen, die glitschigen Planken zu betreten. Ulf ist wütend. Er bereut den Kauf des hochländischen Hengstes und denkt kurz, er werde zu Hause ein Pferdefleischessen veranstalten. In diesem Augenblick nähert sich von der anderen Seite der Schlucht her ein Schafhirte mit einem Esel und seiner Herde. Die Reiter auf der gegenüberliegenden Seite scheinen die Brücke nicht betreten zu wollen, deshalb ruft der Hirte: „Bahn frei!", und treibt die verängstigten Tiere, die ebenfalls zögern, auf die Brücke.
„Du hast weniger Mut als ein Schaf!", knurrt der Anführer, der sich für den zaghaften Lato vor seinen Männern, die sich spöttische Bemerkungen verkneifen, schämt. Die ersten Schafe haben nun die Mitte der Brücke erreicht und ihr Hirte will ihnen gerade auf das Holzgerüst folgen. Da brechen die Planken unter der Last der Tiere und ein Teil der Herde stürzt in den Abgrund. Es ist mucksmäuschenstill unter den Männern. Ulf hat wohl mit seinem Pferd einen Glücksgriff getan. Er streichelt den Hals des Vierbeiners und bedankt sich im Stillen bei ihm. In Zukunft wird er auf Lato besser hören. Er scheint die Gabe der Voraussicht zu besitzen. Der Mann, der die Schafe auf die Brücke getrieben hat, bricht in lautes Wehklagen aus. Gut ein Drittel seines Besitzes ist dahin. Er und die Südländer machen sich jeweils auf ihrer Seite an den Abstieg in die Schlucht auf dem rutschigen alten Pfad, den man benutzt hat, bevor die Brücke gebaut worden ist. Sie erreichen den aufgeweichten Boden der Schlucht gemeinsam mit dem Hirten. Drei Schafe mit ihren Lämmern sind tot, zwei leben noch, sind aber schwer verletzt. Der Mann tötet sie, indem er ihnen die Kehle durchschneidet und sie ausbluten lässt. Ulf kauft ihm drei Lämmer von diesem Jahr ab. Sie weiden die Tiere aus und freuen sich auf gegrilltes Lamm zum Abendessen und auch am morgigen Tag. Meta häutet die Lämmer geschickt und

schabt das restliche Fleisch und Fett von der Haut. Der Schafbauer zieht den übrigen Schafen das Fell ab. Wären er und Lato nicht gewesen, das Südliche Land hätte einen neuen König krönen müssen. Ulf drückt dem Hirten, der sich überschwänglich bedankt, ein Goldstück in die Hand. Neben einem toten Schaf entdeckt er eine Planke der Brücke. Sie wurde angesägt.

Durch eine List tötete Asnakir, Hochkönig der Zwerge, die Riesen. Er lockte die Riesen, welche die Berge trugen, mit der Verheißung von Gold und Edelsteinen zum Mittelpunkt der Erde, wo alle Riesen in der Hitze verbrannten. Asnakir hatte es auf die Reichtümer abgesehen, die die Riesen bewachten. Seither stehen die Berge auf der Erde und die Zwerge stehen in dem Ruf, habgierig zu sein.

Kapitel 6

Durch den Zwischenfall mit der Brücke sind sie verspätet. Die Reise durch die Berge ist in der Dunkelheit gefährlich und sie kommen nur langsam voran. Leicht tritt ein Reisender oder ein Tier neben den Pfad und fällt in den Abgrund, doch der König vom Berge Camroth geleitet sie sicher durch das Gebirge. Sie sind durchnässt und erreichen den nächsten Rastplatz, einen Felsvorsprung, der Menschen und Tieren Platz bietet, erst in der Dunkelheit. Er ist dem rauen Wind und dem Regen voll ausgesetzt. Mühsam bringen sie ein Feuer zum Brennen und Meta baut unweit des Feuers im strömenden Regen ihre Plane zu einem Zelt auf. Ihr gewachster Umhang schlägt durch. Sie spürt die Nässe und die Kälte, die in ihre Schultern kriechen. Nach einiger Zeit ist das Lamm gar. Alle haben Hunger. Meta nimmt ihre Mahlzeit unter ihrer Plane ein. Der Wind drückt gegen ihren Unterschlupf und gegen das Zelt des Königs und gegen das Zelt für die Ausrüstung, in dem heute Nacht auch die Soldaten schlafen. Noch lange friert Meta auf ihrem Lager, bis sie einschläft. Am nächsten Morgen erwacht sie in einem warmen, etwas feuchten Schlafsack. Alles unter ihrer Plane ist eisigkalt und feucht. Als sie aus ihrer Behausung hinausschaut, ruft sie unwillkürlich: „Nein!" Der Regen hat sich heute Nacht in Schneeregen verwandelt. Zwischen den Zelten liegt eine etwa zwei fingerbreit dicke Schicht aus Schneematsch. Triefend und frierend haben sich die Pferde an die Felswand zurückgezogen und stehen mit hängenden Ohren dicht beisammen. Vom Himmel fällt ein Gemisch aus Schnee und Regen. Meta schüttelt sich wie ein nasser Hund. Frierend schlüpft sie in ihren feuchten grünen Filzmantel, der wie ihr Kleid geschnitten ist. Unter ihren Hanfkleidern trägt sie gestrickte lange Schafwollunterwäsche. In dicken Filzsocken schlüpft sie in ihre Lederstiefel, in die sie ihre lange Hose hineinstopft. Der gewachste Umhang ist in der Nacht nicht getrocknet, im Gegenteil hat Meta eher den Eindruck, er wäre noch nasser unter der Plane geworden. Trotzdem legt sie ihn um. Nachdem sie die gröbste Nässe von ihr gestreift hat, sattelt sie ihre Stute und schüttelt die Plane aus. Sie deckt ihr Gepäck und die Kruppe des Tieres ab und sucht sich frierend etwas zu essen. Hinter einem Felsvorsprung verrichtet sie ihre Notdurft und benutzt den frischen Schnee, um sich zu reinigen. „Es ist doch nichts so schlecht, dass es nicht auch noch für etwas gut sein könnte", sagt sie zu sich selbst und wirft einen missmutigen Blick zum Himmel. Der Schneeregen ist wieder in Regen übergegangen und innerhalb kurzer Zeit ist der Schneematsch verschwunden. Heute reiten sie nur bis zum frühen Nachmittag, bis Ulf seine Männer und Meta zu einer großen Höhle in einem weiten Tal führt. Meta fühlt sich ein wenig an die Halle des Palastes in Inroth erinnert. Hier ist es trocken und es gibt genug Platz für Pferde und Reiter. Die Tiere bekommen feuchtes Heu zu fressen, Zeltleinen werden gespannt und sie hängen ihre nassen Kleider an die gespannten Schnüre. Ein Feuer wird entfacht und ein weiteres Lamm an einer Stange gegrillt. Der Eingang zur Höhle ist hoch und so schmal, dass zwei Männer bequem nebeneinander hindurchtreten können. Die Stimmung bessert sich augenblicklich. Da hören sie von draußen vor der Höhle ein lautes Grollen. Die

Pferde wiehern erschrocken, manche steigen und die Wachen, die aufgestellt worden sind, um den Höhleneingang und die Rösser zu bewachen, haben alle Mühe, die Tiere zurückzuhalten. Das Grollen dauert kurz, es kommt ihnen aber wie eine Ewigkeit vor. „Das waren die Riesen unter der Erde!", ruft Balto.

„Wir schauen erst einmal vor der Höhle nach", schlägt Borg vor. Am gegenüberliegenden Hang ist eine Gerölllawine zu Tal gegangen. Das Erdreich ist aufgeweicht und schwer durch den Regen.

„Da hast du deine Riesen", schimpft Bolon seinen Bruder.

„Hoffentlich hört es bald auf zu regnen, im Gebirge ist es sowieso schon gefährlich genug. Wenn nachts das Wasser in den Felsspalten gefriert, sprengt es den Stein. Taut es dann, gibt es für meinen Geschmack hier zu viel loses Gestein", sagt Frolof. Ulf tritt zu den Männern.

„Im Westen wird es schon heller. Ich vermute, der Regen wird bald nachlassen. Morgen Abend werden wir bei den heißen Quellen von Ignanstochter sein. Dort werden wir Unterkunft bekommen und ein heißes Bad. Tags darauf werden wir die Grenze nach Camroth überschreiten. Dann werden wir binnen weniger Tage das Gebirge verlassen und die Sümpfe durchquert haben, um zurück in Steinstadt zu sein." Die Männer murmeln beifällig. Sie haben Heimweh nach ihren Familien und genug vom Reiten im Regen.

„Heute bekommt jeder einen Becher voll Apfelwein zum Essen", sagt der König noch. Weil Ulf die Unternehmung leitet, fühlt Meta sich auf dem gefährlichen Weg durch das Gebirge sicher. Bewundernd betrachtet sie ihn, wie er da steht und seine Mannen beruhigt mit wenigen Worten. Seine Haltung lässt keinen Zweifel daran, dass er es ist, der die Unternehmung leitet. Er ist ihr Anführer. Er ist der König vom Berg. Ulf wendet den Kopf und sieht sie an. Sie ist schmutzig und bei Weitem nicht so anmutig wie die Frauen aus Steinstadt. Deren Aufgabe besteht darin, dem Ehemann gefallen zu wollen, das Haus und die Kinder zu versorgen. Meta schaut ihm unverwandt in die Augen. Eine Frau aus Steinstadt würde das niemals tun. Man würde es als Aufforderung verstehen. Meta hat ihm deutlich zu verstehen gegeben, dass sie an einer Annäherung kein Interesse hat, doch nun lächelt sie ihn an. Es fällt ihm auf, dass sie das noch nie getan hat, und unwillkürlich lächelt er zurück.

Am Abend sitzen alle ums Feuer, wieder leidlich trocken. Draußen prasselt der Regen und es entwickelt sich ein Streitgespräch zwischen Meta und dem jungen Frolof, der meint, es schicke sich nicht für eine Frau, das Schwert zu führen. Der König und die anderen lehnen sich selbstgefällig zurück und beobachten die Auseinandersetzung. Es geht eine Weile hin und her. Meta hat die besseren Argumente, bis der junge Recke sagt: „In Camroth zumindest muss man schon ein Mann sein, um das Schwert richtig führen zu können." Und Meta erwidert grinsend: „Nun, in Hochland pflegen wir das Schwert mit dem Arm zu führen und nicht mit dem Schwanz. Deshalb ist es bei uns ganz unerheblich, ob der oder die das Schwert führt, einen Schwanz hat oder nicht." Da hat Meta die Lacher auf ihrer Seite und Frolof muss sich geschlagen geben.
„Wenn du das Schwert so verheerend führst wie deine scharfe Zunge, sind deine Feinde in der Tat zu bedauern", wirft Borg aus dem Hintergrund ein. Nun bekommt Meta allen Spott ab. Sie lacht laut mit. Vor dem Schlafen bestimmt der König wie immer die Reihenfolge der Nachtwache. In der Nacht schrecken sie noch zweimal auf, weil sich donnernd eine Geröll- und Schlammlawine ins Tal ergießt.
Meta ist nun den sechsten Tag mit den Soldaten aus dem Südlichen Land auf der Reise. Am Anfang hat sie noch darum gebeten, genauso wie die Männer zur Nachtwache eingeteilt zu werden. Doch inzwischen ist sie froh, dass sie in den Nächten wirklich ruhen darf. Das Schlafen auf einem harten Lager und der kalte Regen, das stundenlange Reiten, das Wandern, um die Pferderücken zu entlasten, strengen sie, die harte körperliche Arbeit gewohnt ist, trotzdem an. Mit fast trockenen Kleidern auf dem Leib bricht die Unternehmung im Morgengrauen auf. Als Meta sich am Morgen notdürftig säubert, stellt sie fest, dass sie ihre Blutung hat. Sie befestigt den dafür vorgesehenen Lederlappen an ihrem Hüftgürtel und legt einige Lagen

Binden hinein. Die Hochländerinnen lernen in jungen Jahren, dass eine Frau nicht Gefahr läuft, schwanger zu werden, wenn sie während der Tage mit einem Mann schläft. Deshalb hat sich Meta immer über ihre Blutung gefreut, als sie mit Beregir lebte. Im Augenblick passt ihre Zeit aber nicht gut in ihren Tagesablauf. Sie ist schlechter Stimmung und das Nieselwetter tut ein Übriges, sie in einen übellaunigen Troll zu verwandeln. Meta lässt sich zurückfallen, als ihr Anführer befiehlt, große Abstände zwischen den einzelnen Reitern zu lassen. Falls ein Teil der Mannschaft in eine Gerölllawine geriete, könnten ihnen die anderen zu Hilfe eilen und jeder hätte eine größere Wahrscheinlichkeit, zu überleben. Die Aussicht auf einen Tag Unterbrechung des Rittes bei den heißen Quellen von Ignanstochter und einem Besuch bei der Familie ihres verschollenen Mannes halten sie davon ab, umzukehren und heimzureiten. Ulf wendet sich im Sattel um und sieht in der letzten Biegung Meta mit einem biestigen Gesicht auf ihrer Stute dahertrotten. Der König erhält heute kein Lächeln. Er ärgert sich über die launische Frau. Zu ihrer aller Glück verlassen sie am späten Vormittag die Schlucht ohne Steinschlag oder Schlammlawine. Sie erklimmen eine Felswand auf einem in das Gestein geschlagenen Weg, der sich wie eine Schlange hinaufwindet zu der Hochebene, auf der sich die heißen Quellen von Ignanstochter befinden. Am Ende eines lang gestreckten, weiten Tales erreichen sie in der Abenddämmerung das Dorf Ignanstochter, welches einen Grenzposten zum Südlichen Land darstellt. Grüne Weiden bieten Schafen und Pferden Nahrung. An den Südhängen wird Gerste angebaut, doch die Pflanzenwelt ist karg. Ignanstochter ist dennoch wohlhabend, denn es ist ein wichtiger Handelsposten auf dem Weg von Steinstadt auf Camroth nach Inroth und umgekehrt. Um sich vor Überfällen zu schützen, ist der Flecken von einer dicken Mauer aus Stein umgeben. Vor den Südseiten der Häuser finden sich Gemüsegärten. Hier gibt es drei Gasthäuser, im Gasthaus von Beregirs Schwester beziehen sie Quartier.
Meta hat die Schwägerin nur einmal gesehen bei ihrer Vermählung mit Beregir. Sie weint, denn auf einmal ist die Erinnerung ganz klar.

Als sie die Schankstube betritt und in das Gesicht von Luitgard schaut, spürt sie den Blumenkranz in ihrem Haar. Meta sieht in Beregirs lachende blaue Augen, während er ihr die türkisfarbene Kette und den Mantel umlegt. Beregir nimmt ihre Hand, um sie ins Haus zu führen. Über der Tür des Lavendelhofs hängen Mistelzweige in der Form von Ehwaz.

Zunächst erkennt die Schwägerin sie nicht, doch dann gibt es eine überschwängliche Begrüßung. „Meta? Meta!", ruft die andere erstaunt, dann stellt sie die Becher ab, die sie gerade in der Hand gehalten hat, stürzt zu der Reisenden und umarmt sie. Ein junges Mädchen mit den blauen Augen der Mutter und des Onkels nimmt die Getränke und trägt sie zu einem Tisch, an dem zwei Männer mit harten Gesichtszügen sitzen. Luitgard bittet Irmgart, so heißt Metas Nichte, herzukommen und stellt ihr die Tante vor. In diesem Augenblick betreten Ulf und seine Soldaten die Wirtsstube. Die Wirtin hat nun viele Wünsche gleichzeitig zu erfüllen. Die groß gewachsene Frau sticht gelassen ein neues Fass Bier an. Sie hat Lachfältchen um die Augen und einen verschmitzten Zug um den Mund. Meta soll am Tresen Platz nehmen, sodass die beiden Frauen sprechen können. Es dauert eine Weile, bis eine Unterhaltung in Gang kommt. Wie soll man anknüpfen nach einer so langen Zeit an einen Faden, der für die beiden Frauen jeweils auf andere Weise verwoben worden ist? „Wie viele Kinder hast du inzwischen?", fragt Meta Luitgard, nachdem sie das Bier gelobt hat.

„Irmgart hast du ja schon kennengelernt, dann gibt es noch Irmtraut, die gerade auf ihrer Wanderschaft ist. Sie sucht nach einer Ausbildungsstelle als Schmiedin und es gibt noch den kleinen Beregir, doch der kümmert sich in diesem Augenblick um die Pferde. Wobei – der kleine Beregir ist nun auch schon in seinem achtzehnten Winter. Er möchte Pferde züchten wie der große Beregir, er hat keine Neigung zum Wirt", antwortet Beregirs Schwester achselzuckend. Meta empfiehlt Gohor in Inroth für Irmtraut, er würde sicher zwei Lehrlinge ausbilden, Arbeit hat er genug. Dann erzählt Meta. Wie gut es tut, nach Tagen allein unter Männern sich endlich wieder einmal mit einer Frau auszutauschen. Es wird ihr bewusst, dass sie zu Hause kaum einmal mit den Kindern oder den Großeltern über Beregir spricht. „Glaubst du, er ist noch am Leben?", will Luitgard wissen.

„Ich bin mir sicher", antwortet Meta. Luitgards Mann ist vor zehn Jahren an der Seitenkrankheit gestorben und Luitgard hätte mit ihren drei Kindern ganz allein dagestanden, wären da nicht noch die Großeltern gewesen. Der Großvater ist vor fünf Sommern an einer Ohrenentzündung verstorben, die Großmutter vor drei Jahren an Brustfraß. Am Ende lag sie schmerzgeplagt in ihrem Bett. Wo die Brüste gewesen waren, fanden sich zwei stinkende Löcher in ihrem Rumpf. Bier mit Bilsenkraut, Weidenrindenauszug und Pfeiflein mit dem südlichen Knaster linderten nur ein wenig ihre Pein. Als sie sich beim Umsetzen auf den Nachttopf die Hüfte brach, bat sie um den Bilsenkraut-Becher, damit ihre Seele davonreiten konnte in die Anderswelt. Die beiden Frauen reden bis spät in die Nacht. Noch als Irmgart und alle Gäste zu Bett gegangen sind, sitzen sie in der Gaststube und können kein Ende finden mit Zuhören und Erzählen.

Wie immer erwacht Meta früh am Morgen nach kurzem, traumlosem Schlaf und macht sich auf, um Enzian zu sammeln, welcher gerne in diesen Höhen wächst. Der schattige Berghang, der hinter Ignanstochter ansteigt, scheint ein geeigneter Ort, um das Wundermittel gegen Magenbeschwerden und Appetitlosigkeit zu finden. Bei Sonnenaufgang steigt sie den steilen Hang hinauf. Hinter einem mannshohen Felsen setzt sich Meta hin, um sich auszuruhen. Sie freut sich auf den Nachmittag, dann gehören die heißen Quellen den Frauen, während morgens das Baden den Männern vorbehalten ist. Meta beobachtet ein Rudel Steinböcke, das gegen die Windrichtung in Rufweite am Hang grast. Zwei junge Steinböcke verfolgen sich gegenseitig im anmutigen Spiel bergauf und bergab. Ein Geierpärchen kreist über der Hochebene. Mit einem Mal heben alle Steinböcke den Kopf und fliehen die Felsen hinauf. Etwas hat sie erschreckt. Borg hat sich wohl auch zu einem Ausflug in die schöne Bergwelt entschieden. Meta kichert leise in sich hinein und beschließt, ihn auf dem Rückweg zu überraschen. Dem Himmel sei Dank, bemerkt er sie nicht. Ulfs Freund und Vertrauter setzt sich etwa zwanzig Pferdelängen entfernt auf einen Felsvorsprung, von dem aus er das Tal überblicken kann. Die Sonne ist nun über den Bergen aufgegangen, und Borg stößt den Ruf eines Adlers aus. Aus dem Schatten einer Höhle im Fels tritt ein Mann hervor und begrüßt Borg. Aufgrund der Entfernung versteht Meta nicht, worüber sich die beiden Männer unterhalten. Der Fremde in der grünen Kleidung eines Jägers scheint verärgert zu sein und packt den Hauptmann bei seiner Weste. Die beiden ringen ein wenig miteinander. Auch Borg scheint wütend zu sein. Er erhebt seine Stimme. Der Wind trägt einige Wortfetzen zu Meta herüber, doch sie kann sich zunächst keinen Reim auf das machen, was sie hört: „…erloren gegangen … aus dem Weg schaff… en Sümpfen …" Meta überlegt sich, ob sie ihrem Freund zu Hilfe eilen soll, doch sie spürt die Gefahr, die in diesem Augenblick nicht nur von dem Fremden, sondern auch von Borg ausgeht. Nun lässt der Jäger von Borg ab. Es hat den Anschein, dass der Mann Borg droht. Dieser dreht sich ohne Verabschiedung um und hastet in Richtung Tal. Der Fremde führt ein Pferd aus dem Schutz der Höhle. Auf dem Mantel, den er sich umlegt, ist, das sieht Meta, als er aufsteigt und davonreitet, ein roter Stierkopf mit zwei großen Hörnern gestickt. Meta bleibt allein zurück. Nach einiger Zeit kehren die Steinböcke wieder, und die Geier kreisen erhaben über der Welt. Es ist ein friedlicher Morgen in einer friedlichen Welt. Meta sitzt ganz still. Sie muss sich täuschen. Das Gesehene hat sie nur geträumt. Sie findet noch einige Stöcke Enzian und gräbt sie aus. Als sie sich an den Abstieg macht, trifft sie die Gewissheit unvermittelt: Eine Verschwörung ist im Gange, der der König zum Opfer fallen soll. Und unter den Verschwörern befindet sich sein Gefährte und langjähriger Freund Borg vom Stamm der Wölfe.

Am späten Vormittag kehrt sie zurück zur Herberge ihrer Schwägerin, isst eine Kleinigkeit und macht sich auf zum Bad. Über ihre Beobachtung spricht sie mit niemandem, denn sie kann selbst kaum glauben, was sie gesehen hat. Ebenso wenig wird ihr wahrscheinlich der König glauben, was sie an Ungeheuerlichem vermutet.

Um das Gleichgewicht zu erhalten, mussten die Zwerge seitdem den Großteil ihres Lebens unter der Erde verbringen, um nach Erzen und anderen Schätzen zu graben. Zur Strafe entschied Vildo außerdem, dass die Zwerge von nun an sterblich waren. Vilda milderte die Strafe ab und erlaubte, dass ein Zwergenleben 300 Jahre dauern dürfe. Um nicht auszusterben, mussten sich die Zwerge fortan vermehren, was ihnen bis heute nur schlecht gelingt.

Kapitel 7

Am frühen Abend, als Meta in die Herberge zurückkommt, liegt der König mit hohem Fieber krank zu Bett. Das kommt Meta zupass. So hat sie einen Grund, in das Zimmer mit einzuziehen, welches Ulf mit Borg bewohnt. Die Heilerin ahnt große Gefahr. Das Messer, welches sie an ihrem Gürtel trägt, legt sie unter ihr Kopfkissen. Ihr Schlaf ist leicht auf dem Lager, das sie sich zwischen Borgs Bett und dem des Königs eingerichtet hat. An ein Weiterreiten ist am darauffolgenden Morgen nicht zu denken.
Mit Holundersaft und Weidenrindentee erholt sich der Herrscher rasch und ist am Abend fieberfrei. Am Mittag, nachdem Ulf beginnt zu entfiebern, bittet die Frau den jungen Gidi, bei dem Kranken zu wachen. „Aber ich bin ganz und gar dazu ungeeignet, mich als Heiler zu versuchen. Ihr habt doch gesehen, wie ich ohnmächtig wurde, als Ihr die Wirtin aufgeschnitten habt", wendet der junge Mann ein. „Mir erging es genauso an dem Tag, an dem meine Mutter mich zu der ersten Geburt mitgenommen hat, die ich begleiten durfte. Ich erwachte neben dem Kindsvater, der ebenfalls ohnmächtig geworden war, auf der Küchenbank, während meine Mutter die Nachgeburt auf ihre Vollständigkeit hin untersuchte", erzählt Meta. Der junge

Recke lacht. Er geht hinauf in das Zimmer des Königs. Borg ist nicht da. Meta beobachtet von nun an jeden seiner Schritte. Sie nimmt sich vor, Borg und Ulf nicht aus den Augen zu lassen. Ränkespiele kennt Meta nicht. In ihrer einfachen Welt sind sie entbehrlich. Streitigkeiten werden direkt ausgetragen. Lässt sich mit Worten keine Lösung in einer Auseinandersetzung erreichen, so fällt die Königin ein Urteil oder das Schwert entscheidet letztendlich. Meta kann sich erinnern, dass in ihrer Kindheit in Inroth einmal zwei Handwerker sich gegenseitig im Kampf erschlagen haben, da beide das Urteil der Königin nicht annehmen wollten. Keiner weiß heute noch, worum es in dem Streit eigentlich ging. Die Männer waren Nachbarn und über Jahre hinweg war der Groll in den beiden Hitzköpfen angewachsen. Jeder hat versucht, die Außenstehenden auf die eigene Seite zu ziehen, sodass in Inroth jeder die Augen verdrehte, wenn die Sprache auf die beiden Streithähne kam. Wie die Wilden aus dem Osten sind die beiden aufeinander losgegangen und haben versucht, einander zu erschlagen. Der eine hat den anderen im Kampf getötet, war dabei aber selbst so schwer verwundet worden, dass er wenige Tage später seinen Verletzungen erlag.

Noch einmal sucht Meta die heißen Quellen auf, um zu baden, dann holt sie ihre Wäsche von der Wäscherin. Erleichtert stellt die Heilerin fest, dass ihre Blutung fast aufgehört hat. In der Dämmerung macht sich Meta auf den Weg zurück zum Gasthaus und es beginnt zu schneien. Ein eisiger Wind weht um die Behausungen. Der Winter ist in Hochland angekommen. Dieser Schnee wird morgen nicht wegtauen.

Der nächste Morgen bringt den Reisenden keine Freude. Kniehoch liegt der Schnee. Für Ulf wäre ein weiterer Ruhetag gesund, doch in Anbetracht der Schneeverhältnisse können sie nicht verweilen. Unter einer strahlenden Sonne besteigen sie nach ausgiebiger Verabschiedung und einem warmen Frühstück die Pferde. Luitgard schenkt ihrer Schwägerin ein handtellergroßes Holzpferd, das Beregir in seiner Kindheit geschnitzt hat. Meta gibt Luitgard eine der Perlen, die sie von ihrer Kette knotet. Sie trägt nun auch noch ihre

Schaffellgugel. Gegen die Schneeblindheit binden sie Tücher vor die Augen. Nur schmalste Schlitze lassen sie frei, damit sie den Pfad erkennen können. Am Ende des Tales erreichen sie den höchsten Punkt ihres Weges. Vor ihnen sehen sie die schneebedeckten Berge und dahinter dehnt sich, mehr dass sie es erahnen, als dass sie es sehen können, das Südliche grüne Land im Dunst. Von nun an beginnt der Abstieg auf der Südseite des Gebirges. Sie steigen ab und führen die Tiere am Zügel. Es ist mühsam, im Schnee zu gehen. Mittags rasten sie nur kurz. Gegen Abend, kurz bevor sie die Schneefallgrenze erreicht haben, geschieht das Unglück: Eines der Packpferde, das Frolof mit sich führt, stolpert und rutscht einen Abhang hinunter. Es überschlägt sich mehrmals. Meta schreit auf, lässt Leias Zügel fahren, nachdem sie „Steh!" gesagt hat und schlittert dem Tier hinterher. Sie erreicht das Pferd, das sich nicht mehr aufrichten kann, am Grund einer schmalen Schlucht. Die Vorderbeine der Stute sind gebrochen. Es ist eines der Tiere, die sie selbst gezogen hat. Meta weint und zückt ihr Messer. Sie kniet sich neben die Stute und spricht beruhigend auf sie ein. Mit einem Blick auf Frolof, der sie nun erreicht hat, reicht sie ihm ihr Messer. Der junge Recke kniet neben Meta und durchschneidet mit einem Streich die Kehle und die großen Blutgefäße am Hals des Tieres. Sie spricht für Frolof die Worte, die seit jeher für jedes Pferd in Hochland gesprochen werden, das sich aufmacht zu seiner letzten Reise.

„Ohne Ansehen meines Gewandes,
  meines Standes,
  trägst du mich an jedem Tag
  über weite Strecken,
  wohin ich auch reiten mag.
  Nun sollst du frei in der Anderswelt weiden.
  Vorbei ist nun aller Schmerz,
  alles Leiden."

Drei weitere Männer haben die Gruppe erreicht. Sie warten in einigem Abstand zu der schluchzenden Hochländerin, die bei ihrer sterbenden Schwester kauert. Nach einiger Zeit beginnt einer der Männer zu sprechen: „Der König hat uns angewiesen, das Gepäck auf die anderen Pferde zu verteilen und das tote Tier hier liegen zu lassen." Meta nickt und hilft mit, die Sachen den Abhang hinaufzutragen. Während sie weiterziehen, kreisen über der Schlucht die Geier.

Beregir hat Glück. Er wurde nicht geblendet. Sie erreichen das Lager nach drei Tagen auf dem Karren. In diesen drei Tagen sterben zwei von den Gefangenen. Zweimal werden sie vom Karren gezogen und mit dem Gesicht in eine Wasserlache geworfen. Beregir weiß: Er muss trinken, sonst verdurstet er in der Hitze schnell. An Händen und Füßen gefesselt, bleibt ihm nichts anderes übrig, als seine Notdurft im Liegen in seine Hose zu verrichten, und als er im Lager ankommt, stinkt er erbärmlich. Beregir ist wund, hungrig und durstig. Die Zelte der Ostländer sind groß und im Rund aufgestellt. Beregir und die anderen sechs Männer werden vom Wagen gestoßen und müssen sich in die Mitte zwischen den Zelten setzen, von drei Männern bewacht. Noch immer sind sie an Händen und Füßen gefesselt, doch Beregirs Fußfesseln haben sich gelockert. Beregir braucht nur noch eine Weile daran herumzuwackeln, dann kann er sie abstreifen. Aus dem größten Zelt tritt ein Mann mit prächtigen Beinkleidern. Sein Oberkörper ist unbekleidet und auf dem linken Arm windet sich eine Schlangentätowierung bis zum Hals empor. Auf dem Brustbein liegt ein dunkelblaues Amulett, das von einer goldenen Schlange umrahmt wird. Das Gesicht des Mannes ist voller Narben. Das lange dunkle Haar ist im Nacken zu einem Pferdeschwanz gebunden. Er scheint der Anführer zu sein. Langsam wandern die bernsteinfarbenen Augen über die Reihen der Gefangenen. Sein stechender Blick bleibt kurz auf Beregir haften. Ungeachtet seiner Angst erwidert der Hochländer dessen Blick. Nach und nach kommen nun auch alle anderen Bewohner aus den Zelten. Anschei-

nend gibt es hier ein Schauspiel zu sehen. Ein Buckliger geht zu demjenigen, der die Schlangentätowierung trägt, und spricht unterwürfig zu ihm. Der Anführer gibt ihm eine knappe Anweisung in der Sprache der Ostländer. Dann holt der Bucklige eine fingerdicke Eisenstange hervor. Er hält sie in die Glut des Feuers, welches in der Mitte des Platzes brennt, bis sie glüht, und nähert sich dem von Beregir am weitesten entfernten Gefesselten. Zwei Männer halten dessen Kopf. Beregir macht unwillkürlich erneut in seine Hose, weil er das Schreien des armen Menschen hört, den der Unterwürfige blendet. Beregir schafft es, seine Fußfesseln zu lösen, während den zweiten Hochländer das unausweichliche Schicksal ereilt. Schwitzend wartet er, bis der dritte Gefangene an der Reihe ist und die Aufmerksamkeit der Ostländer bei dem Gefolterten gebunden ist, dann springt auf. So sehr er es vermag, tritt er die neben ihm stehende Wache in den Unterleib und läuft auf steifen Beinen los. Der Hüne stolpert, fällt und steht sogleich wieder auf den Füßen. Er tritt eine zweite Wache. Er bekommt seine Hände frei. Kaum hat er das Schwert der zweiten Wache in der Hand, wird die Menge auf ihn aufmerksam. Schon ist er hinter dem Rund der Zelte, verfolgt von etwa einem Dutzend Männer. Da sieht er einen Hengst in einer Umzäunung hinter den Zelten. Bei ihm ist ein Mädchen, ungefähr zehn Jahre alt. Nun hat ihn ein weiterer Mann erreicht und Beregir schlägt ihm mit einem Schwerthieb eine tiefe Wunde in den rechten Arm, sodass dieser sein Schwert fallen lässt. Der Hengst steht ganz ruhig und das Kind geht freundlich sprechend auf das Pferd zu. Der Pferdeherr aus Hochland spürt ganz genau, dass das Tier jeden Moment explodieren und das Kind töten wird. Das Mädchen ist so vertieft in sein Tun, dass es den Aufruhr im Lager nicht bemerkt. Der Hengst ist hasserfüllt. Ganz ruhig wartet er. Auf seinem Rücken sind Narben von Peitschenhieben.
Niemand außer Beregir scheint zu sehen, was gleich geschehen wird. Mit drei Sätzen ist Beregir bei der Umzäunung, springt darüber und packt das Mädchen von hinten um den Bauch. In diesem Augenblick steigt der Hengst und stürzt sich auf den Mann. Bere-

gir, das strampelnde Kind im Arm, weicht den Hufen aus. Er reicht den Menschen, die nun um die Umzäunung stehen, die Kleine über die Palisaden. Er zieht sein Hemd aus und schlägt damit nach dem Hengst. Der wiehert und steigt und Beregir weicht wieder seinen Hufen aus. Immer wieder muss er den Bissen und Tritten des Tieres ausweichen. Nach einer halben Ewigkeit zieht er schließlich seine Hose aus und schlägt damit nach dem Pferd. Nun flüchtet dieses vor dem grässlichen Kleidungsstück. Der Pferdeherr steht nackt und stinkend da und schickt den Hengst nach Belieben in der Umzäunung hin und her. Alle Bewohner des Lagers haben sich versammelt und sehen, wie ein nackter Mann aus Hochland das gefährlichste Pferd, das dieser Stamm je gesehen hat, zähmt.

Es ist schon Nacht, als sich das zitternde, schwitzende Pferd dem völlig entkräfteten Mann unterwirft, indem es seinen Kopf senkt und sich ihm vorsichtig nähert. Beregir wendet sich ab, das Tier vorsichtshalber noch im Blick und verlässt das Gehege durch ein Gatter, das ihm geöffnet wird.

Der Pferdeherr ist unbewaffnet, dennoch wagt es niemand, diesen mit Zauberkräften versehenen Mann zu ergreifen. Da fällt Beregir ohnmächtig in den Staub.

Am Abend schlagen sie ihr Lager unter einem Felsüberhang auf. Die trauernde Meta verbrennt nach einem einfachen Essen ein Bündel Salbei und denkt an die Stute, die gestorben ist. Sie sitzt ein wenig abseits, Beregirs Pferdchen in der Hand haltend. Da setzt Ulf vom Südlichen Land sich neben sie. Er schweigt eine Weile, dann sagt er: „Bisher ergab sich nicht die Gelegenheit, mich bei dir dafür zu bedanken, dass du mich gesund gemacht hast. Das möchte ich nun nachholen. Was immer du dir wünschst, es sei dir erfüllt", sagt er schließlich. „Sofern ich es dir erfüllen kann", fügt er hinzu.

„Nun, in Wahrheit habe nicht ich Euch geheilt. Ich habe lediglich Eurer Gesundheit einen kleinen Schubs gegeben, damit sie wieder die Oberhand gewinnt", lächelt die Heilkundige. „Das war bei einem Fieber, das alte Erkrankungen hinausgeworfen hat und durch

die heißen Quellen ausgelöst worden ist, auch nicht allzu schwer."
Ihre Miene verfinstert sich und Tränen steigen in ihre Augen. „Meinen größten Wunsch könnt Ihr mir ja doch nicht erfüllen."
„Der da wäre?", fragt Ulf.
„Meinen Mann könnt Ihr mir nicht wieder zurückgeben", sagt Meta. Das ist nicht gerade das, was er zu hören gewünscht hat.
„Nun gut, das kann ich nicht", erwidert der König leicht säuerlich. Meta wendet sich ihm ganz zu. Sie sieht direkt in seine Augen. Eigentlich möchte sie ihm sagen, dass er niemandem trauen darf, am allerwenigsten Borg, doch dann wagt sie es nicht. „Ja?", meint Ulf, „was wolltest du sagen?" Sie holt Luft, dann sagt sie: „Jedenfalls seid Ihr nicht völlig gesund. Ich denke, es wäre das Beste, wenn ich bei Euch und Borg im Zelt schlafen würde. Dann bin ich sofort da, falls es nötig sein sollte."
„Wie du wünschst", erwidert Ulf erstaunt und erfreut. Vielleicht ist die Hochländerin doch nicht so spröde, wie sie sich gibt.
Des Nachts bereut Meta ihren Entschluss. Sie findet wenig Schlaf, weil Borg so laut schnarcht. „Immerhin kann er niemandem schaden, wenn er schläft", denkt Meta grinsend und schläft doch noch ein.
Im Verlauf des folgenden Tages werden die Berge zu grünen Hügeln. Die Frau aus Hochland hat längst ihren Schaffellkittel ausgezogen und ihren grünen Lodenmantel aufgeknöpft, denn es ist wärmer geworden. Am späten Nachmittag wird der Untergrund weicher. Die Erde hat hier eine schwarze Farbe. Das Gebirge liegt hinter ihnen, sie haben die Sümpfe erreicht.

Die Elfen wandelten auf der Erde, sternengleich. Gerne lebten sie in den Wäldern und waren von berückender Schönheit. Irrlichtern gleich wanderten sie zwischen Bäumen und Sträuchern ganz so, als ginge ein Leuchten von ihnen aus. In einem Elfenwald findet sich kein Troll, kein Werwolf, kein Untoter und jeder böse Zauber verkehrt sich ins Gegenteil.

Kapitel 8

Meta erwacht im Nebel. Sie befindet sich in einer gespenstischen Gegend. Kahle Büsche recken ihre Zweige in die Höhe. Der Nebel ist so dicht, dass diejenigen, welche am Rand der Lichtung stehen, kaum auszumachen sind. Das trockene Gras scheint golden gegen die dunkle Erde. Wie still es ist, ganz so als schluckte das Weiß jedes Geräusch. Das Lager ist schnell abgebrochen, an einem Tümpel mit schwarzem Wasser reinigt Meta ihre Zähne mit einem Weidenzweig. Balto vom Stamm der Karpfen übernimmt die Führung, Bolon die Nachhut, denn sie sind in den Sümpfen zu Hause. Sie reiten durch eine seltsame und Meta gänzlich fremde Landschaft. Die Sümpfe sind ein weitverzweigtes Netz aus Kanälen, Tümpeln und Seen, welche von Menschenhand angelegt worden sind über viele hundert Jahre. Wie ein Schwamm saugen die Sümpfe das Wasser aus dem Bergen kommend auf und spucken es langsam und gleichmäßig in den Fluss wieder aus, bis es nach Camroth und schlussendlich ins Meer fleißt. Hier leben die Karpfen, welche von Ataman und dessen Schwester abstammen, Lugs und Anas drittem Sohn und Tochter. Das Fortkommen ist einfach, sie reiten auf dem Damm zwischen zwei Kanälen. Später am Morgen verzieht sich der Nebel und man sieht, dass an das Wasser lichte Auwälder grenzen. Blattlos strecken die Bäume ihre Äste in den Himmel. Sie wirken wie trostlose Riesen. Mit einem Mal verschwindet der eine Kanal in einer großen Wiese und Meta denkt, es wäre nun an der Zeit, ihre Stute ein wenig weiden zu lassen. Bolon ruft sie barsch zurück, als sie das Pferd abwendet. „Du denkst, dies sei eine Wiese, doch in Wahrheit ist es ein von Pflanzen überwachsener See. Dein Pferd würde im schlammigen Grund tief einsinken, sich in den Wasserpflanzen verheddern und ertrinken und du mit ihm. Hier in den Sümpfen ist vieles nicht so, wie es scheint. Es ist besser, du bleibst auf dem Pfad, den dir mein Bruder vorgibt." Meta ist heilfroh, dass Bolon sie zurückgerufen hat. Schon oft sind Reisende, welche sich ohne Führer in die Sümpfe hineingewagt haben, nicht zurückgekehrt. In den Kanälen sieht man goldrote Fische in großer Zahl herumschwimmen. Die großen unter ihnen haben fast die Länge eines Männerarms. „Was sind das für Fische?", fragt Meta Bolon.

„Das sind Goldfische", erwidert der Mann.

„Schmecken sie gut?", will Meta weiter wissen.

Bolon lacht. „Diese Fische essen wir nicht. Sie sind heilig, denn wir glauben, sie sehen aus wie Ata. Abgesehen davon ernähren sie sich von Mückenlarven. Ohne sie hielten wir es in den Sümpfen überhaupt nicht aus." Leia ist unruhig. Die Mücken machen Pferd und Reiter zu schaffen. Trotz der Goldfische. Das glänzende Wasser und die daraus immer wieder an die Oberfläche auftauchenden Fische verunsichern das Tier. Fischreiher waten in Ufernähe durch den Kanal und fliegen auf, während sich die Gruppe nähert. In einiger Entfernung tauchen in einer Biegung des Kanals über der Wasseroberfläche ein gutes Dutzend seltsamer schwarzbrauner Gebilde auf, die sich zügig auf die Reiter zubewegen. Da die anderen ganz ruhig bleiben, hält sich Metas Angst in Grenzen, doch ihre Stute tänzelt und bockt. Erst als sie fast auf gleicher Höhe sind, erkennt Meta, dass dies die Wasserbüffel aus dem Südlichen Land sein müssen, von denen man sich in Hochland erzählt. „Es gibt sie wirklich", sagt sie leise. Die Größe der Köpfe lässt darauf schließen, dass die Tiere, wenn ihre Körper nicht unter Wasser verborgen sind, eine Schulterhöhe von mindestens der Höhe eines Mannes erreichen müssten. Die Hochländerin bringt ihr Pferd zum Stehen und lässt es die vorbeiziehenden riesigen gehörnten Schädel ansehen. Majestätisch schwimmen die Büffel vorbei. Langsam beruhigt sich Metas Stute. Später passieren sie erneut einen von Wasserpflanzen überwucherten See, in dem sich eine halb zerfallene Hütte findet, welche auf Pfählen steht. Manchmal mündet der Kanal in einen See. Zweimal sehen sie in der Ferne Boote, auf denen sich anscheinend ein Haus befindet. Gegen Abend erreichen sie einen Hügel, an dessen Fuß sie ihr Lager aufschlagen. Auf der Spitze der Erhebung haben die Riesen in den alten Zeiten im Rund getanzt. Wegen eines Fluchs sind sie zu Stein erstarrt. Wie Wächter stehen sie nun da und beschützen die Sümpfe. Wieder zieht Nebel auf. An den Hängen des Hügels wächst gelbes Gras, auf das sich die hungrigen Pferde stürzen. Die Pferdefrau findet in ihren Satteltaschen noch ein wenig Hafer, den sie Leia füttert. Sie pflücken Rohrkolben am Ufer des Gewässers, das am Fuße des Hügels liegt, und kochen seine schmackhaften Wurzeln. Dazu gibt es Fisch. Es ist ein wahrhaft herrliches Mahl.

Meta erkundigt sich bei Balto, ob man hier baden könne, was dieser bejaht. Balto ist bei Ulf und Borg und hilft ihnen, ihr Zelt aufzubauen. So schwimmt Meta noch ein wenig vor dem Schlafengehen am Ufer entlang. Sie dreht keinen Augenblick zu früh um. Beinahe hätte sie jemanden gestört, der ein Boot im Schilf vertäut hat, auf etwas oder jemanden wartend. Zwei Pfeile sind auf sie gerichtet und hätten sie durchbohrt, hätte sie noch zwei Schwimmzüge mehr getan.

Wie jeden Abend steigen Nebelschwaden aus den Sümpfen, so als breite die gute Mutter Erde eine weiche Decke über ihre Kinder. Als sie mit feuchtem Haaransatz zurück ins Lager kommt, findet sie nicht alle Männer vor. Bolon, Borg und Ulf fehlen. Auf ihre Nachfrage berichtet Balto, die drei hätten sich zu einem Spaziergang aufgemacht. Borg wollte von Bolon den Steinkreis gezeigt bekommen. Sie hat sofort ein ungutes Gefühl. Meta gürtet ihr Schwert und holt ihren Bogen unter ihrer Plane hervor. Als sie sich aus dem Lager schleicht, steht Balto da. „Wohin gehst du zu so später Stunde mit all deinen Waffen?", will er wissen. Meta ist sich nicht sicher, ob sie ihm trauen kann, doch sie geht das Wagnis ein.

„Ich glaube, der König ist in Gefahr und dein Bruder auch. Ich habe Sorge, dass Borg einen Anschlag auf den König plant." Balto schaut Meta ungläubig an. Zunächst hebt er an, um das Gesagte ins Lächer-

liche zu ziehen, doch in diesem Augenblick schaut er in das Gesicht der Frau und weiß, dass sie recht hat. Er holt seinen Speer und eilt durch den immer dichter werdenden Nebel voraus die Anhöhe hinauf. Einem Trampelpfad folgend umrunden sie einen Felsbrocken. Meta geht ein wenig versetzt zu Balto und stolpert über einen am Boden liegenden Männerkörper. Es ist Bolon. Ein Schwerthieb in den Rücken hat ihn getötet. Balto wirft sich neben ihn auf den Boden. Wie ein kleines Kind weint er um seinen Bruder. „Balto, wenn du noch Zeit brauchst, um deinen Bruder zu beweinen, dann bleibe hier, doch ich muss sehen, wo Ulf vom Berg ist", Meta streicht über Baltos Rücken und eilt weiter bergan. Über eine Wurzel stolpert sie, strauchelt, richtet sich auf und hastet weiter. So leise wie möglich schleicht sie in Richtung der Hügelspitze. Vor sich hört sie Borgs Stimme. Meta legt einen Pfeil auf die Bogensehne. Zwischen zwei riesigen Steinblöcken tritt sie hindurch und wird Zeugin einer seltsam anmutenden Szene. In der Mitte des Steinkreises kniet Ulf, die Hände auf dem Rücken, hinter ihm steht Borg, das Schwert in den Händen haltend, das Gohor im Auftrag der Königin gefertigt hat, bereit, seinem Freund den Kopf abzuschlagen. In diesem Augenblick begreift Meta, was sie sich Wochen zuvor gefragt hat, damals, nachdem Ulf am Ufer des Sees in Hochland beinahe ermordet worden wäre. Sie versteht, was es ist, das diesem Mann anhaftet, das Menschen dazu bewegen kann, das Schlechte in ihnen hervorzubringen. Es sind Macht, Reichtum und Erfolg und eine gewisse Rücksichtslosigkeit im vermeintlichen Interesse des Landes, dem Ulf alles unterordnet. Im feuchten Boden steckt eine Fackel und erhellt das Schauspiel. Borg sieht die Hochländerin sofort. So dicht, dass er sie verborgen hätte, ist der Nebel nicht. Die Frau hat die Bogensehne bis zum Mundwinkel ausgezogen. Borg weiß, dass er seinen König nun schnell töten muss. Meta lässt die Bogensehne los, bevor das Schwert auf den am Boden Knienden herabfährt und trifft Borgs rechte Schulter. Sein Blick ist leer, er lässt die Waffe fallen und sinkt ins Gras. Reglos liegt er auf der kalten Erde.
Meta stürzt zu Ulf, um seine Fesseln zu lösen. Den Bogen hat sie

neben sich gelegt und hockt sich auf den feuchten Boden. Da spürt sie kühles Metall an ihrem Hals. In ihrem Rücken hat sich Borg aufgerichtet. In seiner Schulter steckt noch Metas Pfeil, mit der linken Hand hat er das Schwert gegriffen. Schwankend steht er da, in seinen Augen liegt Angst. „Du tust mir einen Gefallen, Hochländerin. Nun glaubt jeder, du hättest den König ermordet und mich schwer verwundet, bevor ich dich töten konnte." Er hebt Gohors Schwert an, um Meta zu erschlagen. Sie denkt an ihre Kinder, an den Lavendelhof, an Beregir und an ihre Eltern. Die Frau aus Hochland, die in das Südliche Land reisen will, um in ihrer Heilkunst voranzuschreiten, schließt die Augen und denkt daran, dass sie nun in die Anderswelt reisen wird. Es ist ganz still. Neben ihr kniet Ulf noch immer mit gefesselten Händen und Meta öffnet ihre Augen um ihren Henker anzuschauen. Der zögert kurz, denn auch einen gedungenen Mörder kostet es einige Überwindung, eine wehrlose Frau zu erschlagen. In diesem Augenblick durchbohrt Baltos Speer Borgs Brust. Die Wucht des Wurfes reißt Borg von den Füßen. Meta springt auf und nimmt Borg, der auf dem Rücken liegt, die Waffe aus der Hand. Er röchelt noch ein wenig. Ulf streift seine Fesseln vollständig ab, stürzt zu seinem Freund aus Kindertagen hin und packt ihn am Wams. „Du warst mein Freund! Du warst mein Freund! Mein Leben lang!", schreit er voll Schmerz. „Du warst doch immer mein Freund, durch viele Gefahren und seit unserer Kindheit!", schluchzt er. Der König vom Berge Camroth hält Borgs toten Körper im Arm und wiegt ihn hin und her. Er legt sich neben Borgs Leichnam auf den Boden und schmiegt sein Gesicht an dessen Brust. Die Heilerin beugt sich über Ulf. Sacht zieht sie ihn an sich und wiegt ihn ihrerseits wie einen Säugling. Inmitten der versteinerten Riesen hockt sie im immer dichter werdenden Nebel auf dem Boden, in ihren Armen den weinenden König haltend. Sie sagt gar nichts. Was soll man sagen zu einem Mann, der von seinem einzigen Freund verraten worden ist? Der keinem trauen kann, weil er mächtig ist und reich und weil diese Macht und diesen Reichtum andere besitzen wollen. Balto schaut betroffen vor sich auf den Boden. Eine Weile weint Ulf, dann richtet er sich auf. „Wir müssen den Leichnam wegschaffen und leider auch den von deinem Bruder, Balto. Was heute Nacht hier geschah, bleibt unser Geheimnis. Den anderen sagen wir, Bolon und Borg seien mit einem Boot zu euren Verwandten gereist", sagt Ulf mit einem sehr harten Unterton. Meta sieht in sein Gesicht, das blutverkrustet ist von Borgs Blut und er sieht sehr alt aus. „Blutsbrüder", denkt Meta. Im Lager schlafen alle, bis auf die Nachtwache. Meta holt ihren Spaten, so als müsste sie ihre Notdurft verrichten. Im Dunkeln geht Ulf mit Balto zu seinem Zelt und macht ein wenig Lärm, bevor er ein Talglicht auspustet und sich die beiden wieder leise aus dem Zelt schleichen. Sie beerdigen Bolon in der Mitte des Steinkreises wie die alten Könige und legen ihm einen großen Stein auf die Brust. Balto weint die ganze Zeit. Ulf arbeitet schweigend und verbissen. Hinter ein paar Büschen begraben sie Borg. Auch er bekommt seinen Stein. Sie wechseln sich ab mit Graben und sind dennoch erst in den frühen Morgenstunden fertig. Die Einzigen, die nun die Wahrheit über den Verbleib von Bolon und Borg wissen, sind Meta, Ulf, Balto und die Steinriesen, seit Tausenden von Jahren im Rund erstarrt. Nachdem sie Bolons und Borgs Habseligkeiten versteckt haben, nehmen Ulf, Meta und Balto abseits vom Lager ein Bad und fallen erschöpft auf ihre Schlafstatt.

Zu dieser Zeit ziehen ein paar Männer ein Boot aus dem Schilf und rudern über den See davon.

Da die Erde Vilda und Vildo wegen der wilden Tiere als zu gefährlich erschien, war es den Götterkindern verboten, auf sie hinabzusteigen. Unter den Götterkindern war Lug das neugierigste. Er folgte seiner Neugierde. An der großen Esche Yggdrasil, dem Weltenbaum, der Himmel und Erde verband, stieg Lug eines Nachts, als seine Eltern schliefen, hinab. Yggdrasil wuchs auf dem heiligen Berg Camroth und stieß mit seiner Krone durch die Wolkendecke, auf der die Götter umhergingen.

Kapitel 9

Die Sonne ist am darauffolgenden Tag durch den Nebel kaum zu erahnen, während sich die Männer und eine Frau von ihrem Nachtlager erheben, was zwei Männern und der einen Frau mehr Mühe macht als den anderen.

Bolon und Borg hätten sich in der Nacht mit dem Boot aufgemacht zu Baltos und Bolons Familie, den Atamanleuten, die von den Karpfen abstammen. Da man schon einen Tag bei den heißen Quellen von Ignanstochter verloren habe, wolle man nun keine Zeit mehr verlieren und wolle direkt nach Camroth reiten. Aus Höflichkeit habe man aber eben Borg und Bolon zu den Karpfenleuten geschickt.

Die Männer wundern sich, stellen aber keine Fragen, weil sie froh sind, bald zu Hause zu sein. In einem weiteren halben Tag haben sie die Sümpfe durchquert. Sie reiten zügig und rasten zu Mittag nur kurz. Am Nachmittag haben sie die Ebene erreicht. Meta schließt zu Ulf auf. „Weshalb hast du gestern Abend nach mir gesucht?", fragt Ulf nach einer Weile. Da erzählt ihm Meta von der Begebenheit in den Bergen, wo sie Borg gesehen hat, der sich mit dem Fremden getroffen hat. Der König wird ungehalten. „Warum hast du mir nichts davon erzählt?", will er wissen.

„Ich dachte, Ihr würdet mir nicht glauben." Der Herr vom Südlichen Land schweigt eine Weile.

„Ich weiß nicht, ob ich geglaubt hätte, dass Borg mich verraten könnte", räumt er ein. „Ist dir etwas an dem Mann aufgefallen?"

„Nein – doch. Der Mann trug einen Mantel, auf den ein Stierkopf gestickt war." Ulfs Gesichtszüge verändern sich fast unmerklich. „Das habe ich mir schon fast gedacht", sagt er leise. Nachdem sich der Nebel verzogen hat, sehen sie in der Ferne den Berg Camroth, der eher ein Hügel ist, und auf ihm Steinstadt in der Sonne. Sie folgen dem Fluss und begegnen immer mehr Menschen auf dem Weg, die sich ehrfürchtig vor dem König verneigen. In den letzten Strahlen der untergehenden Sonne erreichen sie das nördliche Stadttor, das ihnen weit geöffnet wird zum Klang von Hörnern und Trommeln. Die ganze Zeit lächelt der König, nur manchmal, wenn er sich unbeobachtet fühlt, zeigt sich ein sehr harter Zug um seinen Mund. Meta hat den Eindruck, Ulf sei in dieser Nacht um Jahre gealtert.

Der Königssitz überragt die Stadt und wurde auf der Spitze des Berges gebaut. Im Innenhof wächst eine riesige uralte Esche. Hier finden Übungen für die Soldaten statt und im Kriegsfalle finden die Frauen und Kinder von Steinstadt an diesem Ort Schutz.
Der Palast ist hell erleuchtet. Vor dem Palasttor ergreift Meta das Wort: „Nun möchte ich mich bei euch allen bedanken für die gute Gesellschaft und eure Treue während des Rittes. Hier trennen sich unsere Wege und ich werde mich nun aufmachen, um mir Herberge zu suchen. Lebt wohl, ihr guten Männer, lebt wohl, mein König", sagt sie mit vor Rührung zitternder Stimme. Doch Ulf reagiert fast gereizt. „Selbstverständlich wirst du dir keine Herberge suchen, sondern den Winter über mein Gast sein", erwidert er unwirsch unter dem beifälligen Murmeln seiner Soldaten.
„Ich möchte Euch aber keine Umstände machen", widerspricht sie lahm. Ulf ist nun geradezu verärgert und sieht sie nur mit zusammengezogenen Augenbrauen an, woraufhin Meta leise „Danke" sagt. Meta ist mit ihren Kräften am Ende, dennoch bringt sie ihre Stute selbst in die königlichen Ställe, sattelt ab und überzeugt sich davon, dass Leia gutes Futter bekommt. Währenddessen wird im Frauenflügel das Zimmer der Zofe der Königin für Meta gerichtet. Als sie in ihre Kammer kommt, ist sie zu müde, um alles genau

in Augenschein zu nehmen. Eine große Schüssel voll mit warmem Wasser ist für sie gerichtet. Nachdem sie sich erfrischt und saubere Kleidung angelegt hat, soll sie sich im kleinen Saal in den Gemächern des Königs einfinden. Meta freut sich auf ein letztes Mahl mit den Weggefährten, um das Ende der Reise zu feiern. Borgs und Bolons Verlust ist zu beklagen sowie der Tod der Stute. Von Borg und Bolon wissen jedoch nur Balto, Ulf und Meta, weshalb die Gefährten froh sind, dass anscheinend alle wohlbehalten im Südlichen Land angekommen sind. Als sie den kleinen Saal betritt, fühlt sie sich ein wenig unbehaglich, denn sie hat keine höfischen Manieren, das weiß sie und wieder einmal ist sie die einzige Frau unter all den Männern. Die Menschen, die ihr auf den Fluren begegnet sind, sind in kostbare Kleider gehüllt und sie fühlt sich ein wenig fremd. Doch bald verfliegt ihre Befangenheit. Ulf hat sich nicht lumpen und für seine Mannen auftischen lassen. Meta hat in ihrem Leben noch nicht so gut gegessen. Sie trinkt auch Wein und scherzt mit allen, die mit ihr treu über das Gebirge geritten sind. Irgendwann während des Abends wird sie schweigsamer. Sie muss wohl eingeschlafen sein, denn mitten in der Nacht erwacht sie in ihrem Sessel. Jemand hat eine Decke über sie gelegt. Im Kerzenschein sitzt Ulf mit zwei Männern vor dem Kamin und bespricht sich. Die drei sehen sehr ernst aus. Einer der beiden ist ein sehr alter Mann mit langen weißen Haaren, der andere ist ganz in Schwarz gekleidet. Meta nimmt alles sehr benommen wahr. Es mag am Wein liegen, den schwarz Gekleideten hat sie zuerst gar nicht gesehen. Er bewegt sich wenig und wenn er spricht, klingt seine Stimme wie der Wind in den Espen. Diese Stimme macht, dass Meta sogleich die Augen wieder schließt und weiterschläft. Meta erwacht noch einmal, während der König sie auf zwei starken Armen in ihr Zimmer trägt und sanft auf ihr Bett legt, wie man ein Kind bettet, das nicht aufwachen soll, und sie zudeckt.

Im Zelt des Tätowierten, der wohl der Anführer ist, öffnet Beregir die Augen. Er kann sehen! Mit einem Mal dringt der Schmerz unbarmherzig in sein Bewusstsein. Vergeblich versucht er, einen Blick auf seine Füße zu erhaschen. Er sieht nur zwei dicke Verbände, wo eigentlich seine Zehen sein sollten. Vermutlich haben sie sie ihm abgeschnitten. Er lässt seinen Blick im Zelt umherschweifen. Dicke Teppiche liegen in der einen Hälfte des Zeltes auf dem Boden, in der sich die Schlafstätten des Tätowierten und der anderen Ostländer, wahrscheinlich seiner Familie, befinden. In der Mitte brennt ein Feuer, über dem ein Topf an einem Dreibein hängt und dessen Rauch in einer Öffnung im Zeltdach abzieht. In der anderen Hälfte des Zeltes, in der einige Gerätschaften und die Sklaven untergebracht sind, liegt Beregir auf der nackten Erde.

Das Mädchen, das er vor dem Hengst gerettet hat, ist ebenfalls in dem Zelt. Sie ist etwa im Alter seiner Tochter Raa, zählt also ungefähr zehn Sommer. Dort, wo eigentlich ihr kleiner Finger sein sollte, trägt sie ebenfalls einen Verband um ihre linke Hand. Das Mädchen reicht ihm eine Schale mit einer zugleich bitter und süß schmeckenden Flüssigkeit. Während Beregir nach der Schale greifen will, bemerkt er, dass an seiner linken Hand ein Verband ist, wo seine Finger sein sollten. Mit einem Male begreift er, dass man auch dem Mädchen einen Finger abgeschnitten hat. Zur Strafe wahrscheinlich, weil sie ungehorsam war und zu dem Pferd ins Gatter gestiegen ist. Er lässt die Schale sinken. Beregir schluckt. Mit schwarzen trotzigen Augen blickt ihn das Mädchen an. Der Pferdeherr lässt sich auf sein Kissen zurücksinken und schließt die Lider. Kein Mensch in Hochland würde so etwas seinem Kind antun. In Zukunft wird Beregir ein Krüppel sein, aber eines Tages wird er ein Pferd stehlen und sich auf den Heimweg machen. Er wird zurückkehren zu seiner Frau Meta und seinen vier Kindern.

Im Zelt wohnt noch eine alte Frau, die zu dem Mädchen freundlich ist, wahrscheinlich ist sie die Großmutter des Kindes. Zusammen mit einem alten Sklaven verrichtet sie die Hausarbeit. Zudem knüpfen sie Teppiche in den allerschönsten Farben, die der Geblendete anscheinend anhand des Geruches auseinanderhalten kann. Es gibt im Zelt des Anführers eine weitere Frau etwa in Metas Alter. Da sie das entsprechende Alter hat, muss sie die Frau des Tätowierten sein, obwohl ihre Kleidung einfach ist. Keines Blickes würdigt sie den Unfreien. Sie spricht auch nicht viel mit dem Kind.

An ihrem ersten Tag in Steinstadt fällt Metas Blick auf einen dunkelblauen Stoffhimmel, während sie ihre Augen öffnet. Die fahle Sonne steht schon hoch. Die Frau aus Hochland braucht einen kurzen Augenblick, um sich zu erinnern, wo sie jetzt ist. Die Kammer, die die nächsten Wochen ihre Wohnstatt sein wird, ist in Metas Augen ausgesprochen vornehm eingerichtet. Es gibt zwei verglaste Fenster, die auf der einen Seite den Blick in den Palasthof freigeben, auf der anderen Seite schaut man über Camroth und die Ebene hinweg. Sie hat das Eckzimmer neben dem Königinnengemach bezogen, sodass sie an klaren Tagen im Norden die Berge sehen kann.

Über ihrem Bett ist ein Baldachin gespannt und in kalten Nächten wird sie die Vorhänge vor ihrer Schlafstatt zuziehen. Unter dem einen Fenster steht ein kleiner Tisch mit einer hölzernen Einlegearbeit in Form eines Mistelzweiges und zwei gepolsterte Stühle. Unter dem anderen Fenster befindet sich eine Truhe aus dunklem Holz. In ihr sind mehrere herausnehmbare Einlegeböden und Fächer angebracht, in denen sich Nähzeug und allerhand Kleinigkeiten finden. Unter anderem stößt Meta auf ein Fach mit doppeltem Boden, in dem ein silberner Ring verborgen ist. Der Ring sieht so aus, als wartete er auf etwas oder jemanden. Er trägt einen daumennagelgroßen dunkelblauen Stein, in den wiederum ein Baum, dem Ansehen nach eine Esche, mit Silber eingelegt ist. Meta verwahrt den kostbaren Ring wieder in dem Geheimfach, denn er gehört ihr nicht. Auf dem Fußboden aus grauem Stein liegt ein grauer, dick gewebter Wollteppich, in dessen Mitte ein Mistelzweig hineingewebt wurde. Gegen die Wand zum Königinnengemach ist ein Schrank gelehnt, in den Meta nun ihre Kleidung hängt. Sie wäscht sich und verlässt ihr Zimmer, um sich etwas zu Essen zu suchen, und stolpert fast über eine Dienerin, die vor ihrer Türe auf Anweisungen von ihr wartet. Meta fühlt sich wieder unbehaglich. Die Dienerin ist nach der Art der Südländerinnen gekleidet und spricht ein wenig hochnäsig.

Meta fragt sie alles, was sie wissen will. Wo sie etwas zu essen herbekommen könne, wo die Häuser der Heilung seien, wo sich ein Schwitz- und Badehaus befinde und wo sie ihre Wäsche waschen könne. Margot, die Dienerin, entpuppt sich als eine sehr freundliche Frau, die ihr bereitwillig Auskunft gibt und ihr verspricht, sie nach dem Frühstück durch Steinstadt zu führen.

Ganz Steinstadt wurde aus dem grauen Stein der Steinbrüche vom Rand der Ebene gebaut. Tagelöhner und Sträflinge hauen große Quader des grauen Sandsteins aus den Steilhängen und die Büffel aus den Sümpfen ziehen die Karren mit den Blöcken in die Stadt. Fast jedes Haus hat einen Dachgarten, auf dem Orangen- oder Zitronenbäumchen wachsen und Beete sind, in denen in den Sommermonaten südliches Gemüse wächst. An den Hauswänden werden Pfirsich- und Aprikosenbäume gezogen und Wein. Jetzt, im beginnenden Winter, ist Steinstadt grau, doch im Frühling herrscht ein Wohlgeruch von Blüten, versichert Margot Meta. In Hochland liegt sicher schon ein wenig matschiger Schnee, sodass sich in der Ebene nur noch die Hufspuren der Tiere gegen das Weiß farbig ausnehmen. Hier hingegen haben nun auch noch graue Wolken die Sonne gänzlich verhüllt. Meta wickelt sich fester in ihren gewachsten Umhang, denn ein kalter Nieselregen hat eingesetzt. Die Straßen sind leer. Margot führt Meta zum Badehaus und zu den Häusern der Heilung. Sie stellt sich dem Ältesten vor. Meta ist überrascht, den alten Mann, der in der vergangenen Nacht bei Ulf am Kamin saß, vorzufinden. Sein Name ist Vinko. Er ist derjenige, der das Treffen der Heiler ins Leben gerufen hat. Seine bernsteinfarbenen Augen blitzen verschmitzt unter dichten weißen Brauen. Er hält sich gerade und sein Händedruck ist kräftig, aber nicht unangenehm. Meta und Vinko schauen sich direkt in die Augen, und sie sehen durch einander hindurch. Da lächeln beide, denn sie wissen nun, dass sie sich ähnlich sind und einander nichts vorzumachen brauchen. „Ich freue mich sehr, Euch zu unserem Treffen begrüßen zu dürfen", sagt er lächelnd. „Die Freude liegt ganz bei mir", erwidert Meta. Vinko trägt einen langen grauen Mantel, der vorne bis zur Taille geknöpft ist und zusätzlich mit einem Gürtel zusammengehalten wird. Darüber hat er eine weiße Schürze gebunden. Er hakt sich bei der Jüngeren unter. „Wenn Ihr mir das Vergnügen gönnen würdet, Euch herumzuführen?", fragt er höflich, wohl wissend, dass Meta nichts dagegen haben wird. Meta ist begeistert. „Die Krankenanstalt liegt hinter dem Badehaus, ihr angegliedert ist das Waisenhaus, in dem die elternlosen Kinder ein Dach über dem Kopf und täglich eine warme Mahlzeit bekommen", erklärt der Ältere, während er einem zerlumpten Kind über das Haar streicht, das alleine durch die Flure tollt.

„In Inroth gehen die Waisen zusammen mit den anderen Kindern zur Schule. Die Königin selbst kümmert sich darum, dass die elternlosen Kinder eine gute Ausbildung bekommen, sie stehen unter ihrem persönlichen Schutz", berichtet Meta.

„In Camroth gibt es keine öffentliche Schule. Leute, die es sich leisten können, bezahlen einen Hauslehrer. Eigentlich stehen auch bei uns die Waisen unter dem Schutz der Königin, aber leider haben wir schon lange keine Königin mehr gehabt", erwidert Vinko und zuckt bedauernd mit den Schultern.

Das Krankenhaus verfügt außerdem über einen Kräutergarten, einen sehr hellen Raum zum Schneiden, mehrere Behandlungsräume für Patienten, die zu Hause schlafen, einen Frauen- und einen Männerschlafsaal und einige Einzelzimmer für die Kranken mit den ansteckenden Erkrankungen und für die Sterbenden, einen Aufenthalts- und Lehrraum für die Heiler und eine große Bücherei. Die Badeanstalt wird für die Zwecke des Hauses der Heilung mit genutzt.

„Wo sind die Kinder der Frauen, die bei Euch arbeiten?", fragt Meta.

„Unsere Frauen, die kleine Kinder haben, sind zu Hause und kümmern sich um sie und ihren Haushalt", antwortet Vinko.

„In Inroth nehmen die Frauen, die dort arbeiten, ihre Kinder mit ins Haus der Heilung. Sie werden abwechselnd von einer der Mütter versorgt. Die kleinen Kinder lernen dort zu nähen, zu sticken, sie basteln im Herbst Tiere aus Kastanien, sie helfen zu kochen, den Kräutergarten zu bestellen und spielen einfach miteinander in den

Fluren", denkt sich Meta kopfschüttelnd, sagt es aber nicht laut, denn sie möchte nicht unhöflich sein und den Anschein erwecken, sie mäkle an der Lebensart der Südländer herum. Wie umständlich die Leute hier sind.

Die Heilerin erfährt von Vinko auch, dass zum nächsten Neumond ein Fest gefeiert werden wird, zu dem alle Stammesfürsten eingeladen werden. Das Fest wird in zehn Tagen stattfinden, sodass alle Nachfahren der sieben Söhne und sieben Töchter Lugs und Anas Zeit haben werden, zu kommen. Meta ist nicht sonderlich erpicht auf eine Ansammlung vornehmer Leute. Vielleicht kann sie des Nachts im Krankenhaus Dienst tun, um eine Ausrede zu haben, warum sie nicht kommen kann. Zudem wird Ulf, König vom Berg, wohl kaum Wert legen auf die Gesellschaft einer Bäuerin aus Hochland. Bis zum Einbruch der Dunkelheit bleibt die hochländische Heilerin im Krankenhaus. Zum Abendessen soll Meta jedoch in den kleinen Saal zu Ulf kommen. Vorher sieht Meta noch nach ihrer Stute. Der Reitplatz liegt verlassen. Kein anderer Reiter ist in der Bahn. Meta bittet einen der Stallmeister um Erlaubnis, den Reitplatz nutzen zu dürfen, was dieser bejaht. Eine Weile führt die Pferdefrau das Tier an der Hand in Bögen und Schleifen durch die Bahn, lässt Leia an der Hand antraben und schließlich angaloppieren, bis sie sie frei sich selbst bewegen lässt. Nach einer guten Stunde Arbeit, nach der die Stute zufrieden kauend hinter Meta her spaziert und sich entspannt hat, bringt die Pferdeherrin ihre Schwester zurück in ihre Stallung. Sie krault ihre Kruppe, was Leia sichtlich genießt, dann macht sich Meta auf, sich zu waschen, um sich beim König einzufinden.
Zu Metas Überraschung hat der König eine kleine Gesellschaft geladen. Die Hochländerin kennt die Anwesenden nicht, doch der König vom Berg stellt sie allen vor, es sind hauptsächlich hohe Beamte und ihre Ehefrauen. Meta genießt wieder ein königliches Mahl und wundert sich, warum die anderen Damen, die in Begleitung ihrer Gatten zu Tisch sitzen, nicht ebenso herzhaft zugreifen wie sie, wo doch wirklich alle Speisen so vorzüglich schmecken. Im Gegensatz

zu ihr nehmen sie sich nur wenig von dem Teller, den sie jeweils mit ihrem Mann teilen. Meta hat den Hofbereiter neben sich sitzen, einen Mann ganz nach ihrem Geschmack, der Pferde wirklich mag und sich sehr gut mit ihnen auskennt. Auf Anhieb versteht sich Meta hervorragend mit ihrem Tischherrn. Die beiden unterhalten sich während des Essens über das, was sie am meisten interessiert: über Pferde. Nachdem die Tafel aufgehoben ist, ziehen sich die Damen in einen Nebenraum zurück, damit sich die Herren ungestört unterhalten können. Meta schaut hilfesuchend zu Ulf, doch der blickt betont ernst drein und nickt ihr zu, sie möge sich doch den Frauen anschließen. Im blauen Zimmer, in dem sie auf gepolsterten Stühlen sehr aufrecht sitzen, werden Süßigkeiten gereicht, an denen sich die Gattinnen nun satt essen. Meta versteht die Welt nicht mehr. Sie begreift nicht, warum die Frauen von der Unterhaltung der Männer ausgeschlossen werden, und auch nicht, warum sie in Anwesenheit ihrer Männer so getan haben, als hätten sie keinen Hunger. Die Damen von Camroth legen viel Wert auf ihre Kleidung und ihre Haare. Ihre Kleider reichen bis zum Boden und Meta fragt sich, wie man so gewandet reiten oder fechten kann. Schon um Treppen zu gehen, müssen sie ihre Röcke raffen und haben nur noch eine Hand frei. Die Frauen sprechen nicht über sich selbst, sondern darüber, was sie gerade machen, über ihre Kinder und über andere Frauen, die gerade nicht da sind. Sie fragen Meta aus über Hochland. Sie wollen Metas Schwert sehen, das sie vor vielen Jahren von ihrer Mutter überreicht bekommen hat, und wundern sich, dass es scharf ist und Meta tatsächlich gelernt hat, damit zu kämpfen. Die Frauen aus dem Südlichen Land sind erstaunt und wirken nicht begeistert von der Vorstellung einer Schwertkämpferin. Die Leibesertüchtigungen führten doch nur dazu, dass man einen schweren und kräftigen Körper bekomme. Dies sei der Schönheit doch abträglich. „Es mag sein, dass das der Schönheit abträglich ist, aber es kann sein, dass man einmal einem Menschen begegnet, der einem ans Leben will und dann ist das Schwert der Gesundheit sehr zuträglich", scherzt Meta. Dann wollen sie wissen, ob es stimme, dass die Hochländerinnen es zu verhindern wissen, allzu oft schwanger zu werden, wo doch möglichst viele Kinder die Zier einer jeden Frau seien. „Es kommt für uns nicht darauf an, möglichst viele Kinder zu haben, sondern darauf, dass man die Kinder, die man hat, gut versorgt und dass sie eine gute Ausbildung bekommen. Mädchen wie Buben, übrigens." Die Frauen schauen entsetzt. Meta wird müde und sehnt sich nach ihrem Bett, doch sie muss die Unterhaltung mit den Südländerinnen noch eine ganze Weile ertragen, bis die Herren mit ihren Gesprächen zum Ende gekommen sind und Meta erlöst wird. Nachdem die Gäste gegangen sind, wendet sich Ulf an Meta und lädt sie zum Fest am nächsten Neumond ein. „Bitte nicht!", denkt Meta und sagt: „Ganz herzlich bedanke ich mich bei Euch für die freundliche Einladung. Selbstverständlich werde ich kommen."

Lugs ältere Schwester Hel, die Totengöttin, verriet Lug bei Vildo. Aus Zorn ließ dieser einen Blitz in die Esche einschlagen, sodass sie zerbarst, und der Berg Camroth schrumpfte. Der Weg in den Himmel war verloren.

Kapitel 10

Schon Tage vor Neumond reisen die ersten Stammesfürsten an mit ihrem Gefolge. Wolfgang Wulfhardsohn, Vetter von Borg, dem Verräter aus den Wäldern des Südens, ist ohne seine Frau, aber mit den beiden ältesten Söhnen angereist. Sie tragen Wolfsfelle über ihren Schultern, die beiden Dolche gekreuzt auf den Rücken geschnallt und blicken grimmig drein. Die Wolfsleute sind Familienmenschen und es ist nur dem Umstand, dass sich Wolfgangs Frau in anderen Umständen befindet, geschuldet, dass er lediglich mit seinen beiden ältesten Söhnen und der treuesten Gefolgschaft anreist. Die Pferde werden unruhig, als sie die Ställe betreten, denn ihnen haftet der Geruch von Raubtieren an.

Bolons Sippe, die Atamanleute, haben den kürzesten Weg, kommen aber dennoch schon zwei Tage vor Neumond in zwei glänzenden Booten auf dem Fluss heran gerudert. Ulf begrüßt Atas und Ataa, Baltos und Bolons Eltern auf dem Anlegesteg am Fluss. Sie sprechen leise miteinander und Atas beginnt zu weinen. Ataa, seine Gattin, eine blasse, ein wenig übergewichtige Frau mit einem freundlichen Lächeln, das nun verschwindet, legt mit erstarrter Miene ihren Arm um seine Schultern. Beide tragen einen einfachen Stab.

Am Tag vor Neumond erreichen Vilko, Vildosgroßsohn und Vinkastochter, seine Frau, den Palast, sie kommen aus den Wäldern im Westen und tragen Mäntel, auf die ein Mistelzweig gestickt ist, und Degen.

Am Vortag des Festes reiten die Falken über die Brücke. Sie reiten auf wendigen kleinen Pferden, die Härte und Adel vereinen. Die Falken sind Meister-Bogenschützen. Sie beziehen das Gästezimmer im Turm, damit Falks scharfes grünes Auge über die Ebene schweifen kann. Zu Neumond erscheint Bernhard Berngangssohn, ein großer massiger Mann, der Meta gleich unsympathisch ist.

Es dunkelt früh an diesem Tag. Meta ist den ganzen Tag im Krankenhaus bei Vinko gewesen. Vinko ist ein Wissender und Meta saugt gierig alles, was er erzählt, in sich auf. Vinko wiederum ist begeistert von Metas Aufzeichnungen über Heilpflanzen, die sie über die Jahre zusammengetragen hat. „Ich werde heute Abend auch da sein", sagt er schließlich begütigend, weil Meta im Tagesverlauf immer schweigsamer wird. „Man merkt mir an, welche Freude mir das Fest schon im Voraus bereitet, nicht wahr?", grinst Meta.

„Ja, man merkt dir die ungeheure Lust auf die Veranstaltung wirklich an", lächelt Vinko und wird dann ernst. „Der Hof ist ein Teich voller Raubfische, sei vorsichtig, Meta. Der König hat nicht viele Menschen, denen er vertrauen kann."

„Warum ist das eigentlich so?", fragt sie.

„Was ist wie?", gibt Vinko zurück.

„Warum ist es so, dass manche den König lieber tot sehen würden?", will Meta wissen. Vinko stößt die Luft zwischen den Lippen hervor.

„Es gibt Menschen, die die Ordnung der Welt zu ihren Gunsten verändern wollen. Menschen, die nicht zufrieden sind, gleich was sie besitzen. Sie wollen die Macht an sich reißen, um mehr zu bekommen. Mehr, als sie brauchen." Die Miene des alten Mannes verfinstert sich.

„Wir kennen das. Sie nannten es Freiheit, die Menschen in der Zeit vor der Zeit vor der großen schwarzen Leere, doch sie verwendeten diese Freiheit darauf, ihre Gier zu befriedigen. Wir wollen diese Verhältnisse nicht mehr haben, denn sie haben zur Zerstörung ihrer Welt geführt." Vinko schweigt eine Weile.

„Hier gibt es vieles, was zu verbessern ist, das ist wahr. Wir können sicherlich von euch in Hochland lernen, aber wir müssen aufpassen, dass die Menschen nicht wieder unbescheiden werden und sich nicht mehr selbst genügen. Ein Schlüssel zur Zufriedenheit ist gewiss eine glückliche Kindheit." Der Heiler schaut in die Ferne. „Zu lange hatten wir keine Königin mehr."

Am Abend macht sich Meta schön mit ihren bescheidenen Mitteln. Kurz ist sie im großen Warmwasserbecken der Badeanstalt untergetaucht. Die Bademeisterin verabreicht ihr auf Vinkos Geheiß eine Bürstenabreibung mit Seife und hinterher eine Einreibung mit warmem Rosenöl. Wieder zurück in ihrer Kammer legt Meta ihre Glasperlenkette um und steckt ihre Lavendelzweigbrosche an. Wie immer gürtet die Hochländerin ihr Schwert. Das Wechselkleid ist zurück aus der Wäscherei und so duftet Meta und strahlt sauber und entspannt.

Der Thronsaal ist geschmückt mit den Fahnen der Stämme, Meta soll unter dem Pferdebanner Platz nehmen. An der Stirnseite des Saales steht der Thron von Ulf, dem Herrn vom Berge Camroth, König vom Südlichen Land und Nachfahre Lugs und Beredons aus dem Hause der Eschen. Lugs Erbe ist festlich gekleidet und trägt ein langes, grün glänzendes Gewand aus feinem Nesselstoff über dunklen Hosen. Er hat das Schwert aus Gohors Werkstatt gegürtet und um seine Schultern hat er einen schweren grünen Mantel gelegt.

Als Tischherrn hat ihr Ulf netterweise wieder den Hofbereiter zugedacht. Vinko macht sie bei den Mistelzweigleuten aus. Der Platz unter dem Banner der Stiere ist leer. Der König vom Berg bittet nun einen Stammesführer nach dem anderen nach vorn. Ein jeder kniet vor ihm nieder, legt seine Waffe vor ihm ab und schwört ihm die Treue. Nachdem alle Stammesfürsten sich an die Stirnseite des Saales neben dem Thron aufgestellt haben, wenden sie ihre Blicke erwartungsvoll Meta zu. Da begreift sie: Sie ist die einzige Vertreterin ihres Volkes hier im Saal. Es ist mucksmäuschenstill, während die Hochländerin sich von ihrem Platz erhebt und zum Thron hingeht. Meta legt ihr Schwert vor dem König ab und kniet nieder. „Ich schwöre Euch Treue. Meine Verbundenheit mit Beredons Erben schließt meine Sippe ein. Mein Schwert leihe ich Euch, wann immer Lugs Erbe in Gefahr ist."
„So wie du es mir tust, Meta Ehwaztochter, will ich es dir vergelten", antwortet Ulf. In dem Augenblick, in dem der Herr vom Berg Camroth anhebt, um noch etwas zu sagen, wird die Türe aufgestoßen und ein massiger Mann und eine wunderschöne Frau, beide in roter Robe, betreten den Saal. Meta spürt, wie sich die Haare an ihrem ganzen Körper sträuben und sich ihre Ohren anlegen. Bisher hat sie gedacht, Raa sei das schönste Mädchen der Welt, aber diese Frau ist atemberaubend schön. Das schwarze Haar ist kunstvoll hochgesteckt, sie hat mandelförmige schwarze Augen und einen anmutig geschwungenen roten Mund. Ihr Körper ist fraulich und doch geschmeidig und ihre Haut erinnert ein wenig an die Farbe von grünen Oliven. Meta holt Luft und möchte Ulf warnen, da wendet er ihr sein Gesicht zu und seine Augen blicken kalt. Ulf vom Berge freut sich überschwänglich und geht auf die beiden mit ausgestreckten Armen zu. Er umarmt sie herzlich. Es sind Uri Ursohn und seine Schwester, Brungard, die verwitwet ist. Hinterdrein stolpert ein hoch aufgeschossener Junge von vielleicht fünfzehn Jahren, der das Antlitz seiner Mutter geerbt hat. „Wie wunderbar, dass Ihr gekommen seid, um mir Eure Treue zu schwören", ruft der Herr von Steinstadt, woraufhin der Stier etwas Unverständliches murmelt. „Wie bitte?", fragt

Ulf nach und setzt sich auf seinen Thron.

„Ich schwöre Euch Treue. Meine Verbundenheit mit Beredons Erben schließt meine Sippe mit ein. Meinen Speer leihe ich Euch, wann immer Lugs Erbe in Gefahr ist", spricht Uri.

„Euren Speer", erinnert ihn Ulf und Uri legt die Waffe vor die Füße des Königs. Ulf lächelt milde. „So wir Ihr es mir tut, so will ich es Euch vergelten." Brungard hat unter dem Banner der Stiere Platz genommen und grüßt nach allen Seiten. Uri reiht sich ein in den Halbkreis, den die Stammesführer vor Ulfs Thron gebildet haben. „Wie wunderbar, dass ihr zu unserer Feier kommen konntet", der König lächelt. „Ich habe schon befürchtet, ihr wäret die Einzigen, die nicht rechtzeitig hier sein könnten, um mir ihre Treue zu schwören", sagt er an den Stier gewandt. Eine unbehagliche Stille breitet sich aus, doch Ulf scheint es nicht zu bemerken und lacht amüsiert. Gezwungen lachen Uri und Brungard mit. Der Junge lacht erst, als seine Mutter ihn mit dem Ellbogen in die Seite stößt. „Nehmt doch alle wieder Platz." Der Hausherr klatscht in die Hände und die Diener tragen die Speisen auf. Wie schon beim letzten Abendessen essen die Damen nur wenig und Meta ist die einzige Frau, die mit Lust zulangt. Es ist ein langer Tag gewesen und sie hat wirklich Hunger. Nach dem Essen wird getanzt. Meta tanzt mit Oto, ihrem Tischherrn, und einmal auch mit Vinko. Es werden viele Tänze gespielt, die man zu zweit tanzt, und Ulf tanzt nur mit Brungard. Er umwirbt sie und es hat den Anschein, als hätte die schöne Frau ihm völlig den Kopf verdreht. Einmal sieht Meta, wie Brungard zu ihrem Bruder hinüberschaut und ihn siegessicher anlächelt. Brungards Sohn tut Meta ein wenig leid, denn er ist der Einzige, der ohne Tanzpartnerin herumsitzt und so wählt sie ihn, als sich die Damen ihren Tänzer heraussuchen dürfen. Er ist ein etwas schüchterner netter Junge, der von seiner Ausbildung als Krieger erzählt. Wider Erwarten ist dieser linkische junge Mann ein sehr guter Tänzer. Brungards Sohn scheint über verborgene Qualitäten zu verfügen. In den frühen Morgenstunden verlässt Ulf mit seiner Favoritin das Fest, während sein Gast aus Hochland schon eine ganze Weile schläft. Selbstverständlich bemerkt der König sehr wohl, dass seine Buhlschaft eine kleine Menge eines weißen Pulvers in seinen Wein gibt, denn er tut nur so, als wäre er betrunken. Er zwingt Brungard dazu, aus seinem Becher zu trinken. Wenn sie sich weigere, würde ihr Sohn den nächsten Tag nicht überleben. Im Morgengrauen findet man Brungards Leiche auf ihrem Bett. Sie sei an einer ansteckenden Krankheit verstorben, bestätigt Vinko. Der Leichnam darf von keinem angesehen werden. Die sterblichen Überreste der Schönheit aus dem Haus der Stiere werden in ihre Laken eingeschlagen und noch am selben Tag verbrannt.

Um eine Ansteckung zu verhindern, werden dem König und auch allen Leuten aus dem Haus der Stiere heiße Bäder zu Reinigung in den Häusern der Heilung angeraten und die Unterbringung in den Einzelzimmern im Krankenhaus. Leider verstirbt auch Uri Ursohn in der darauffolgenden Nacht an der geheimnisvollen Krankheit. Der neue Anführer der Sippe der Stiere ist der um Mutter und Onkel trauernde Urs Ursohn, der von Ulf den Speer erhält. Er ist noch zu jung, um den Stamm zu leiten, deshalb soll er noch zwei bis drei Jahre bei Ulf am Hof bleiben, um seine Ausbildung zu vollenden, und soll in fünf Jahren die Führerschaft über das Stiervolk übernehmen. „Unterschätzt ihn nicht", sagt Meta, die von einer Erkrankung, wie Brungard und Uri Ursohn sie angeblich gehabt haben, nie etwas gehört hat. Sie kann sich schon denken, was passiert ist, äußert sich aber nicht weiter dazu. Ulf wollte seine Rache dafür, dass Brungard Borg verführt hat, und er hat sie genommen. Zu Vinko sagt sie: „Ihr habt eine Schwierigkeit beseitigt und einen neuen Feind geschaffen." Meta mag Ulf, weshalb auch immer, aber sie möchte ihn nicht zum Feind haben. Sie möchte auch Urs nicht zum Feind haben und ist froh, dass sie nicht für immer am Hof von Camroth leben muss.

Aus Einsamkeit verband sich Lug mit einer Wurzel der Esche und zeugte mit ihr die erste Frau, Ana. Bis sie erwachsen war, nährte er Ana an seiner Brust. Dann zeugte er mit ihr viele Kinder, die Menschen. Sein ältester Sohn war erster König der Menschen. Beredon war sein Name.

Kapitel 11

Die Nächte werden länger und länger. Das Licht ist rar in diesen Tagen. Im Dunkeln steht Meta morgens auf, wäscht sich im Schein einer flackernden Kerze und kleidet sich zitternd an. Der Sturm fährt durch den Kamin in ihre Kammer. Sie hat schon Tage kein Feuer mehr anzünden können. Obgleich es im Südlichen Land im Winter wärmer ist als in Hochland, friert Meta in der Burg, in die der Wind durch die Ritzen hereinbläst, durch die Flure fährt und in allen Winkeln herumwirbelt. Meta trägt dicke Unterwäsche aus Wolle, ihre lange Hose, ihre Tracht darüber und eine lange dicke Filzjacke, damit ihr einigermaßen warm ist. Wenn sie sich in der Morgendämmerung auf den Weg zum Haus der Heilung macht, wirft sie sich ihren gewachsten Umhang über, in den sie eine wärmende Wolldecke hineingeknöpft hat. Ihre Füße stecken in ihren Fellschuhen, doch diese sind immer bald durchnässt. In den Gassen bleibt der Schnee nicht lange Schnee, sondern verwandelt sich in kürzester Zeit in Matsch durch viele Huftritte und Fußstapfen, derweil die Steinstädter nur ungern vor ihre Türen treten, denn die Winterstürme toben tagelang um die Häuser. Ein Mann ist durch einen herumfliegenden Dachziegel umgekommen, der ihm auf den Kopf gefallen ist. Der Mann ist sofort tot gewesen und hat Frau und Kinder hinterlassen. Meta fragt sich, wie die arme Witwe nun sich und ihre Kinder durchbringen will, denn die Frauen im Südlichen Land sind nicht so selbstständig wie die Hochländerinnen. Meta hat sich dem König gegenüber einmal verwundert gezeigt, wie die Frauen von Camroth unbewaffnet und in ihren langen Röcken unbeweglich seien, sodass sie schon allein durch ihre Kleidung beim Arbeiten,

Reiten und Kämpfen behindert seien. Die Bürger von Camroth halten eine gute Ausbildung für ihre Kinder für Luxus, vor allem, was die Ausbildung ihrer Töchter anbetrifft. Ulf meint darauf: „Unsere Frauen sind anders, als ihr es seid."
„Sie sind nicht anders, als wir es sind. Sie sind nur anders erzogen", erwidert die Hochländerin. Ulf hat sich langsam an Metas unverblümte Art gewöhnt, insgeheim schätzt er sogar ihre Meinung, aber das hätte er niemals vor ihr zugegeben. Auch ihm ist klar, dass der Reichtum der Berge irgendwann einmal erschöpft sein wird und sich der Wohlstand Camroths nicht für alle Ewigkeit auf den Handel mit den Zwergen gründen kann. Er weiß sehr wohl, dass der Schlüssel zum Wohlstand eines Landes in der Ausbildung seiner Frauen liegt. Gut ausgebildete Mütter achten auf eine gute Ausbildung ihrer Kinder und sind in der Lage, dergestalt zum Familieneinkommen beizutragen, dass es den Menschen insgesamt besser geht. Nun brummelt er wie immer, wenn Meta ihm widerspricht unwirsch eine kurze Antwort, über die Meta nur lacht.
Ungebremst bläst der Sturm über die Ebene und treibt schwarze Schneewolken vor sich her. Meta sehnt sich zurück auf den Lavendelhof, in dessen Küche immer ein warmes Herdfeuer brennt. Auch an trüben Tagen kann man den Blick dort weit über die Hochebene schweifen lassen. Zu Hause reitet sie jeden Tag, während sie es in Camroth höchstens drei Mal in der Woche schafft, ihre Stute zu bewegen. Es mangelt ihr in Steinstadt vordergründig an nichts und sie hätte es nicht benennen können, was es ist, das ihr fehlt. Meta hat Heimweh nach ihrem Zimmer, den Großeltern, ihren Kindern, ihren Tieren und nach der Ungezwungenheit, in der sie dort leben kann. Als Gast des Königs steht sie andauernd unter Beobachtung, bald ist sie bekannt wie ein bunter Hund. Die Blicke, mit denen sie bedacht wird, sind nicht feindselig, aber wenn sie vorübergegangen ist, stecken die Leute die Köpfe zusammen und tuscheln über ihre fremdländische Kleidung und es wird darüber gerätselt, in welcher Beziehung sie zum König steht. Meta wird schweigsam und zieht sich immer mehr zurück. Vinko, der Meta unter seine Fittiche genommen

hat, ist ein Lichtblick in dieser Zeit. Es sind Heiler von allen Stämmen gekommen, Meta lernt jeden Tag etwas Neues dazu. Sie ist sehr dankbar, dass sie hier sein kann, deshalb bleibt sie meist bis in die Nacht im Krankenhaus. Nach einigen Wochen, als die Heilerin ausgemergelt und ihre helle Haut schneeweiß ist, verordnet Vinko ihr einen freien Tag in der Woche und schickt sie abends zum Essen nach Hause. Am ersten Tag taucht Meta nach dem Abendbrot wieder im Krankenhaus auf, doch Vinko weist ihr die Türe und verbietet ihr, sich vor dem übernächsten Tag noch einmal blicken zu lassen.

Am darauffolgenden Morgen scheint eine blasse Sonne und der Sturm ist abgeflaut. Er hat seinen kleinen Bruder, den Wind auf die Erde geschickt. Meta zieht sich in Windeseile an, gürtet ihr Schwert, schnappt sich ihren Bogen und eilt in die Ställe, nachdem sie sich in der Küche etwas zu essen besorgt hat. Als eine der Ersten verlässt sie die Stadt durch das Westtor. In der Ebene liegt der Schnee etwa kniehoch und beginnt in der Sonne zu tauen. Meta reitet eine Weile im Schritt, dann galoppiert sie an. Gegen Mittag erlegt sie ein Kaninchen, nimmt es aus und bereitet es über dem Feuer am Waldrand. Dazu gibt es Brot. Am späten Nachmittag kommt sie gerade rechtzeitig zurück, kurz bevor im Licht der untergehenden Sonne das Stadttor geschlossen wird. Müde und glücklich schläft sie in dieser Nacht tief und fest.

Olof wird immer blasser und hohlwangiger, je kürzer die Tage werden. Der Winter hat den Lavendelhof fest im Griff. Es stürmt und schneit über Tage und Wochen, selten zeigt sich eine fahle Sonne. Olof friert kaum, seine Kleider halten ihn warm in der trockenen Kälte. Freitags schwitzen sie im Waschhaus und die Großmutter hält das Herdfeuer am Brennen. Am Abend gehen sie zeitig zu Bett, denn das Licht ist kostbar, und die Talglampen und die wenigen Bienenwachskerzen werden streng eingeteilt. Ein am Herd erhitzter Stein wärmt ihm die Füße in der kalten Kammer, die er mit Begard teilt. Er versteht sich gut mit seinem zukünftigen Schwager und alle behandeln ihn sehr freundlich. Auch im Freien wird ihm nicht kalt, denn er arbeitet körperlich schwer. Die Zäune und die Gerätschaften werden repariert, die Tiere wollen versorgt sein, täglich dreschen sie das Korn und am Abend treibt er mit Raa das Vieh und die Pferde zurück über die Zugbrücke in den Stall. Einen Monat vor der Wintersonnenwende ist der Fluss zugefroren. Einige Tage danach schlagen die Hunde des Nachts an und die Bewohner des Lavendelhofs fahren schnell in ihre Hosen und Kittel und greifen nach ihren Waffen. Ein Bär hat es über den Fluss geschafft und versucht gerade, den Steinwall an der Böschung zu überwinden. Olof denkt sich, man könne den Bären einfach vertreiben, doch der Großvater schreit Olof zu, er solle ihn erlegen. „Töte ihn! Töte den Hangistamörder!" Und Olof stößt seinen Speer direkt in das Herz des aufgerichteten Tieres unter dem Jubel der anderen. „Ein verwundeter Bär ist gefährlich. Hätte er überlebt, hätte er vielleicht einen Menschen getötet."

„Ich glaube, Bären haben in Hochland sowieso einen schweren Stand", schmunzelt Olof. „Seltsam, dass er keinen Winterschlaf macht." Raa fällt Olof um den Hals und küsst ihn. Er hebt sie hoch und wirbelt sie herum. Sie ist der Grund, warum er immer blasser wird. Mit jedem Tag wird sie schöner in seinen Augen. Die Winterkälte zaubert ihre Wangen rot und Eiskristalle in ihre Wimpern. Alles, was sie tut, tut sie mit Anmut. Sie bemerkt es nicht, doch alle Tiere und Pflanzen und auch die Menschen strahlen, wenn sie sie berührt. Raa scheint eine Elfe aus der alten Zeit zu sein, die sich auf diesen Bauernhof verirrt hat. Wenn sie geht, scheinen ihre Füße kaum den Boden zu berühren, und wenn sie singt, klingt es in seinen Ohren wie Sternenmusik, von der die ganz Weisen erzählen. Olof hat aufgehört, sich an ihr zu erfreuen, er verzehrt sich vor Begierde. Jeden Tag sieht er sie, wie sie mit einem feinen Schwung ihrer Hüften umhergeht. Er starrt sie an, wenn sie eine Handarbeit macht, und bemerkt es nicht einmal. Ab und zu hebt sie ihr Gesicht und lächelt ihn an mit ihrem besonderen Raa-Lächeln. Er ist wie besessen und versucht es, mehr schlecht als recht vor allen zu verbergen. Nach wie vor kann er sich auf seine Manieren verlassen, doch innerlich zerreißt es ihn fast, vor der Nase das Schönste zu haben, ohne es wirklich mit allem besitzen zu können. Wenn sie atmet, hebt sich ihre Brust verführerisch und er kann an nichts anderes denken, als an ihr Geschlecht, wenn er abends auf seiner Schlafstatt liegt. Olof vermeidet es, sie zu berühren, denn er kann nicht mehr wirklich für sich selbst bürgen. Manchmal fasst sie ihn leicht am Arm, wenn sie ihn anspricht, was er kaum aushält. Die Wintersonnenwende wird gefeiert und in den Raunächten räuchern Raa und die Großmutter Haus und Hof und die Ställe und dann kommt die große klirrende Kälte. Die Sonne scheint und Hochland erstrahlt von Eiskristallen wie ein Edelstein. Doch Olof liegt krank zu Bett. Er hat eine fieberhafte Erkältung. Großvater, Großmutter, Begard und die beiden jungen Helfer aus Inroth schlagen Holz in dem kleinen Wäldchen flussaufwärts, Raa bleibt bei ihrem Verlobten, um ihn zu pflegen. Am dritten Tag hat sich der junge Mann wieder recht gut erholt und Raa möchte am Nachmittag zu den anderen gehen, um beim Holzmachen zu helfen. Zuvor jedoch bringt sie eine Schüssel mit warmem Wasser ins Krankenzimmer, um Olof zu waschen, denn er hat entfiebert und dabei geschwitzt. Er ist schwach und putzt im Liegen die Zähne. Sie setzt sich auf den Rand seiner Bettstatt und beginnt, ihn zu entkleiden. Olof hält ihre Hand fest und starrt sie mit fast irrem Blick an. Sanft löst sie seinen Griff und fährt damit fort, ihm das Hemd und dann die Hose auszuziehen. Olof schließt die Augen. Es ist kalt in der Kammer, weshalb sie die Decke nur von dem Körperteil hebt, den sie gerade wäscht und dann abtrocknet. Er stöhnt und kann ihre Berührung nicht mehr ertragen, als er fühlt, wie sie sich bekleidet neben ihn legt. Nun ist es an ihm, sie auszuziehen. Olof versucht, sich zurückzuhalten, um ihr nicht wehzutun, doch er kann kaum an sich halten. An einem bestimmten Punkt ist es ihm gleich, ob es ihr gefällt oder nicht, denn er ist so geil, dass er sie einfach nehmen muss. Hinterher ist er erleichtert, aber es ist dennoch nicht so, wie er es sich erhofft hat. Er besitzt sie nicht. Sie hat sich ihm nicht völlig hingegeben. Es war fast so, als hätte sich Raa den ganzen Vorgang neugierig angeschaut, ihm zuliebe. Sie wird noch Gefallen daran finden, wenn er sich mehr um sie bemühen wird, hofft er, doch bei ihren folgenden heimlichen Stelldichein haben sie wenig Zeit, um sich besser kennenzulernen, denn sie wollen nicht entdeckt werden. Sie wissen es nicht, doch bei ihrem ersten Beisammensein haben Olof und Raa Zwillinge gezeugt, die im Spätsommer unter Schwierigkeiten zur Welt kommen werden. Als die Frühjahrsstürme über die Hochebene fegen, sieht die Großmutter im Gesicht ihrer Enkelin die Schwangerschaft. Raa übergibt sich häufig. Zum Frühjahrsmarkt zieht das junge Paar nach Inroth in ein kleines Häuschen, das dem Haus der Bücher gehört, in die Nachbarschaft von anderen Lehrern und einigen Angestellten der Häuser der Heilung.

Als Ana starb, stieg Lug auf den höchsten Berg der höchsten Berge weit im Osten und bat die Götter, ihn wieder in den Himmel aufzunehmen. Vilda hatte Mitleid mit ihm und gestattete ihm die Rückkehr. Als die Zeit gekommen war, traten die Götter ein in den Krieg mit den Mächten des Bösen. Im Kampf fielen alle Götter und auch die Mächte des Bösen. Übrig blieb nur Vindu, das allmächtige Eine, das alles erschafft bis hinein in diese Zeit.
Seither kommt alles Böse aus uns selbst.

Kapitel 12

Den ganzen Tag hat Meta mit Heilern aus dem Süden zusammengesessen. Sie haben über eine Krankheit gesprochen, welche im Süden nicht häufig anzutreffen ist, im Norden aber gar nicht so selten vorkommt. Sie geht einher mit schleichendem Verfall und letztendlich mit dem Verlust der Gehfähigkeit. Über Jahre hinweg können sich die Menschen, welche unter ihr leiden, zu immer weniger aufraffen, sie werden immer steifer und sterben meist an unterschiedlichen Krankheiten, welche von außen eindringen und hohes Fieber verursachen. Die ohnehin schon Geschwächten haben dem Fieber dann nichts mehr entgegenzusetzen. Meta empfiehlt, Erdrauch mit Wein oder Most aufzukochen und täglich einen Becher davon trinken zu lassen. Dies helfe, die Kranken länger bei Kräften zu halten. Eine Heilung sei nicht möglich, aber sie habe den Eindruck, der Kräfteverfall ließe sich durch diese Maßnahme ein wenig aufhalten, um den Anforderungen des Lebens besser begegnen zu können[3].

Im Süden hat man die seltsame Vorstellung, alles Wissen und die Fähigkeit, sich zu bewegen, gehe vom Kopf aus, so sei diese Erkrankung letztendlich eine Erkrankung des Kopfes. Es entbrennt schließlich ein Streit, ob das Kopforgan, welches Gehirn genannt wird, lediglich eine Drüse sei, die Sekret hervorbringt, das durch die Nase als Rotz abfließt, oder ob es tatsächlich möglich sei, dass Gedanken, Bewegungen und Empfinden ihren Ursprung im Gehirn haben anstatt im Herzen, dem Königsorgan. Eine jede Seite hat gute Argumente für ihren Standpunkt. Hat jemand eine schwere Kopfverletzung, verliert er viele Fähigkeiten. Man könnte sogar meinen, dass die Fähigkeit zu gehen über den Rücken in die Beine fortgeleitet wird, denn jeder der Anwesenden kennt einen Kranken, der sich beim Sturz vom Pferd oder bei einem anderen Unfall den Rücken gebrochen hat und seither nicht mehr seine Beine benutzen kann. Andererseits spürt doch jeder, dass man im Herzen und im Bauch als Erstes etwas empfindet oder wahrnimmt. Wird einem Menschen oder Tier ein Dolch ins Herz gestoßen, hört alles Empfinden, hören alle Gedanken auf zu sein und auch jegliche Fähigkeit, sich zu bewegen. Bis zum Ende des Tages wird in der hitzigen Auseinandersetzung keine Einigung erzielt.

Als Meta zurückgeht zum Schloss, wird es schon dunkel. Die Tage beginnen, merklich länger zu werden. In weniger als einem Monat werden die Pässe eisfrei sein und Meta wird nach Hochland zurückkehren, was sie, wenn sie ehrlich ist, im Augenblick eher bedrückt, als erfreut. Nach anfänglichen Schwierigkeiten hat sich ihr am Hofe Ulfs eine neue Welt eröffnet. Sie ist gewiss nicht arm und der König vom Berge Camroth ist gewiss nicht verschwenderisch, gemessen

[3] siehe Anhang

an seinem Reichtum, doch Meta führt verglichen mit dem Lavendelhof hier in der Burg ein Leben in Faulheit und Überfluss. Meta hat ein schlechtes Gewissen, wenn sie an den Lavendelhof denkt. Ihre Eltern sind noch rüstig, ihr Vater wird jedoch bald in seinem siebten Lebensjahrzehnt sein. Sie werden in den nächsten Jahren ihre Unterstützung brauchen. Ohne die Großeltern hätte sie ihre Kinder nicht großziehen und als Heilerin arbeiten können, alleinstehend mit einem vermissten Mann. Nun ist es an der Zeit, ihren Eltern etwas von dem zurückzugeben, was sie von ihnen an Hilfe erhalten hat.

Am Himmel steht der Abendstern. Die Nacht ist klar und kalt, als Meta durch die Gassen von Steinstadt geht. Im Norden sind die schneebedeckten Berge wie auf einer Kette aufgereiht, vom Mond beschienen. Der Hügel, der sich aus der Ebene erhebt und die Stadt trägt, hebt auch ihre Bewohner ein wenig näher an den Himmel. Die Nacht scheint in silbergraues Licht getaucht. Meta steht schließlich im Innenhof der Burg und fühlt, wie das Licht des Vollmondes sie durchflutet. Sie lacht leise aus einer tiefen inneren Freude heraus und betritt den Königssitz und den Thronsaal. Hier ist gerade ein Fest im Gange. Meta hat keine Lust auf ein Gelage. Jemand, der neben ihr steht, reicht ihr einen Becher voll Wein. Es ist Frolof. „Auf den König! Auf dass er noch viele Geburtstage feiern möge." Meta erstarrt. Sie weiß nicht, dass Ulf heute Geburtstag hat.

„Auf den König!" antwortet sie und schaut Ulf durch den Saal hinweg an. Er sitzt am Kopfende der Tafel und erwidert ihren Blick. Sie zieht ihren Mantel aus und legt ihn sich über den Arm, holt tief Luft und geht durch die Länge des Raumes auf ihn zu. Alle Gäste sind in kostbare Kleider gehüllt. Einmal mehr kommt sich Meta in ihrer Tracht ein wenig schäbig und unpassend gekleidet vor. Sie erkennt einige Edelleute von den anderen Stämmen mit ihren Familien und wird von allen Seiten respektvoll gegrüßt. Die Kostbarkeit der Kleider der Edelleute zeigt sich in der feinen Webart der Stoffe, in der geschmackvollen Zusammenstellung der Farben und in kostbaren von den Frauen selbst gefertigten Stickereien. Selbstverständlich hält sich jeder im Rahmen seines Wohlstandes trotzdem an das Gesetz, das vorschreibt, nur zu gebrauchen, was man braucht. Ulf hat kostbare Geschenke erhalten. Alle sind sie gekommen, die er eingeladen hat. Er hat Meta nicht ausdrücklich gebeten sich einzufinden, denn er denkt sich, sie komme ja sowieso. Erst spät am Abend erscheint die Hochländerin endlich. Als sie durch die Türe tritt, ist es ihm, als beträten Sonne und Mond gleichzeitig den Raum und eine stille Erschütterung in seiner Seele macht, dass er seine Hände fest um die Lehne seines Stuhles schließt. Sie stößt mit Frolof an, zieht ihren Mantel aus und kommt auf ihn zu. Sie lächelt nicht. Ihr Gesichtsausdruck ist ein wenig skeptisch und gleichzeitig so etwas wie beschämt. „Alles nur erdenklich Gute wünsche ich Euch zum Geburtstag, Ulf vom Berg. Ihr hättet mir sagen müssen, dass Ihr Geburtstag habt. Ich habe nicht einmal ein Geschenk", sagt Meta, sich verneigend und wirft einen Blick auf den Gabentisch, auf dem ein verzierter Pfeilköcher, ein Schild mit einem in Silber ausgelegten Eschenblatt und viele weitere Kostbarkeiten liegen. „Ich bin nicht einmal passend gekleidet."

„Für mich passend genug", erwidert Ulf. Ulf bittet Meta, neben ihm an der Stirnseite der Tafel Platz zu nehmen. Nachdem sie gegessen haben, bittet er Meta zum Tanz. „Du könntest mir einen Kuss schenken", sagt er leise, während er sie im Arm hält. Meta vom Lavendelhof hält kurz in der Bewegung inne und schaut ihn erstaunt an. „Nur ein Kuss, bitte", er versucht zu lächeln, doch seine Stimme ist fast flehend und seine Augen blicken ernst. Sie zögert kurz und erwidert dann schnell: „Nicht vor allen Leuten. Wenn das Fest zu Ende ist und alle gegangen sind." In diesem Augenblick ist der Tanz zu Ende und Meta kommt sich töricht vor. Sie unterhält sich den ganzen Abend hauptsächlich mit Frolof und dessen Frau, neben denen sie sitzt, und nur wenig mit dem König. Manche Damen sind ohne männliche Begleitung erschienen und werfen Ulf schmachtende Blicke zu. Mit einigen von ihnen tanzt er, doch kann er kaum seine Augen von Meta abwenden. Weit nach Mitternacht ist das Fest zu Ende, als der König sich erhebt. Er verabschiedet sich von seinen Gästen und kurz darauf sagt auch Meta gute Nacht zu denen, die sie kennt, und

geht zu ihrer Kammer. In einer Nische im Gang vor ihrem Zimmer sitzt Ulf allein beim Schein einer Kerze und wartet auf sie. Meta holt tief Luft, seufzt und tritt zu ihm. „Du musst mir versprechen, dass du deine Hände auf dem Rücken verschränkt halten wirst."
„Was du willst." Sie hält sein Gesicht in ihren Händen, während sie ihn sehr sacht küsst. Seine Lippen sind weich und voll und die Frau sieht in die schwarzen Augen des Mannes und sie küsst ihn ein zweites Mal ein wenig inniger und es ist ungefähr in diesem Augenblick, in dem der Herr über Steinstadt sein Versprechen bricht und die Hände nicht hinter dem Rücken belässt, sondern die Frau auf seinen Schoß zieht. Sie sind beide ein wenig scheu, doch Ulf erweist sich als ein fürsorglicher und zuvorkommender Liebhaber.

Meta erwacht grundlos glücklich. Die Sonne steht schon hoch am Himmel. Sie liegt alleine in ihrem Bett. Für einen Moment denkt Meta, sie habe alles nur geträumt. Meta steht auf, wäscht sich und beseitigt die Spuren, die die Liebe auf ihrem Körper hinterlassen hat. Nachdem sie sich angezogen hat, öffnet sie das Fenster und schaut hinaus auf das kahle Land. Der Schnee ist in der Ebene schon längst geschmolzen, die ersten Knospen brechen auf. Meta setzt sich auf ihr Bett und birgt das Gesicht in den Händen. In ihrem Hals bildet sich ein Kloß und sie beginnt zu weinen. Sie weint um Beregir, ihren Mann, um die Aussichtslosigkeit ihrer Liebe zu Ulf, um den Lavendelhof und um sich selbst. Lange sitzt sie so, dann trocknet sie sich ihre Tränen, wäscht sich das Gesicht noch einmal und geht in die Küche, um sich etwas zu essen zu besorgen. Als sie zur Kammer der Zofe zurückkehrt, wartet vor ihrer Zimmertüre ein Diener. Ulf lässt ihr ausrichten, dass er mit ihr ausreiten wolle. Meta zieht Mantel, Handschuhe und Fellstiefel an, legt ihren Umhang um und begibt sich zu den Ställen des Königs. Sie geht zum Stellplatz ihrer treuen Stute Leia. Leia und Lato stehen geputzt und gesattelt auf der Reitbahn und warten auf ihre Reiter. Die Tiere sind unruhig, denn ihnen fehlt Bewegung.

Die Söhne und Töchter Lugs waren Gestaltwandler, noch bevor die Welt der Götter unterging, in jener Zeit, in der Elfen noch durch die Wälder streiften. Sieben Söhne zeugten Lug und Ana und sieben Töchter.

Kapitel 13

An diesem Morgen möchte er die Welt umarmen. Er ist verliebt und sie hat ihn wiedergeliebt. Sie ist ein wenig schüchtern gewesen, sie, durch deren Körper vier Kinder gegangen sind. Sie hat es genossen. Kein falsches Stöhnen, keine falschen Bemühungen um seine Lust. Um mit seiner Geliebten aus Hochland ausreiten zu können, hat König Ulf schon früh am Tag die dringendsten Geschäfte erledigt. Forschen Schrittes eilt er zu den Ställen. Wenn sie bei ihm ist, ist alles richtig. Sie kann in der Kammer der Zofe wohnen bleiben. Dort wird er sie des Nachts besuchen und auch am Tage. Er wird ihr Edelsteine schenken und sie mit allem verwöhnen, das sie braucht, und mit mehr. Es wird ihr an nichts mangeln als der Geliebten des Königs. Aus dem vollen Lauf heraus bleibt er stehen, als er die Stallungen betritt. Er riecht das Heu und die Ausscheidungen der Tiere und begreift mit einem Mal, dass Meta sich auf eine solche Übereinkunft niemals einlassen wird. Sie ist nicht bestechlich. Niemals wird sie ihre Kinder verlassen. Nun gut, ihre Söhne könnten auch hier Unterricht durch einen eigenen Lehrer bekommen. Dennoch wird Meta nicht als seine Buhlin am Hof leben wollen. Gemessenen Schrittes betritt er die Reitbahn. Meta reitet ihre Stute in der Bahn am langen Zügel im Schritt. Sie wirkt fahrig, was Ulf an dem Pferd merkt, weil es mit seiner Aufmerksamkeit nicht bei seiner Reiterin ist und in alle Richtungen schaut. Meta sieht ihn an und in ihrem Gesicht finden sich Bedauern, Schmerz, Hilflosigkeit und Trauer und er weiß sicher, dass sie ihn verlassen wird. Stumm begrüßen sich die beiden Liebenden. Schweigend reiten sie über den Fluss, wie immer verneigen sich die Menschen vor dem König. In der Ebene zeigt sich zartes Grün an den Bäumen. Sie reiten schweigend, bis sie den Waldrand im Westen erreicht haben und schließlich an eine Lichtung gelangen. Ulf bedrängt sie nicht, er macht ihr lediglich ein Angebot, das sie ablehnt. Nebeneinander sitzen sie auf einem umgestürzten Baumstamm und lassen die Beine baumeln. Er ist nicht so dumm zu glauben, er könne sie überreden oder die Liebe erzwingen oder sie kaufen, denn auch er, der dies selten erlebt hat, erkennt aufrichtige Zuneigung für ihn in ihr. Und auch sie ist nicht so dumm zu glauben, sie könne auf Dauer glücklich sein als Buhlin des Königs am Hofe, als könne sie so tun, als sei ihr das Schicksal ihrer Familie und ihres Ehemannes gleichgültig. Sie weiß, die Eltern, ihre Kinder, selbst Raa werden ihre Hilfe noch brauchen. Sie wissen, dass das Band, das sie verbindet, für immer sehr stark sein wird, aber dass sie nicht zusammen leben werden. Sie legt ihre Hand in die seine und er hält sie wie seinen kostbarsten Besitz. Gemeinsam weinen sie eine ganze Weile. Am Nachmittag reiten sie zurück zum Palast. Ulf besucht sie in der folgenden Nacht in ihrer Kammer. Mehr dass sie reden, als dass sie einander körperlich nahe sind. So halten sie es auch in den folgenden Nächten. Vinko sieht sie an und weiß alles. Meta zuckt nur die Schultern.

Eine Woche später verlässt Meta Steinstadt im Südlichen Land mit einer Gruppe von Händlern in Richtung Hochland durch das Nordtor, mit zwei Packpferden beladen mit Geschenken, die sie unbedingt braucht in den Augen von Ulf und Vinko, und einem schweren Herzen und macht sich auf zu der gefährlichen Reise über das Gebirge nach Hochland und nach Hause.

Im Gästezimmer im Turm steht der König allein und sieht dem Zug nach, dessen Umrisse sich mehr und mehr in der Ferne verlieren.

Beredon war ihr erstgeborener Sohn, die Esche, und als die Zeit gekommen war, vermählte ihn Lug mit seiner erstgeborenen Tochter, mit Beruda, der Esche. Denn die Menschen sind so gemacht, dass sie nicht allein leben sollen. Wenn Mann und Frau sich vereinigen, entsteht Vindu, denn das allerhöchste sind Mann und Frau in einem. Lug gab ihnen das Schwert und den Hügel, auf dem einst Yggdrasil, der Weltenbaum, die heilige Esche, gestanden hatte.

Kapitel 14

Metas Gedanken sind während des ganzen Rittes bei Ulf. Die Pässe sind nicht alle eisfrei und einmal müssen sie bei einem zwei Tage dauernden Schneesturm in der Höhle ausharren, in der Meta auch schon mit Ulfs Mannen übernachtet hat. Als sie in der Ferne den Lavendelhof im Licht der untergehenden Sonne auftauchen sieht, fühlt sie die reine Freude. Überschwänglich wird sie von den Angehörigen begrüßt und die feinen Dinge, die ihr der König geschenkt hat, werden gebührend bewundert. Das meiste davon schenkt sie Raa, denn die braucht einen Hausstand. Am nächsten Morgen, an dem sich ihre Tochter übergibt, begreift Meta, dass sie im Begriff ist, Großmutter zu werden.

Zum Frühlingsmarkt reitet Meta mit Begard, Raa, die kurz zuvor ihren siebzehnten Geburtstag gefeiert hat, Olof und dem Großvater nach Inroth. Der Großmutter, der der Winter noch in den Knochen steckt, ist der Weg zu Pferd zu beschwerlich und so bleibt sie zu Hause, um den Hof zu versorgen. Sie führen zwei Packpferde mit Raas Aussteuer mit sich. An einer sonnigen Böschung gräbt Olof für Raa einen Holundersetzling aus, um ihn ihr als guten Hausgeist vor das Haus zu pflanzen. Frau Holle ist der Schutzbaum der fleißigen jungen Frau, weshalb es Brauch ist, bei der Hochzeit einen Holunder vor das Haus zu setzen. Hauptsächlich sind sie damit beschäftigt, das Haus von Raa und Olof zu putzen, das Dach auszubessern und winterfest zu machen, den kleinen Garten anzulegen und die Zister-

ne in Ordnung zu bringen, kaum dass sie Zeit haben, den Markt zu besuchen.
Die mit gefetteter Ziegenhaut bespannten Fenster werden erneuert. Alle helfen mit: Hana und Jos, die für diesen Sommer mit der Schule fertig sind und auch Gohor, Anhild, Armin und Irmhild fassen mit an. Gohor bezahlt Tisch und Stühle für seine Nichte und spendiert zwei Töpfe, eine geschmiedete Eisenpfanne und ein großes und ein kleines Messer. Der zukünftige Hausherr hat genug Geld für eine schön geschnitzte Truhe, einen Vorratsschrank, der an der überdachten Seite des Hauses aufgestellt wird, und die Betten, die ihren Platz hinter einer hölzernen Trennwand zwischen Wohn- und Schlafbereich haben. Im nächsten Winter wird ihnen das Fell des von Olof auf dem Lavendelhof erlegten Bären gute Dienste leisten. Der Großvater hat Schüsseln und Löffel geschnitzt. Die Frauen nähen Matratzen und nach wenigen Tagen sieht die Wohnung der beiden sehr gemütlich aus. Meta kauft so viel Holz und getrockneten Kuhdung für den Herd, dass man damit hätte den ganzen Lavendelhof beheizen können. Das Häuschen besteht aus einem Raum, in dessen Mitte sich ein gemauerter Herd befindet. Mit dem Rücken schmiegt es sich an die Stadtmauer und wendet die zwei Fenster zur Straße und dem kleinen Vorgarten hin. Raas Wohnung hat eine Zisterne, die in den Boden eingelassen ist und auch im Winter nicht gefriert. Neben dem Herd findet sich ein hölzerner Deckel im Boden, den man nur anzuheben braucht, um Wasser schöpfen zu können. In die Zisterne fließt das Regenwasser, das auf das Ziegeldach fällt. Am Ende der Straße befindet sich das Wasch- und Schwitzhaus, in dem man gegen eine Gebühr seine Wäsche waschen und schwitzen kann. Jedes Viertel hat seinen Stall, in dem die Pferde der Bewohner untergebracht sind. Raa ist überglücklich. Nach drei Tagen strahlt und blinkt ihre neue Unterkunft, doch am meisten strahlt Raa. Am Morgen des vierten Tages scheint eine warme Sonne. Die Frauen befestigen Ehwaz aus Lavendelzweigen und Eschenblättern über der Tür der Behausung. Eigentlich war die Hochzeit zum Herbstmarkt geplant gewesen, doch in Anbetracht der anderen Umstände, in denen sich

die Braut befindet, wird das Ereignis vorgezogen, sodass Raa wenige Wochen vor Anhild heiraten wird. Viele Bekannte und Nachbarn finden sich ein. Jeder hat etwas zu essen mitgebracht. Sogar der König vom Südlichen Land hat durch einen Boten die besten Wünsche und Ballen von feinem Nesselstoff und Leinen überbringen lassen und eine kleine Truhe gefüllt mit Gold- und Silbermünzen, wenngleich er auch nicht persönlich erscheinen kann. Es werden Lieder gesungen, es wird getrommelt und getanzt. Man isst gegen Mittag. Als die Sonne am höchsten steht, schenken alle Gäste dem jungen Paar etwas, das sie gebrauchen können, und langsam verstummt die Musik. Raa wartet vor der Schwelle des Hauses. Zum ersten Mal trägt sie ihr Haar zu einem armdicken Zopf geflochten, darin einen Kranz aus Lavendelzweigen. Keiner der Anwesenden, selbst die ganz Alten nicht, können sich je an eine schönere Braut in Hochland erinnern. Da tritt Olof hervor an Raas Seite. Meta hält Raa an den Händen. Sie schaut ihrer Tochter in ihre blauen Augen und sieht Raa, wie sie zum ersten Mal von der Großmutter auf ihren Bauch gelegt wird, Raa auf dem Arm ihres Vaters, Raa wie sie im Haus der Bücher mit den anderen Kindern davonstiebt. Nun erhält Olof von Begard, der sein Trauzeuge ist, den Mantel, den er gekauft hat. Der Bräutigam legt seiner Braut einen sehr dicht gefilzten blaugrünen Radmantel aus Wolle um die Schultern. Es ist ganz still. Langsam gibt die Brautmutter dem Bräutigam die Hände ihrer Tochter in die seinen und tritt zurück. Olof schaut seine Frau an. Dieses Bild von der strahlenden jungen Raa, die sich ihm lachend zuwendet, wird für immer in ihn eingebrannt sein. Ihr Haar leuchtet in der Sonne mit den Augen um die Wette. Außer ihr und ihm gibt es nichts auf der Welt. Der junge Mann hebt seine Braut hoch. Unter dem Jubel der Umstehenden trägt er sie auf seinen Armen über die Schwelle ihres Hauses und schließt die Türe. Während der Großvater sie im Arm hält und tröstet, weint Meta dicke Tränen des Abschieds. Eine Weile noch feiern die Gäste, dann zerstreut sich die Versammlung.

An einem Nachmittag im Frühsommer, Raa und Olof sind wenige

Wochen zuvor nach Inroth gezogen, Hana und Jos sind seit dem Frühjahrsmarkt wieder zu Hause, nähert sich dem Lavendelhof über die Ebene her humpelnd eine zerlumpte, ausgemergelte Gestalt. Die Hunde bellen und wedeln mit dem Schwanz. Meta pflückt Johannisbeeren und blinzelt gegen die Sonne. Die Großmutter hängt gerade die Wäsche ab, da hört sie Meta schreien und sieht ihre Tochter auf den Fremden zurennen, das Körbchen mit den Johannisbeeren hat sie ins Gras geworfen.

Beregir ist nach Hause zurückgekehrt.

[4] siehe Anhang

ZWEITER TEIL

BEREGIR

Der zweite Sohn war Wulfhard. Er verwandelte sich des Nachts in einen Wolf und streifte durch die Wälder, um zu jagen und um so die Sippe zu ernähren. Lug vermählte ihn mit seiner zweiten Tochter, Wulfhardfrau und gab ihnen Dolche. Eine Burg in den Wäldern des Südens wurde ihnen als Wohnstatt zugewiesen.

Kapitel 15

Meta rennt über die Zugbrücke und durch niedergetrampeltes Gras, bis sie unvermittelt eine Armlänge vor ihrem Mann stehen bleibt. Für einen Augenblick hält sie inne, sie zögert kurz, dann wirft sie sich ihm an den Hals. Beregir hebt langsam seinen rechten Arm mit der verstümmelten Hand und legt sie ihr auf den Rücken. Die linke Hand hängt schlaff herab. Sein Blick huscht über den Fluss und den Befestigungswall, streift den Lavendelhof und verharrt auf den anderen Bewohnern, die herbeieilen. Angespannt steht er da, er sagt kein Wort, während Meta weinend und stammelnd seine Wangen küsst. Nun umringen ihn die Großeltern und drei junge Männer, wahrscheinlich seine Söhne. Die Schultern werden geklopft, die beiden älteren Jungen nennen ihn „Papa" und alle weinen, bis auf Beregir, der keine Tränen mehr hat, und Jos, der nicht begreift, dass sein Vater nach Hause zurückgekehrt ist. Über Jahre hat sich Beregir diesen Moment herbeigesehnt, doch jetzt fühlt er nur Leere. Er sieht sich selbst umringt von seiner Familie auf der Wiese stehen, seine Pferde in der Ebene grasen, er hört kein Geräusch. Die Menschen bewegen ihre Lippen, doch was sie sagen, dringt nicht in sein Bewusstsein. Eine Puppe, die er ist, geht über die Brücke zum Haus, seine Frau Meta, die auch eine Puppe ist, hat ihn untergehakt. Sie betreten das Haus und es ist fast unerträglich für ihn, wie sie sich freuen. Um den Küchentisch ist die ganze Familie versammelt. Ihre Gesichter verändern sich und werden auf seltsame Weise starr, die Mienen sind einen Hauch zu begeistert, um echt zu sein. Sie führen etwas im Schilde, das spürt er genau. Immer größer wird seine innere Anspannung, bis er aufspringt und hinausstürzt. Begard, Jos, Hana, die Großeltern und Meta sitzen in der Küche und sind verstummt. Jos beginnt zu weinen und die anderen schauen einander betroffen an. Langsam steht Meta auf und geht hinaus. Sie kann nicht verstehen, warum Beregir sich nicht freut. Früher hat sie ihn immer im Pferdestall gefunden, wenn er nachdenken wollte. Sie nimmt sich einen Hocker und setzt sich vor die Stalltür. Wahrscheinlich braucht der Vater ihrer Kinder ein paar Tage, um wieder zu Hause anzukommen. Drinnen hört sie ihn sich räuspern, so als wollte er seine Kehle freimachen, um etwas zu sagen. Um die Abendbrotzeit kommt die Großmutter, eine Schale voll Suppe in der Hand, ein paar Decken über den Arm geworfen. Sie gibt Meta das Essen und die Decken. „Das ist für ihn. Für den Fall, dass er im Stall schlafen will. Vielleicht braucht er erst etwas Zeit, um zu Hause anzukommen", sagt sie, mit dem Kinn auf die Türe deutend. „Sicherlich ist er so viele Leute auf einmal nicht mehr gewohnt", fügt sie noch entschuldigend hinzu. Meta öffnet die Stalltür.

„Beregir?" Beregir schaut sie an wie ein in die Ecke gedrängtes Tier. Meta stellt ihm die Schale hin, legt die Decken daneben. Sie will etwas sagen, lässt es aber dann. Ihr Mann schaut sie immer noch an wie ein Raubtier auf dem Sprung und Meta bekommt ein wenig Angst. Sie geht rückwärts zur Tür hinaus. Draußen nimmt sie wieder ihren Platz auf dem Hocker ein. Beregir ist verstümmelt, so viel hat sie gesehen. Die Misshandlungen der Ostländer haben auf seinem Körper und auf seiner Seele ihre Spuren hinterlassen. Es sieht so aus, als hätte man ihm Ungeheuerliches angetan. Meta stöhnt und birgt das Gesicht verzweifelt in den Händen. Sie weint bittere Tränen um ihren Mann. In der Dämmerung treiben Hana und Jos die Tiere in den Stall. Beregir sehen sie nicht, ihr Vater hat sich in eine Ecke verkrochen. Das Verhalten Beregirs ist ihnen unheimlich und sie sind froh, dass Meta immer morgens den Stall macht. Als Meta ihren Platz vor der Stalltüre verlässt, steht schon der Abendstern am Himmel.

Am Tag nach der Ankunft Beregirs holt Meta erst die Stuten aus dem Stall, die in der Herde über die Zugbrücke galoppieren, und anschließend lässt sie die Hengste einzeln aus den Abteilen in ihre Ausläufe. Sie entfernt die Pferdeäpfel und das nasse Einstreu, dann verteilt sie Schäben und Stroh auf dem Boden. Sie sieht ihren Mann nicht, aber sie spürt, dass er da ist. Dreimal am Tag stellt sie ihm das Essen hin und nimmt die leere Schale wieder mit. Mittags arbeitet Begard mit den jungen Hengsten auf dem Reitplatz. Am Abend kommen die Stuten zurück in den Stutenlaufstall und die Hengste von ihren Ausläufen zurück in die Abteile. Als Beregir seit drei Tagen wieder auf dem Lavendelhof wohnt, holen sie alle gleich morgens Heu ein und während Meta am Nachmittag mit einer Schale voll Essen in den Pferdestall zurückkehrt, ist alle Arbeit getan. So halten sie es die ganze nächste Zeit. Beregir kümmert sich um die Pferde. Nachts liegt Meta oft wach und grübelt. Sie beginnt, ihrem Ehemann morgens und abends einen Tee aus Lavendelblüten, Johanniskraut und Hopfenblüten zu kochen. Das Leben auf dem Lavendelhof geht nach außen hin seinen gewohnten Gang, mit dem kleinen Unterschied, dass im Pferdestall der Hausherr wohnt.

Es wird immer wärmer und sie haben sehr viel Arbeit im Garten und auf den Feldern. Bald werden die Erntehelfer aus Inroth kommen. Die Tage werden länger und sind angefüllt mit Geschäftigkeit. Trotzdem haben die Kinder immer wieder Zeit, ins seichte Wasser des Flusses zu springen, um zu baden. Manchmal haben die Leute vom Hof das Gefühl, sie werden beobachtet. Einige Tage vergehen, dann fehlt das erste Huhn. Die Großmutter zählt am Abend die Hühner mehrmals, doch jedes Mal fehlt eines. Der Vogel bleibt auch am nächsten Tag verschwunden. Sie erzählt niemandem davon, weil sie vermutet, dass Beregir das Huhn genommen hat. Kein Rauch war zu riechen gewesen, außerhalb des Hauses. Beregir muss es also roh gegessen haben.

Beregir ist nicht der einzige Sklave des Tätowierten. Außer ihm gibt es noch einen älteren Hochländer, der in dem Zelt wohnt. Wie die anderen Geraubten wurde auch der ältere Mann geblendet. Zunächst denkt Beregir, Fehudgard sei zudem stumm, denn als Beregir ihn anspricht, antwortet er ihm nicht. Man gönnt Beregir zwei Tage Ruhe, dann soll er aufstehen. Jeder Schritt schmerzt furchtbar. Die Sklaven bekommen nichts zu essen, abgesehen von dem, was von den Mahlzeiten der Herren übrig geblieben ist und sie sich aus den Schüsseln und Töpfen kratzen können. Am dritten Tag humpelt Beregir in Begleitung von Fehudgard, der ihn zu bewachen scheint, vor das Zelt. Etwa fünfzehn Zelte bilden um einen großen Platz einen Kreis, den Eingang jeweils zur Mitte hin ausgerichtet. Es herrscht ein geschäftiges Treiben. Schmutzige kleine Kinder mit verfilzten Haaren tollen herum. Eine Gruppe dunkelhäutiger Frauen mit vielen verfilzten Zöpfchen geht schwatzend und lachend an ihnen vorbei, Wasserkrüge auf dem Kopf balancierend. Beregir ist überrascht, weil Fehudgard leise das Wort an ihn richtet. Das Hochländisch des Älteren klingt gebrochen, manchmal scheint es, als suchte er nach dem richtigen Wort, so als hätte er das Sprechen verlernt. Während er spricht, wendet der Alte den Kopf zum Eingang des Zeltes hin, sodass niemand bemerkt, dass er redet. „Wenn du überleben willst, dann esse, was du kriegen kannst, lerne ihre Sprache und sage am besten gar nichts. Hochländisch darfst du nicht sprechen, wenn es einer von ihnen mitbekommt, denn dann wirst du ausgepeitscht." Eine Gruppe von Ostländern geht vorbei und Fehudgard lächelt freundlich in die Richtung, aus der er die Schritte hört. Er grüßt unterwürfig in der Sprache der Ostländer. Nachdem die Männer vorbeigegangen sind, verschwindet das Lächeln aus einem Gesicht. „Traue niemandem. Traue wirklich niemandem, das ist das Wichtigste. Hier bist du allein, auch unter deinesgleichen." Der Platz vor dem Zelt, der Himmel und Fehudgard beginnen, sich um Beregir zu drehen, und er setzt sich in den Staub. Wie aus der Ferne klingt die Stimme seines Leidensgenossen an sein Ohr: „Die Hündin unseres Herrn war vor ein paar Wochen läufig gewesen. Sie müsste inzwischen ihre Jungen bekommen haben. Wenn du siehst, wohin sie geht, um sie zu säugen, dann gib mir Bescheid." Der Ältere zieht Beregir hoch und schleift ihn zurück ins Zelt. Leise flüstert er ihm zu: „Zeige keine Schwäche. Niemals." Im Liegen übt der Pferdeherr seine Muskeln für den Rest des Tages. In der Nacht schläft er und ist am darauffolgenden Tag hungrig, aber recht ausgeruht. Wieder tritt er mit Fehudgard vor das Zelt. Zwischen zwei Pfählen ist eine graue Pferdehaut gespannt, von Narben übersät. Unterwürfig grüßen die beiden Hochländer in alle Richtungen und der Jüngere sieht die Hündin des Tätowierten an sich vorbeitraben, zwischen zwei Zelten hinaus aus dem Lager hinter ein Gebüsch. „Wo ist sie hin?", fragt Fehudgard, der das Tier gespürt haben muss, während sie alleine dort stehen.

„Komm mit", antwortet Beregir leise. Die Schmerzen beim Gehen sind unmenschlich. Stöhnend und humpelnd schleppt sich der Hochländer zum Gebüsch, Fehudgard folgt ihm. Die Hündin winselt und wedelt mit dem Schwanz, als sie die beiden sieht. Fehudgard kniet sich nieder und streichelt das Tier. Vorsichtig greift er nach einem der Welpen, der ihn mit neugierigen Augen anschaut. „Die nächsten Tage werden wir genug zu essen haben", freut sich der Alte. Mit einer schnellen Bewegung bricht er dem kleinen Hund das Genick. Er fasst das Tier an den Hinterläufen und reißt es mitten entzwei. Die Hündin jault auf und Beregir unterdrückt einen Schrei. In hohem Bogen erbricht er Magensaft und Galle hinter das Gebüsch, während sein neuer Freund ihm das rohe Hundefleisch anbietet. Es dauert noch zwei Tage, bis der Hunger so in Beregirs Eingeweiden wühlt, dass er einen jungen Hund verspeist.

Der dritte Sohn hieß Ataman. Weil er und die dritte Tochter Atamanfrau sich in Karpfen verwandelten und das Wasser liebten, gab Lug ihnen Fischernetze und Stäbe. An Atamanfraus fünfzehntem Geburtstag zogen sie auf eine schwimmende Burg in den Sümpfen, im Nordwesten, mitten in dem weiten Tal, in dem der große Fluss sich aufzweigt in viele kleine Flussarme, die sich dann wieder zusammenfinden im Bett des großen Flusses.

Kapitel 16

Nach etwa drei Wochen sieht man Beregir manchmal über den Hof schleichen. Meta versorgt ihren Mann gut mit Essen, dennoch fehlen immer wieder Tiere auf dem Hof. Einige Hühner sind verschwunden und zwei Hasen haben sich in Luft aufgelöst. Meta glaubt an einen Fuchs, aber die Großmutter zuckt nur die Schultern. Meta wundert sich über ihre Mutter, die ihre Tiere sonst mit Zähnen und Klauen verteidigt. Nachdem ein Fohlen verloren gegangen ist, passt die Großmutter eines Morgens Beregir ab, während der gerade einen Karren mit Pferdeäpfeln zum Misthaufen fährt. Die alte Frau baut sich vor ihrem Schwiegersohn auf, die Fäuste in die Hüften gestemmt. „Es tut mir wirklich leid, was dir widerfahren ist, was immer das auch an Schrecklichem war, aber dass du dich nicht wie ein Vater benimmst, ist nicht entschuldbar und es ist auch nicht entschuldbar, dass du deine eigenen Tiere tötest und nichts mit uns teilst. Wir brauchen unsere Tiere, um über den Winter zu kommen. Außerdem stinkst du wie ein alter Geißbock. Am Freitag gehst du ins Schwitzhaus, und zwar ohne neuerliche Aufforderung, sonst werde ich dich an deinen verlausten Haaren dorthin ziehen und dich eigenhändig sauber schrubben", sprach's, dreht sich auf der Ferse um und stampft davon. Beregir stellt den Karren ab und hebt die Hände. Er zittert so, dass es den halben Vormittag dauert, bis er in der Lage ist, den Mist auf den Misthaufen zu werfen.
Am nächsten Tag schwimmen alle am frühen Abend nach getaner Arbeit im Fluss. Die Jungen albern herum, spritzen einander nass

und tauchen sich gegenseitig unter. Meta und die Großeltern baden auch, um sich nach einem anstrengenden heißen Tag auf den Feldern abzukühlen. Der Südländer, der Wind, der am Abend zu wehen beginnt, kommt auf. Unter der großen Weide, die ihre Zweige bis zur Wasseroberfläche hinab hängen lässt, taucht mit einem Mal Beregir auf. Die Gespräche verstummen und die Söhne wissen nicht, was sie sagen sollen. Ihr Vater nähert sich ihnen schwimmend, umkreist sie und lächelt sie an. Auf seltsame Weise lächelt Beregir, so als ob er das Lächeln verlernt habe. Er zieht die Lippen auseinander und zeigt seine Zähne, sodass die Buben eher verstört sind als froh. Zwei Mal umkreist der Vater seine Kinder, dann schwimmt er zurück unter die Zweige der Weide, die eine grüne Kuppel bilden. An einem schönen Sommertag vor vielen Jahren haben Meta und Beregir hier Raa gezeugt. Als Meta daran denkt, beginnt sie zu weinen. „Immerhin ein Anfang", sagt die Großmutter mehr zu sich selbst und der Großvater nickt. Er kennt aus seiner Zeit als Soldat einige Männer, die aus dem vorletzten Krieg mit den Ostländern so verstört zurückgekommen sind. Sie hatten für ihre Ideale einstehen wollen und konnten nach den schrecklichen Erfahrungen, die sie gemacht hatten, kaum je ein normales Leben führen. Er seufzt. Die Großeltern sehen einander in die Augen und denken beide das Gleiche: „Wir haben Glück gehabt. Bis ins hohe Alter konnten wir gesund zusammen sein." Mit kräftigen Zügen schwimmt Meta zur Trauerweide. Als sie dort anlangt, ist ihr Mann verschwunden. Sie setzt sich nackt ans Ufer, die Beine angezogen, die Arme um die Unterschenkel geschlungen. Ihr Zopf fließt nass ihren weißen Rücken hinab. Oben im Geäst schaut Beregir zu ihr hinunter. Da streckt sie sich aus, legt sich auf den Rücken und blickt in das Geäst über sich. Blaue Augen treffen grüne Augen. Mit einem Schrei springt die Frau erschrocken auf und watet zurück ins Wasser. Sie ist schön. Ihre Haut ist ganz weiß und der Körper kräftig und gesund. Hier haben sie Raa gezeugt, die so alt ist wie das Mädchen, das er außerdem liebt. Beregir schüttelt den Kopf. Seit Jahren hat er nicht bei einer Frau gelegen. Damals, in der Zeit, in der er noch bei seiner Familie war, hat er es gerne mit

Meta getan. Damals war er noch kein Krüppel, sondern ein gesunder junger Mann. Sie wird ihn nicht mehr wollen. Vielleicht hat sie ja inzwischen einen anderen. Er knirscht mit den Zähnen. Es ist ihm eigentlich gleichgültig, beschließt er.

Auch an diesem Abend bringt sie ihm das Abendbrot in den Stall und frische Kleidung. Damit es trocknen kann, trägt sie ihr hellbraunes Haar offen. Wie ein glänzender Umhang umhüllt es ihre Gestalt. Sie steht inmitten der Stutenherde wie seinerzeit Ehwaz und liebkost die Pferde. Seit Langem kommt es ihm wieder einmal in den Sinn, dass sie die Schönste ist, die er kennt. Wie jeden Abend redet sie mit ihm, erzählt ihm dies und das. Raa wird wegen der Schwangerschaft nicht hierherreiten, um ihn zu besuchen. Meta erzählt an den Abenden von Luitgard, von Gohor, Irmhild und Anhild, von den Bekannten, von Raas Schwertleite, von Raas Hochzeit und vom täglichen Leben auf dem Hof. Beregir hat bisher immer schweigend zugehört und nebenbei seinen Tee getrunken. Es ist fast so, als wagte er nicht, zu sprechen. Heute stellt er ihr zum ersten Mal eine Frage. Während sie schon am Hinausgehen ist, räuspert er sich ausgiebig. „Kommst du morgen wieder?" Es ist eine dumme Frage, das weiß er, doch Meta ist trotzdem glücklich. Sie wendet sich nicht um. „Selbstverständlich komme ich morgen wieder", erwidert sie im Hinausgehen.

Olof und Raa haben sich eingerichtet. Olof geht jeden Tag in das Haus der Bücher, um die Unterrichtsweise der Schule und die Lehrpläne kennenzulernen. Während der Erntezeit werden die verheirateten Leute aus Inroth für einen Tag in der Woche auf den Feldern der Königin oder beim Dreschen der Ähren vom Vorjahr eingeteilt. Die unverheirateten jungen Leute helfen während des Sommers den Bauern auf dem Land, sodass genug zu essen da sein wird im Winter. Aufgrund ihrer Schwangerschaft ist Raa vom Frondienst befreit und geht wie immer in die Häuser der Heilung, um dort zu lernen und zu arbeiten. Nebenher hält sie das Haus sauber und pflegt den Garten. Sogar zwei Hühner hat sie sich gekauft und Olof zieht sie damit auf, dass sie selbst in der Stadt einen Bauernhof brauche. Falls sie aber vorhabe, im Vorgarten Rinder zu halten, werde er einschreiten. Der Ochse im Haus genüge ihr vollauf, versichert sie ihm daraufhin lächelnd. Wenn Raa an den Wochenenden nicht arbeitet, gehen sie spazieren oder machen mit den anderen Nachbarn aus dem Viertel am Samstag ihre Übungen im Schwertkampf, im Speerwurf oder im Bogenschießen. An den lauen Sommerabenden spielt sich das Leben ohnehin auf der Straße ab. Nach dem Abendbrot spaziert man durch die Gassen und trifft immer ein paar Bekannte auf einen Schwatz. Raa wird immer runder und unbeweglicher. Sie haben so viele Kinderkleider geschenkt bekommen, dass es für ein ganzes Heer gereicht hätte, doch Raa filzt und strickt und häkelt, was das Zeug hält. Olof ist sich sicher, dass er einen Sohn bekommen wird, und hält alle Mädchenkleider für überflüssig, während Raa dafür Sorge trägt, dass sowohl ein Junge als auch ein Mädchen nicht im Herbst werden erfrieren müssen. Ihren ersten großen Streit, der fast mit einem Rausschmiss des werdenden Vaters geendet hätte, haben sie im Spätsommer. Der liebenswürdige Schulleiter, Ehemann der sehr viel jüngeren und anziehenden Lehrerin von Jos, muss seine Verwandten in Freistatt wegen einer dringenden Familienangelegenheit besuchen. So kann er seinen jüngeren Kollegen nicht unterweisen und Olof genießt ein paar freie Tage. Mühsam steht Raa inzwischen auf, mühsam wackelt sie im Wiegeschritt die zwei Straßen zu den Häusern der Heilung bergan. Dort angekommen, legt sie sich erst einmal hin, bevor sich die werdende Mutter langsam an ihr Tagewerk macht. Die alte Lobelia lacht und sagt, sie solle ab nächster Woche zu Hause bleiben, bis das Kind da sei. Am Nachmittag, als Raa nach Hause kommt, hat Olof noch nicht einmal den Nachttopf geleert. Das Bett ist nicht gemacht und er hat nicht gelüftet. Es ist kein Brot und es ist auch keine Milch da und der Hausherr ist verschwunden. Raa atmet tief durch, dreht auf dem Absatz um, stürzt zum Klohäuschen und übergibt sich in das Loch über dem Abwasserkanal. Ihr ist schwindlig und sie muss sich erst einmal setzen. So sitzt sie vor ihrem Häuschen auf ihrem Hocker, die Arme verschränkt vor der

Brust, als ihr Ehemann frohgemut nach Hause kommt. Vergeblich sucht er in ihrem Gesicht nach dem Anflug eines Lächelns. „Was ist mit dir?", fragt er ahnungslos. Raa kann gemein werden, stellt er fest. „Weißt du, Olof", sagt Raa sehr ruhig, „ich bin nicht auf einen Mann angewiesen. Ich möchte wirklich sehr gerne mit dir zusammenleben", und an diesem Punkt wird Olof kalkweiß im Gesicht, „aber wenn du eine derart unterschiedliche Auffassung von Sauberkeit und einer schönen Wohnung hast wie ich, dann kannst du eben nicht bei mir wohnen." Olof wird sehr, sehr wütend.

„Ich habe ein Recht auf meinen Sohn, ich lasse mich nicht von dir wegschicken wie einen Hund."

„Wenn du nicht einmal in der Lage bist, zu Hause mitzuhelfen, wenn ich hochschwanger bin, bist du in der Tat ein fauler Hund!", erwidert die junge Frau zornig. Sie steht auf und krümmt sich vor Schmerzen. „Was hast du?", fragt Olof.

„Nichts, das war eine Senkwehe, du Hohlkopf. Ich gehe jetzt wieder zum Krankenhaus, und wenn ich zurückkomme ..." Raa stöhnt erneut auf. Olof fasst sie unter dem Arm. „Fass mich nicht an!", schimpft sie. Sie verschnauft kurz, dann kommt die nächste Wehe.

„Die Senkwehen kommen jetzt aber schon regelmäßig", meint Olof zweifelnd.

„Das sind keine Senkwehen, das Kind kommt!", schreit Raa ängstlich.

„Wir sind etwas zu früh dran, nicht? Wir gehen jetzt zum Haus der Heilung", bestimmt Olof. Es dauert unendlich lange, bis sie die kurze Strecke zum Krankenhaus zurückgelegt haben, die kreißende Raa hat das Gefühl, sie werde nie dort ankommen.

Nur unter Auferbietung aller Künste der alten Lobelia, die schon auf dem Heimweg ist und von einem völlig aufgelösten Olof zurückgebracht wird, gelingt es, dass die Mutter und zwei Mädchen, etwas zu klein geraten und mit einem dichten roten Schopf gesegnet, die sehr schwere Geburt überleben. Bei dem freudigen Ereignis ist der Vater der in seinen Augen wunderbarsten Töchter der Welt anwesend, wie es in Hochland eben so üblich ist. Nachdem der junge Vater die Nabelschnur durchtrennt hat, nimmt ihn Lobelia, die Weise, beiseite. Sie betrachten beide die erschöpfte Wöchnerin, welche die Kinder anlegt, und Lobelia sagt Olof sehr deutlich, dass seine Frau die Geburt seiner Kinder nur knapp überlebt habe und dass ein drittes Kind nicht ratsam sei. Es sei ihm zu empfehlen, Zurückhaltung zu üben. Olof ist selig und zuckt die Schultern.

Der stolze Vater vergräbt den Mutterkuchen auf einer Wiese etwa eine Stunde Ritt flussaufwärts. Er pflanzt zwei junge Birken und denkt dabei an seine beiden Töchter. Zehn Tage später kehrt die junge Familie nach Hause zurück in ein von Olof auf Hochglanz poliertes Haus.

Meta kommt zwei Wochen später nach Inroth, wohnt bei Gohor und hilft Raa in der ersten Zeit, damit sie sich von der Geburt erholen kann.

Der vierte Sohn, Vildosgroßsohn, liebte seine älteste Schwester, Beruda, und wollte mit ihr sein. Er und seine jüngere Schwester waren den Großeltern Vilda und Vildo in Gestalt und Gebaren am ähnlichsten. Was die geistigen Kräfte anbetraf und ihre Fähigkeit, zu heilen, waren sie die ersten unter den Menschen. Des Nachts wurden Vildosgroßsohn und Vildagroßtochter zu Misteln. Vildosgroßsohn begab sich in die höchsten Zweige der höchsten Esche, um seiner Schwester und den Göttern nahe zu sein. Sein Herz gehörte zuallererst Beruda, doch er heiratete Vildagroßtochter und zeugte mit ihr das Geschlecht der Mistelmenschen. Ihr Vater gab den beiden Degen und ein Baumhaus in den Wäldern des Westens, Beruda erlaubte, dass die erstgeborene Tochter aus dem Haus der Misteln bei ihr leben und des Nachts in ihren Zweigen Mistel sein dürfe.

Kapitel 17

Die Nachricht, dass sie Großmutter geworden ist, erreicht Meta am Abend jenen Tages, an dem sie den Dinkel geschnitten haben. Das Wetter ist gut und so sind sie mit ihrer Arbeit für diesen Tag fertig geworden. Sie binden die Garben und stellen sie in der Ebene zum Trocknen auf. Am Abend sitzt vor dem Taubenschlag eine Brieftaube von Gohor. Meta und die Großmutter schauen sich erschrocken an, sie wissen beide, dass es für Raa zu früh ist. Erleichtert lesen sie, dass die Mutter und zwei Kinder wohlauf sind. Meta wird immer unruhiger, doch sie hilft mit bei der Ernte und auch beim Feiern, nachdem sie mit dem letzten Wagen voller Garben über die Zugbrücke gefahren sind. Mitten in der Erntezeit kann man auf dem Hof unmöglich auf Metas Arbeitskraft verzichten. Begard und Hana werden zu den Erwachsenen gezählt, deshalb sind sie zu sechst auf dem Lavendelhof. Dieses Jahr helfen noch zusätzlich drei Freunde von Begard und eine Freundin von Hana mit, trotzdem sind sie wie immer eher zu wenige Hände als zu viele. Sie hilft die ersten Tage mit beim Dreschen, damit sie wieder Getreide haben, dann kommt der Hanf an die Reihe. Glücklicherweise bleibt es trocken, sodass sie ihre Arbeit gut geschafft bekommen. Nach etwa drei Wochen ist die schwerste Arbeit getan und Meta reitet mit Hanas Kameradin Gudrun – sehr zum Leidwesen von Begard – und einem der Jungen nach Inroth zu ihrer Tochter und ihren Enkeln. Zurück bleiben Beregir, seine drei Söhne, deren zwei Freunde und die Urgroßeltern.

Beregir nimmt nur am Rande Anteil am Geschehen auf dem Hof. Er ist damit beschäftigt, seine Erinnerungen, die ihn immer wieder bedrängen, zu unterdrücken. Es beruhigt ihn, bei den Pferden zu sein. Als die anderen mit dem Dreschen beginnen, flüchtet er sich in das Wäldchen flussaufwärts hinter einer Biegung. Dort hört er das rhythmische Schlagen nicht. Er bleibt tagsüber weg und kehrt erst am späten Abend wieder zurück in den Stall zu seinen Tieren, versorgt sie, säubert die Aufstallungen der Hengste und den Stuten laufstall. Selten sieht er seine Frau, sie arbeitet von früh bis spät. Jos hilft auch mit, er hat jedoch ab dem späten Nachmittag frei und schwimmt im Fluss. Häufig gesellt sich Beregir zu ihm. Jos freut sich, dass sein Vater zurückgekehrt ist. Im Gegensatz zu seinen Brüdern kann er sich aber kaum mehr an ihn erinnern. Wie ein flüchtiger Schatten oder wie ein Traum, den man nach dem Aufwachen versucht festzuhalten, gibt es in ihm die Gewissheit von kräftigen Männerschenkeln, auf denen er Reiter spielt, und von zwei starken Armen, die ihn in die Luft werfen, um ihn danach wieder aufzufangen. Für einen Wimpernschlag hat er das Gefühl, zu fliegen, und in seinem Bauch fühlt er in diesem Augenblick Glückseligkeit. Die ersten Male, die er Beregirs Kopf unter den Ästen der Trauerweide auftauchen sieht, hat der Junge Angst vor seinem seltsamen Vater, doch nach und nach beginnt er, zutraulich zu werden. Immerhin begrüßt er Beregir freundlich. Wenn Beregir auch nicht viel mit ihm redet, so ist Jos seine Anwesenheit doch nicht unangenehm. Umgekehrt fühlt sich Beregir durch die Gegenwart seines Kindes nicht bedroht. Eines Tages sieht Jos den Vater aus dem Wasser steigen und ist erstaunt über die Haut auf dessen Rücken, die wie eine bizarre Landschaft erscheint. Sie ist höckerig, in ihr finden sich Täler und

Hügel, glänzende weiße Stellen und rote Streifen. Beregirs Rücken sieht aus wie eine riesige, narbig abgeheilte Wunde. Jos hat dergleichen nie gesehen und kann sich keinen Reim darauf machen. Um die Oberarme des Hochländers winden sich zwei Schlangentätowierungen.

Einige Tage, nachdem Raa mit den Zwillingen niedergekommen ist, schwimmen Jos und Beregir wieder einmal im Fluss. Meta hat ihren Mann bisher von allen Bekannten und Verwandten abgeschirmt. Sie kann sich nicht vorstellen, dass er eine neuerliche stürmische Begrüßung gut aushalten würde. „Fährst du mit Mama nach Inroth, um Raa zu besuchen?", fragt Jos seinen Vater. Beregir schwimmt schweigend neben Jos her, sodass Jos schon gar nicht mehr mit einer Antwort rechnet. „Nein, ich glaube nicht", antwortet er schließlich. „Aber warum nicht? Du siehst Raa doch dann frühestens im Frühjahr. Ich bin ja im Winter wieder in der Schule in der Stadt und kann Raa jeden Tag sehen, aber du …?" Beregir sagt seinem Sohn nicht, dass Menschenmengen ihn ängstigen und dass er den Ritt nach Inroth fürchtet, obwohl er nichts lieber täte, als seine Tochter, die so alt ist wie das Mädchen, das er außerdem liebt, und seine Enkelinnen zu sehen. Er hat Mühe, in einem Haus zu wohnen, deshalb schläft er nicht im Stall. Nachts legt er eine Decke im Freien auf den Boden. Keine Wände, die ihn bedrängen, kein Dach über ihm, das ihm die Sicht auf die Sterne verstellt. Die Vorstellung, in Inroth leben zu müssen, ist ihm unerträglich und sei es auch nur für einige Tage.

Beregir zuckt die Schultern und schwimmt zum Ufer. Jos versteht nicht, warum sein Vater so gleichgültig ist.

Seine Mutter hat selten von seinem Vater gesprochen, während der noch bei den Ostländern in der Gefangenschaft war. Manchmal, wenn Meta traurig war oder sie wie abwesend wirkte, bedrängte er sie, ihm zu sagen, was los sei, und dann sagte sie meist, sie denke an Beregir, denn das Lied, das sie gerade sang, mochte er besonders gern oder das Fohlen, das gerade geboren worden war, hätte Beregir gut gefallen. Durch das, was seine Mutter erzählte und aus seiner vagen Erinnerung ist für Jos über die Jahre in seiner Vorstellung ein

Vater wie ein Baum entstanden, unerschütterlich, warmherzig, stolz und voller Stärke. Der Junge kann nicht verstehen, warum sein hiesiger Vater so ganz anders ist als der Vater in seiner Vorstellung. Es muss an ihm liegen, dass der Vater zu ihm nicht so warmherzig ist, wie er es früher einmal war. Vielleicht, wenn er sich nur genug für ihn anstrengt, vielleicht kann er seine Anerkennung gewinnen oder sogar seine Liebe. Beregir ist nie ganz da, immer scheint er weit entfernt in einem anderen Land in seinem Inneren umherzuwandern. Dass Beregir gegen seine Dämonen kämpft, das begreift das Kind nicht, und wie alle Kinder meint Jos, dass er die Seelenpein seiner Eltern verantworten müsse. So kommt es, dass Jos eines schönen Tages allen Mut zusammennimmt, nachdem er sich vergewissert hat, dass sein Vater in der Nähe ist, und einem der rohen Hengste ein Arbeitshalfter anlegt. Die alte Stute, die Meta früher geritten hat und die nun sein Reitpferd ist, wird in ein bis zwei Jahren nicht mehr zu reiten sein. Jos hätte Begard nach der Ernte gebeten, ihm beim Anreiten des jungen Hengstes zu helfen, doch nun will er seinem Vater beweisen, dass er Anerkennung und Liebe verdient.

Beregirs Wunden sind noch nicht ganz verheilt, da werden an einem Morgen die Zelte abgebaut und alle Gerätschaften und Gegenstände auf die Pferde und die Ochsen verladen. Die Unfreien, die geblendet worden sind, halten sich an einem Seil fest, als der Zug sich in Bewegung setzt. Beregir hat starke Schmerzen, aber er kann mithalten. Nochmals zwei der Gefangenen sind verstorben in den letzten Tagen. Die Augenhöhlen der Männer haben sich entzündet, sie haben Fieber bekommen. Man hat sie aus dem Lager geschafft und dann in der Sonne liegen lassen. Wahrscheinlich sind sie schon tot oder noch lebend von wilden Tieren gefressen worden. Es gibt keine Möglichkeit, zu entkommen in den nächsten Wochen, denn Beregir ist in keinem Moment unbeobachtet. So hat er Zeit, mehr über seine Entführer zu erfahren und ihre Sprache zu erlernen. Der tätowierte Anführer heißt Skiluros, seine schwarzäugige wilde Tochter hört auf den Namen Xola, was Sonne bedeutet. Die Narben in Skiluros' Gesicht und auch die Narben auf Xolas Wangen rühren von dem Brauch her, sich das Gesicht zu zerschneiden, wenn man um einen geliebten Menschen trauert, denn Skiluros' Frau starb vor zwei Jahren bei der Geburt eines lange erwarteten Sohnes. In Skiluros' Zelt leben außerdem zwei ostländische Dienerinnen, die alte Echidna und Geta sowie Fehudgard. Die Frauen sind den ganzen Tag damit beschäftigt, im Gehen Wolle zu spinnen, welche später zu Teppichen mit kunstvollen Mustern geknüpft wird in den allerschönsten Farben. Sie ziehen immer weiter gen Osten. Tief in den östlichen Bergen in einem Tal, in dem es auch im Winter so warm ist, dass der Schnee eigentlich nie liegen bleibt, werden sie dann das Winterlager aufschlagen, erzählt Fehudgard Beregir. Weit im Südosten, wo die sesshaften Ostländer wohnen, welche Getreide anbauen, das sie ihren umherziehenden Verwandten verkaufen, werden sie überwintern. Immer wieder wird einer der Sklaven ausgepeitscht. Wird einer der Hochländer zum Beispiel mit etwas Essbarem erwischt, das er offensichtlich gestohlen hat, gibt ihm einer der Ostländer unter dem Gelächter der anderen fünf Peitschenhiebe. Wenn man Hochländisch mit einem anderen Sklaven spricht, ist es ein ebenso schweres Vergehen wie Mundraub, denn der Sklave hätte ja schlecht über die Ostländer sprechen können.

Sie sind schon Wochen unterwegs, Beregir versucht, sich anhand der Sternbilder zu orientieren. Die alte Echidna fällt immer weiter zurück. Jeden Abend kommt sie ein wenig später ins Lager. Eines Abends, das Zelt ist schon aufgebaut, Geta hat in der Mitte des Zeltes mit getrocknetem Kuhdung ein Feuer entfacht und eine dünne Suppe zubereitet, ist es dunkel geworden und eiskalt. Die Sterne funkeln am Himmel und Echidna hat das Lager noch immer nicht erreicht. Unruhig wandert Xola im Zelt auf und ab. Skiluros ist bei einer Versammlung beim Feuer in der Mitte der Zelte. Das Mädchen bedeutet Beregir, mit ihr zu kommen. Den Hufspuren, die sie an diesem Tag auf der Erde hinterlassen haben, folgend, humpelt er hinter ihr her aus dem Lager hinaus. Eine gute Stunde gehen sie, bis sie die alte Echidna singen hören. In der Nähe heulen die Wölfe. Die alte Frau sitzt auf einem Felsen und singt das Lied vom guten Tod, der rasch kommt. Auf seinen Armen trägt Beregir die Greisin zurück zum Lager. Ganz leicht wiegt sie und macht einen Scherz in ihrer Sprache über den schönen jungen Mann, der sie in sein Zelt trägt. Sie haben den Weg zurück zum Lager zu zwei Dritteln zurückgelegt, als ihnen Skiluros mit ein paar Männern, Schaffelle über den Schultern, Fackeln in den Händen haltend, entgegenkommt. Ohne ein Wort gibt er seiner Tochter eine schallende Ohrfeige. Den Hochländer streckt er mit einem Faustschlag nieder, sodass dieser Echidna fallen lässt und selbst zu Boden stürzt. Beregir und Xola werden hochgezogen. Die alte Frau lassen die Männer liegen. Mit Stockschlägen treiben sie Beregir zurück ins Lager. Gegenwehr wäre zwecklos. Dort angekommen, wird er wie eine Haut, die gegerbt werden soll, an Armen und Beinen zwischen zwei Pfähle gespannt. Zwei der Ostländer geben ihm abwechselnd jeweils fünf Peitschenhiebe auf den Rücken. Beregir schreit vor Schmerzen.

Nachdem sie ihr Werk beendet haben, lassen sie ihn zwischen den Pfählen hängen. Mitten in der Nacht, Beregir ist halb besinnungslos vor Schmerz und Kälte, werden seine Fesseln durchtrennt und Fehudgard schleift ihn zurück zum Zelt unter den Befehlen von Xola, die ein blaues Auge und eine aufgeplatzte Lippe hat. Sie gibt ihm wieder den berauschenden Trank, der süß und bitter zugleich schmeckt und ihn gleichgültig gegen die Schmerzen macht, und versorgt seine Wunden. Am darauffolgenden Tag reisen sie zum Glück für Beregir, der halb besinnungslos vor Schmerz dem Zug hinterhertorkelt, nur einige Stunden, denn sie gelangen an das Ufer eines Sees, an dem sie zwei Tage rasten. Hier ist das Gras grün und es gibt Wasser, sodass sie die Tiere tränken und weiden lassen können. Beregir kann die folgenden Tage dem Zug kaum folgen, doch Xola kümmert sich um seinen Rücken und zufälligerweise bereitet Geta in der nächsten Zeit so viel Essen, dass für die Sklaven noch eine Schale abfällt.

Skiluros sieht Beregir in diesen Tagen selten. Nur an den Abenden kommt der Anführer ins Zelt. Die meiste Zeit des Tages reitet er an der Spitze des Zuges. Immer wieder galoppiert er mit einigen Männern voraus und ist halbe Tage nicht zu sehen. Sie überqueren Flüsse und weite Ebenen, die älteren Jungen treiben das Vieh vor sich her, die Frauen und Mädchen spinnen im Gehen die Wolle. Seit Beregir bei den Ostländern ist, hat es nicht geregnet und das Gras ist gelb und hart. Beregirs Wunden heilen dank Xolas Pflege. Eines Abends, ihre Besitzer sind zu einer Hochzeit eingeladen, sitzen Fehudgard und Beregir am Feuer im Zelt. Lange sitzen sie schweigend, bis Beregir ein Gespräch beginnt. „Ich verstehe es nicht, warum die Ostländer sogar ihre eigenen Leute so schlecht behandeln. Lassen sie einfach zurück in der Wildnis und kümmern sich nicht um sie, wenn sie alt sind", stößt er hasserfüllt heraus. Fehudgard genießt einige Vorrechte, denn er ist schon seit dessen Kindheit Skiluros' Sklave. Er steckt sich eine Pfeife an. Erst nach einer ganzen Weile gibt er eine Erwiderung. „Vielleicht ist dir aufgefallen, dass es unter den Ostländern keine dicken Leute gibt. Das liegt daran, dass sie gerade genug zu essen für sich selber haben. Das Getreide kaufen sie von dem Geld, das sie durch den Verkauf ihrer Rinder und ihrer Teppiche erwirtschaften. Ihr Reichtum zeigt sich alleine in der Anzahl ihrer Rinder und in der Schönheit ihrer Teppiche. Abgesehen davon – wer soll sich mit der alten Frau belasten? Kannst du sie über weite Strecken tragen? Ich jedenfalls kann es nicht. Die alten Leute werden zurückgelassen und treten alleine ihrem Tod gegenüber, denn den letzten Weg geht überall auf der Welt ein jeder Mensch sowieso allein. Nur der Anführer stirbt in seinem Zelt. Nur er erhält ein Grab, welches hoch aufgeschichtet wird und in dem er mit all seinem Besitz, und dazu gehörst auch du, begraben wird." Beregir schaut Fehudgard entsetzt an. „Schau mich nicht so an. Ich habe wahrscheinlich das Glück, vor Skiluros zu sterben. Du musst eben mit all deinen Kräften dafür sorgen, dass Skiluros recht alt wird." In diesem Augenblick ist ihre Unterhaltung beendet, denn Geta betritt das Zelt.

Als Beregir eine Schubkarre voll Heu aus der Scheune fährt, bleibt er wie angewurzelt stehen. Auf dem umzäunten Reitplatz steht ein Kind und in einiger Entfernung von ihm steht still ein grauer Hengst. Das Tier ist ganz ruhig. Es ist dem Kind zugewandt, seine Muskeln spielen unter dem glänzenden Fell. Beruhigend spricht das Kind auf das Pferd ein. Plötzlich verändert sich für Beregir alles. Er ist nicht mehr im Hier und Jetzt. Die Szene ist ihm bekannt, wenn er sich auch in diesem Augenblick nicht genau erinnert, woher. Mit einem Mal sieht Beregir den ganzen Vorgang aus der Vogelperspektive. Alle Geräusche der Welt klingen gleichzeitig in seinem Ohr. Er hört das Schreien derer, die geblendet werden, das klatschende Geräusch einer Peitsche, die auf rohes Fleisch trifft, das Geräusch von Skiluros' Schädelknochen, der bricht, als der Stein auf ihn niederfährt. So wie alle Farben der Welt in einem Lichtstrahl gebündelt sind und weißes Licht ergeben, so wird aus allen Geräuschen dieser Welt, die man auf einmal hört, Stille. Mit wenigen Sätzen ist Beregir in der Umzäunung und packt das Kind um den Bauch. Jos schreit vor Angst und Enttäuschung. Mit festem Griff hat sich Beregir, der völlig außer sich ist, seinen Sohn unter den Arm geklemmt. Wie im Traum schleift er den strampelnden Jungen zum Hackklotz. Mit dem linken Arm drückt er Jos' Hand auf den Holzblock. An der rechten Hand haben die Ostländer Daumen und Mittelfinger belassen, mit denen Beregir nun nach dem Beil greift. Jos weint und fleht seinen Vater an, ihn loszulassen. „Bitte Papa, bitte Papa, lass mich los, bitte tu mir nichts!" Doch Beregir hebt erbarmungslos das Beil. In diesem Augenblick windet sich der Junge halb aus seinem Griff und der Vater sieht in die Augen seines Sohnes. Eine Zeit lang sehen sich die beiden an. Mit einem Mal hört Beregir das Wiehern des Pferdes in der Umzäunung und dann auch die Stimme seines Sohnes, der um Gnade bittet. Beregir lässt das Beil neben den Hackklotz fallen und Jos' Hand fahren. Jos rennt zu seiner Großmutter, die gerade den Hanf bricht und in deren Arme er fliegt, schluchzend und am ganzen Leib zitternd. Es dauert eine ganze Weile, bis er erzählen kann. Der Urgroßvater, der die Schäben auf einen Karren lädt, und die Urgroßmutter sehen sich an, nachdem ihr Enkel die ganze Geschichte hervorgestammelt hat. Sie suchen ihren Schwiegersohn, den verstörten Jos an der Hand haltend. Begard und Hana sind dazu gekommen. Schweigend steht der Hausherr beim Hackklotz, den Blick in die Ferne gerichtet.

„Was um Himmels willen ist in dich gefahren? Bist du von allen guten Geistern verlassen?", bestürmen ihn seine beiden älteren Söhne und die Urgroßeltern. Sie sehen, dass Beregir sein Verhalten bereut, können seine Beweggründe jedoch nicht nachvollziehen. Wenn er sich äußern würde, vielleicht würden sie ihn dann verstehen, doch Beregir bleibt stumm. Entsetzt sind sie, zornig und verstört. Beregir hat den Krieg in ihre heile Welt hineingetragen und sie sind damit überfordert. Nur der Urgroßvater schweigt und stellt sich nun vor seinen Schwiegersohn, der sich inzwischen sehr aufrecht auf den Hackklotz gesetzt hat. „Seid still jetzt!", sagt er laut. „Geht und kümmert euch um Jos. Ich werde mich um Beregir kümmern." Kopfschüttelnd geht die Urgroßmutter mit den Enkeln ins Haus und der Urgroßvater setzt sich auf einen Schemel, der beim Hackklotz steht. Die alte Frau bringt ihrem Mann schimpfend einen Krug voll Wasser und sein Rauchwerkzeug. Der stopft sich eine Pfeife mit Knaster, zündet sie an und beginnt zu rauchen. Der Urgroßvater reicht seinem Schwiegersohn die Pfeife, dann rauchen sie schweigend. Beregir trinkt den Krug des alten Mannes leer. So sitzen sie schweigend und rauchend bis zum Sonnenuntergang. Die Urgroßmutter bringt ihnen in der Abenddämmerung schimpfend zwei Schüsseln voll Suppe. Die Kinder treiben die Tiere über die Zugbrücke zurück in den Stall. Kurz denkt der Jüngere an den alten Fehudgard, dann schüttelt er den Kopf und sieht den Urgroßvater an. Dies ist nicht Fehudgard. Er ist auf dem Lavendelhof. Da beginnt der alte Mann zu sprechen. „Du hast viele Ungeister und alte Gesichter in deinem Kopf, nicht wahr? Zu viele schlechte Erinnerungen für die Kürze deines Lebens, würde ich meinen." Lange gibt Beregir keine Antwort. Schließlich nickt er. Nach einer Weile sagt der Ältere: „Vielleicht wäre es gut, wenn du für eine Weile allein in der Höhle unter dem Wasserfall leben würdest. Dort erinnern dich keine Menschen an das, was du erlebt hast." Beregir schweigt wie immer, doch der Gedanke an Stille, das Rauschen des Wassers, an das grüne Blätterdach lässt in ihm eine innere Ruhe entstehen. Nach einer Weile nickt er wieder. „Gut, dann werde ich dich morgen früh im Stall abholen. Dann hat die Urgroßmutter noch Zeit, dir zusammenzupacken, was du brauchst." Beregir schnaubt. „Sie mag dich, du musst aber schon zugeben, dass du dich gerade eher schlecht in unsere Gemeinschaft einfügst." Der Jüngere zuckt resigniert die Schultern. Nachdem der Alte die Pfeife ausgeklopft hat, geht er zurück zum Haus und Beregir kehrt heim zu seinem Stall. Beregir schüttelt den Kopf. Der Urgroßvater meint, er habe Schwierigkeiten, sich einzufinden, weil er seine schlimmen Erinnerungen nicht verkrafte, doch er täuscht sich. Denn Beregir ist sich sicher: Er findet sich nicht zurecht, weil er einer von ihnen geworden ist.

Der fünfte Sohn Falk, der Falke, heiratete die fünfte Tochter, Falka an deren sechzehntem Geburtstag. Ihre Augen waren scharf und ihr Flug war so zielsicher wie der Pfeil eines Meisterbogenschützen. Falk strebte nach Freiheit und Lug gab ihnen Bögen und eine Burg auf einem Felsen an der Schlucht, durch die der kleine Fluss nach Osten fließt.

Kapitel 18

Raas Brustwarzen sind wund vom Stillen und sie bekommt kaum Schlaf. Kaum ist die kleine Ana satt, hat auch schon ihre Schwester Beruda Hunger. Meist legt die junge Mutter die Kinder einfach gleichzeitig an, dann hat sie zwischen zwei Stillmahlzeiten wenigstens eine kurze Zeit der Erholung. Olof leistet wie alle anderen Einwohner von Inroth für eine Woche seinen Frondienst und hilft mit bei der Ernte, damit im Winter alle genug zu essen haben werden. Er ist mit den meisten anderen Männern zum Dreschen ein-

geteilt und kommt spät am Abend todmüde und hungrig nach Hause. Die alte Laka, die Weberin aus der Nachbarschaft, hilft Raa ein wenig im Haus und im Garten und nach der Mittagsstunde holt sie die beiden Mädchen für ein Weilchen zu sich nach Hause, damit Raa zumindest einen Teil des versäumten Nachtschlafes nachholen kann. Lakas Tochter lebt in Thingen am See, während ihr Sohn vor vielen Jahren als Sklave von den Ostländern verschleppt worden ist. Obgleich Raa mitgeholfen hat, ihre jüngeren Geschwister großzuziehen, ist sie nun wie jede junge Mutter zu allen Zeiten und überall auf der Welt geradezu überrumpelt davon, wie ungeheuer anstrengend Mutterschaft ist. Ungefähr drei Wochen nach der Entbindung sitzt sie weinend und verzweifelt im Bett und ist völlig überfordert mit ihren beiden Kindern, die wieder einmal beide gleichzeitig schreien, als leise die Türe geöffnet wird und ihre Mutter mit einem Sack voll Speck, Brot, Honig und Apfelwein über der Schulter das unaufgeräumte kleine Häuschen betritt. „Der Friede sei mit dir, Raa, meine Tochter", sagt Meta leise.
„Mama!", ruft Raa, „der Friede sei auch mit dir!"
Meta stellt den Sack mit dem Essen auf den Boden und setzt sich zu ihrer Tochter auf die Bettkante. Raa fällt ihrer Mutter um den Hals. Die frischgebackene Großmutter hält ihr Kind und deren Kinder im Arm und tröstet alle drei, bis Raa und Meta anfangen zu lachen, denn es ist lustig, wie Meta mit allen dreien spricht, wie man mit Säuglingen eben spricht. Sie hilft Raa, die Kinder anzulegen, dann wickelt Meta erst die kleine Ana, deren Schönheit sie über alle Maßen lobt, bis sie mit Beruda auf dieselbe Weise verfährt. „Wo ist denn der junge Vater? Ich möchte ihm zu seinen wohlgeratenen Kindern gratulieren. Außerdem ist sein Platz an der Seite der jungen Mutter und bei seinen Kindern", meint Meta.
„Er ist seit gestern fertig mit seinem Frondienst und nun bereitet er sich tagsüber wieder auf sein Lehramt vor", zuckt Raa fast entschuldigend mit den Achseln. Meta runzelt die Stirn, sagt aber nichts. In Hochland ist es üblich, dass sich Männer und Frauen gleichermaßen an der Aufzucht der Kinder beteiligen, da Männer und Frauen

auch gleichermaßen werktätig sind. Im Südlichen Land hingegen ist Erziehung Frauensache. Wenn es sich eine Familie leisten kann, arbeitet nur der Mann außerhäuslich. Meta seufzt. Sie wird Raa in den nächsten Tagen viel vom Hof auf dem Berge Camroth erzählen. Raa ist noch für fünf Wochen im Wochenbett und soll das Haus nicht verlassen, um zu arbeiten, sondern nur, um Freude zu haben. Meta nimmt sich vor, mit Olof zu sprechen. Er wird sich ein wenig umgewöhnen müssen. Doch das ist gar nicht nötig, denn auf dem Heimweg vom Haus der Bücher läuft Olof direkt der alten Lobelia in die Arme, die sich freut, ihn zu sehen und sich nach der jungen Familie erkundigt. Sie ist ein wenig erstaunt, dass Olof ihre Fragen nach den Kindern nur zum Teil beantworten kann, und fragt verwundert, was er denn gerade so mache. „Ich komme vom Haus der Bücher und bin auf dem Heimweg. Meine Nächte sind gerade nicht wirklich erholsam, deshalb werde ich mich nun ein wenig ausruhen", erzählt er lachend. Kopfschüttelnd weist ihn die Heilerin zurecht. ER habe die Kinder doch nicht geboren. ER müsse die Kinder nachts nicht stillen. ER habe auch keine Lochien und deshalb solle er doch bitte ein Huhn einholen, nach Hause gehen, für Raa eine kräftige Hühnersuppe zubereiten und ihr helfen. Die alte Frau lächelt ihn freundlich an, aber doch auf eine Weise, die es dem jungen Mann ratsam erscheinen lässt, ihrer Anweisung Folge zu leisten. Seit die Heilerin seine Frau und seine Kinder gerettet hat, hat er vor ihr die allergrößte Hochachtung. „Das ist ein vernünftiger Vorschlag", sagt er, verabschiedet sich und schleicht davon, um ein junges Huhn zu kaufen, damit er eine von Raas alten Hennen schlachten kann, die kaum noch Eier legen. Olof ist am Hofe König Ulfs aufgewachsen. Er hat keine Geschwister, denn er war der Erstgeborene seiner Eltern, die jung bei einem Jagdunfall ums Leben gekommen sind. Olof war damals zwei Jahre alt und er hat keinerlei Erinnerung an seine Mutter oder an seinen Vater. In Ulfs Haus mangelte es ihm an nichts. Alle Diener waren freundlich zu ihm gewesen, er genoss eine gute Ausbildung und sein Onkel behandelte ihn wie einen Sohn. Doch Olof lernt jetzt erst, wie es ist, in einer Familie zu leben mit Vater,

Mutter und Kindern. Ein wenig fühlt er sich von all der Weiblichkeit bedrängt, denn Frauen gab es in seinen Kindertagen kaum und auch nicht später bei der Leibwache des Königs. Frauen waren bisher für ihn nur Liebschaften oder Dienerinnen gewesen. So manches Mal erlebt er die Liebe seiner Frau und seiner neugeborenen Töchter geradezu als eine Zumutung, über die ihm immer wieder nur Raas Lächeln hinweghilft. Auch Olof ist überfordert mit all diesen Gefühlen, die es mit einem Mal in seinem Leben gibt. Nachts liegt er häufig wach und grübelt, wie es hätte sein können mit seinen Eltern, wie er es schaffen soll, seine Familie zu ernähren, was mit Camroth geschehen soll, nun, da es keinen Thronfolger mehr gibt.

Als er mit dem gackernden Huhn nach Hause kommt, wird er lächelnd von seiner Schwiegermutter begrüßt. Das Häuschen ist aufgeräumt, die Kinder sind satt und zufrieden, das Abendbrot ist bereitet. Auch das Huhn wird begeistert willkommen geheißen und Olof wird ausgiebig deswegen gelobt. Er atmet tief durch und ist in diesem Augenblick stolz und glücklich, Familienvater zu sein.

Nach dem Herbstmarkt wird seine Schwiegermutter wieder zum Lavendelhof reiten. Olof wird als Lehrer im Haus der Bücher arbeiten und Raa wird sich immer besser in ihrer Rolle als Mutter zurechtfinden. In seinem zweiten Winter wird Olof sich in Hochland einfinden, denn an den dunklen Abenden wird er zu Raa und seinen beiden kleinen Töchtern in ein warmes Häuschen heimkommen. Er wird die Abende schätzen lernen, an denen die Leute aus dem Stadtteil zum Thing zusammenkommen und an denen die wichtigen Dinge besprochen werden, nachdem man gemeinsam geschwitzt hat und den Bierkrug hat kreisen lassen, während die Kinder des Viertels zwischen den nackten Beinen der Erwachsenen herumtollen. Die Verwandten seiner Frau werden ihn behandeln wie ihresgleichen und Raa und er werden ein für alle Freunde und für seine Schwager offenes Haus führen. An den Wochenenden wird die alte Laka ab und zu nach den Kindern sehen, sodass das junge Paar wird ausreiten können. Einen Tag in der Woche ist Olof zum Dreschen in den Speichern der Königin eingeteilt mit den immer gleichen Leuten.

Er wird Gemeinschaft mit anderen erleben und wird kaum einmal einen Augenblick allein sein. Dennoch ist es nicht Steinstadt, in dem er lebt, und so manches Mal wird er sich nach der südlichen Lebensart sehnen.

Gegen Mittag erreicht Beregir zusammen mit dem Urgroßvater den Wasserfall. Der Ziege haben sie die Beine zusammengebunden und vorne über Beregirs Sattel geworfen. Auf einem Packpferd führen sie Vorräte und Gerätschaften mit. Beregir wird sein Pferd und die Ziege in der Höhle behalten. Es ist verabredet, dass er zum Wintereinbruch nach Hause zurückkehren wird. Die Urgroßmutter und seine Söhne sowie deren Freunde haben ihm zum Abschied zugewinkt, auch Jos, wenn auch unter sanftem Zwang seiner Oma, denn es ist richtig, im Guten auseinanderzugehen. Man weiß nicht, wann man sich wieder sehen wird. In der Zwischenzeit kann man seine Anstrengungen darauf verwenden, den Anforderungen des täglichen Lebens zu begegnen, und beschäftigt sich nicht mit unverziehenem, unvergessenem Kram, der einem die Seele beschwert.

Der Urgroßvater und Beregir verbringen den Nachmittag und die halbe Nacht damit, die Höhle wohnlich zu machen, Feuerholz zu schlagen und einen Teil der Höhle für die Tiere abzutrennen. Am darauffolgenden Morgen bricht der alte Mann früh auf, um zum Lavendelhof zurückzukehren. Beregir verabschiedet sich ohne Bedauern. Er führt die Tiere aus der Höhle in den Wald, damit sie sich ihr Futter suchen können.

Er wird zum Wintereinbruch nicht zum Lavendelhof reiten. Während seiner Jahre in der Gefangenschaft und während seiner Flucht hat Beregir alles Sehnen und Trachten und alle Anstrengung darauf gerichtet, nach Hause zu kommen. Nun hat er sein Ziel erreicht und doch bleibt das große Glücklichsein aus. Im Gegenteil ist es so, als holten ihn alle Geister, die er meint im Östlichen Land gelassen zu haben, umso grausamer wieder ein, nun, da er nicht mehr ums Überleben kämpfen muss. Schon am Ende seiner Zeit bei den Stieren, während seine Anspannung nachließ, hat Beregir das friedliche Beisammensein kaum aushalten können und ist lange Tage mit seinem Pferd allein durch die Gegend gestreift, immer auf der Hut und bedacht darauf, von niemandem gesehen zu werden, ein Meister darin, unsichtbar zu bleiben. Dort hat er sich eingeredet, seine abwehrende Haltung läge an der ihn an die ostländische Lebensart erinnernden Lebensweise der Stiere. Hier jedoch kann er sich auch nicht einfinden in die Gemeinschaft unter Gleichen.

Die selbstgerechte Freundlichkeit der Hochländer kann er nicht ertragen. Die zudringlichen Erkundigungen nach seinen Belangen. Seine Frau, die sowieso schon wieder gegangen ist, ist für ihn unerreichbar. Er hat sich entfremdet.

In jedem Fall werden seine Vorräte nicht über den Winter reichen, wenn er sie sich nicht sehr streng einteilt. Während des Winters muss er sich überlegen, was er danach tun will. Beregir findet viele Brombeeren und isst sich daran satt. Er hat Ziegenmilch. Er wird Fallen stellen. Er muss Einstreu und Futter für die Tiere für die kalte Jahreszeit besorgen. Am Ufer des Teiches setzt er sich auf einen großen Stein und erstellt im Geiste eine Liste der Dinge, die er zu tun hat. Es gibt Forellen im Bach und Wasserlinsen wachsen in Ufernähe. Kleine Zweige und Blätter müssen für das Pferd und die Ziege getrocknet werden, falls die Schneestürme dergestalt durch den Wald pfeifen werden, dass sie die Höhle nicht werden verlassen können. Die Sonne scheint. Der Stein, auf dem Beregir sitzt, ist warm. Leise rascheln die Blätter im Wind. Der Einsiedler zieht sich aus und legt sich auf den warmen Felsen. Der Wasserfall rauscht. Er spürt, wie die Sonne und der Stein ihn durchwärmen. Sanft streicht der Wind über seine nackte Haut. So liegt er eine ganze Weile, Arme und Beine von sich gestreckt, schließlich nickt er kurz ein. Die Sonne ist kaum gewandert in der Zeit, in der er geschlafen hat. Beregir setzt sich auf und lässt seinen Blick über das Ufer schweifen. War da nicht eine kaum wahrnehmbare Bewegung im Gebüsch? Nein, hier ist er sicher. Kein Ostländer würde sich so weit nach Hochland hineinwagen. Skiluros ist tot. Beregir legt sich auf den Bauch und bewegt sich an den Rand des Steines. Vorsichtig schiebt er sich noch ein wenig weiter vor und blickt hinab auf die Wasseroberfläche. Erschrocken springt der Hochländer auf. Noch einmal schaut er hinab auf das stille Wasser, diesmal im Stehen. Nein, es ist nicht Skiluros, der ihm vom Grund des Teiches entgegensieht, sondern nur sein eigenes Spiegelbild. Er sieht ausgemergelt aus. Vor seiner Brust baumelt das Amulett mit der Schlange, die die Welt umspannt und mit ihrem Leib zusammenhält, so wie der Führer aller Ostländer die östlichen Stämme zusammengehalten hat. Mit den Füßen voraus springt Beregir mitten in sein Abbild, das sich in vielen Wellen auflöst.

Beregirs erstes Winterlager bei den Ostländern schlagen sie in einem sanften Tal weit im Südosten auf, am Ufer eines kleinen Sees, welcher von einem klaren Bach durchflossen wird. Die Frauen errichten die Zelte. Sie sind mehrere Wochen unterwegs gewesen. Beregir schätzt, es ist in etwa eine Reise von drei Monaten zu Pferd und von einem halben bis zu einem Jahr zu Fuß bis nach Hause. Er ist in schlechter Verfassung. Die Vorräte für den Winter haben sie in einer Siedlung am Fuß des Gebirges, welches eher eine Hügelkette ist, gegen Teppiche und einige ihrer Tiere eingetauscht. Auf dem Lavendelhof gibt es über den Winter sicherlich mehr zu essen, dennoch bereitet Geta genügend für alle. Die Unfreien werden von ihren Herren schlechter behandelt als ihr Vieh, obgleich es die Sklaven sind, die zu einem guten Teil zu deren Lebensunterhalt beitragen, indem sie gemeinsam mit den Frauen die bunten Teppiche herstellen. Beregir zeigt sich völlig unbegabt in dieser Hinsicht, trotzdem wird er nicht so schlecht behandelt wie die übrigen Hochländer. Die Kinder halten zu ihm einigen Abstand, während sie nach den anderen Unfreien Steine werfen und mit ihnen ihre Späße treiben, denn diese sind wegen ihrer Blindheit leichte Opfer. Fast scheint es so, als hätten die Ostländer Angst vor ihm. Xola bringt Beregir ihre Sprache bei. Im Winterlager angekommen, kann der Hochländer, der eine schnelle Auffassungsgabe hat, verstehen, was gesprochen wird, und gebrochen ausdrücken, was er sagen will. Die Häuptlingstochter erzählt ihm, dass die Ostländer ihn für einen Zauberer halten. Er trägt keine wintertaugliche Kleidung, weshalb ihm Xola eine zerschlissene Pferdedecke organisiert, aus der er sich eine Art Gugel macht und sie mit einem Lederriemen als Gürtel zusammenhält. Kaum je ergibt sich für ihn die Gelegenheit, sich zu waschen. An jedem Vollmond vollziehen die Ostländer ein Schwitzritual, das den Sklaven jedoch verboten ist. Glühende Steine werden in die Mitte eines mit vielen Decken beschichteten Weidengeflechtes in der Form eines Hügels errichtet, sodass eine heiße Kammer entsteht. An den Tagen versucht Skiluros mit den anderen Männern des Stammes, die jungen Pferde recht grob anzureiten. Meist werden sie für Stunden auf einem abgezäunten Platz herumgejagt, bis sie völlig erschöpft stehen bleiben, kurz vor dem Zusammenbrechen. Dann wird ihnen eine Decke auf den Rücken geworfen und irgendein Reiter sitzt auf. Wenn es dann steigt oder buckelt, stellt der Reiter eine übertriebene Beizäumung her, sodass das Tier nur noch in einer sehr engen Wendung sich im Kreis drehen kann. Beregir hört den ganzen Tag das Wiehern seiner Brüder und Schwestern und kann sich kaum auf seine Arbeit, das Teppichknüpfen, konzentrieren. So kann kein Pferd Freude an der Arbeit oder Vertrauen zum Menschen entwickeln. Das Zähmen eines Pferdes braucht in den Augen eines Hochländers vor allem zwei Dinge: Zeit und Geduld.

Beregir verachtet die Menschen, die aus Angst vor der eigenen Schwäche und aus Mangel an echter innerer Stärke sich kein Innehalten erlauben und kein Fühlen, was mit den Mitgeschöpfen ist. Die Ostländer hören nicht. Sie sind dazu nicht in der Lage, der Sorge ums Überleben geschuldet. Sie leben in der irrigen Annahme, dass nur Härte ihr Dasein sichere. Sie verwechseln Unterwerfung mit Loyalität, denn Letztere stellt sich nur freiwillig ein und ist nicht zu erreichen, indem man nach ihr verlangt. Um sich das Hören zu erlauben, müssten seine Herren ihre Lebensweise ändern. Doch sie haben keinen Entwurf, wie es anders gehen könnte. Beregir nimmt sich vor, Xola viel von Hochland zu erzählen. Xola bildet eine Ausnahme unter ihresgleichen. Sie scheint ein Mensch zu sein, der zu Mitgefühl fähig ist. Zu allen Lebewesen ist sie gleichermaßen freundlich, sie ist geschickt und mit dem schwarzen glänzenden Haar, den olivenfarbenen Augen und der dunklen Haut ist sie eine wilde Schönheit der Steppe. Was in Hochland Tugenden sind, wird hier eher als Schwäche benannt, doch Beregir hat Xola lieber, je länger er sie kennt. Skiluros verbringt die Abende meist bei einer Versammlung der Männer, bei der Umari, das süß und bitter zugleich schmeckende berauschende Getränk, gereicht wird. Selten sitzt er am Abend beim Feuer in seinem Zelt und singt mit einer samtweichen Stimme Lieder, die er auf einer reich verzierten Sitar begleitet, einem Instrument mit zwölf Saiten. In Hochland wäre der Häuptling des Stammes und Führer aller Stämme der Ostländer sicherlich ein berühmter Sänger und Dichter geworden.

Eines Tages führt Geta Skiluros zu dem Teppich, den Beregir gerade herstellt. Skiluros lacht kurz auf wegen der Hässlichkeit der Arbeit, dann wird er ernst, danach verärgert. Beregir ist zum Glück gerade nicht im Zelt. Draußen an den Berghängen zeigt er Xola Engelwurz, welches gegen Erkältung hilft und dem giftigen gefleckten Schierling sehr ähnlich ist. Sie sammeln Essbares wie Giersch und Flughafer. Dann haben sie großes Glück und finden unter einer Felsenbirne noch viele brauchbare Früchte. Als sie am späten Nachmittag mit zwei Taschen voll mit Essen zum Zelt zurückkehren, werden sie schon vom Herrn des Zeltes erwartet. Er heißt Beregir, sich auszuziehen. Dann verabreicht Skiluros seinem Sklaven vier Peitschenhiebe wegen dessen schlampiger Arbeit. Mit Blick auf das Kind unterdrückt Beregir sein Schreien. Xola schlägt die Augen nieder. Wieder einmal hasst sie ihren Vater. Skiluros atmet nicht einmal schwerer als sonst. „Ab morgen wirst du beim Anreiten der Pferde helfen. Das scheint etwas zu sein, das du kannst", sagt er in seiner Sprache und verlässt das Zelt. Der Pferdeherr braucht eine Weile, bis er verstanden hat. Im Augenblick sind seine Schmerzen zu groß, als dass er sich freuen könnte. Wie immer versorgt Xola seine Wunden und gibt Beregir Umari zu trinken.

Der sechste Sohn von Lug und Ana hieß Ur, der Stier. Seine Frau wurde Lobe, die Kuh. Lug gab ihnen Speere und die große Steppe, an die Ostlanden grenzend, wo sie in prächtigen Zelten wohnten. Hier lebten sie mit ihren Artgenossen in einer Herde und zogen von Weide zu Weide.

Kapitel 19

In diesem goldenen Herbst denkt Meta oft an Ulf, vor allem wenn sie Olof betrachtet. Er gleicht seinem Onkel aufs Haar. Selbst seine Art zu reden, erinnert die Großmutter an ihren Geliebten aus dem Südlichen Land. Abends liegt sie auf ihrer Schlafstatt im Hause Gohors und fühlt Ulfs Hände auf ihrem Körper, während sich ihr Mund nach seinen Küssen sehnt.

Zum Herbstmarkt verwandelt sich die Wiese vor der Stadt in eine Zeltstadt. Begard kommt nach Inroth geritten, gemeinsam mit seinen beiden jüngeren Brüdern. Sie haben die kürzlich angerittenen jungen Pferde, bepackt mit den Erzeugnissen des Lavendelhofs dabei, welche auf dem Markt verkauft werden sollen. Die beiden jungen Männer, die bei der Ernte geholfen haben, werden über den Winter auf dem Hof bleiben, um das Korn dreschen zu helfen, denn nach dem Herbstmarkt wird Begard nicht zum Lavendelhof zurückreiten. Er wird in diesem Winter bei Gohor wohnen und im Frühjahr nach der Schneeschmelze auf Wanderschaft gehen. An ihrem ersten Abend in der Hauptstadt sitzt die ganze Familie um Irmhilds und Gohors Tisch.

Die Stimmung ist betrübt, nachdem Jos von seinem Erlebnis mit seinem Vater erzählt hat und dass der nun in der Höhle unter dem Wasserfall wohnt. Meta hat ein schlechtes Gewissen wegen Ulf. Sie seufzt. „Was soll nur aus uns werden, aus Beregir und mir?", denkt sie.

Die jungen Pferde werden bis auf eines verkauft und auch die anderen Waren bringt Meta gemeinsam mit Raa an den Mann. Wenn die Kinder weinen, werden sie von der jungen Mutter gestillt und jeder

der Kunden hat lobende Worte für die Zwillinge und deren leuchtend rotes Haar. Über den Winter wird Raa noch zu Hause bleiben und ab dem Frühjahr wird sie wieder in den Häusern der Heilung zur Arbeit gehen.

Nach dem Herbstmarkt, nachdem Meta ihre Steuern entrichtet und die Dinge, die sie für den Winter hatte besorgen wollen, gekauft hat, reitet sie allein mit zwei Packpferden nach Hause auf den Lavendelhof.

Zurück auf dem Lavendelhof erwartet Meta jeden Tag die Rückkehr ihres Ehemannes, der den Spätsommer über im Wald gewohnt hat und der nun im Herbst wieder in eine warme Heimstatt ziehen soll. Doch Beregir kommt nicht. Die Nächte sind empfindlich kalt, die Bäume haben keine Blätter mehr. Wie immer arbeiten die Urgroßeltern, die beiden Burschen und Meta den ganzen Tag. Mehrmals täglich sucht sie in der Ferne nach einem Zeichen von Beregir, doch sie kann ihn nicht ausmachen. Bald wird es anfangen, zu schneien, Meta merkt es daran, dass sie großen Durst hat. Am siebten Morgen nach ihrer Rückkehr aus Inroth erwacht Meta im schwachen Licht der aufgehenden Sonne und beschließt, Beregir zurückzuholen. Auf dem Wasser in ihrer Waschschüssel findet sich eine dünne Eisschicht. Als sie in die große Wohnküche kommt, hat ihr die Urgroßmutter schon ein kräftiges Frühstück bereitet, Wegzehrung und Futter für die Tiere, Arznei und Winterkleidung für Beregir in einen Beutel gepackt. Meta umarmt ihre Mutter. „Du bist doch einfach die Beste, Mama", stellt sie fest. Sie ist erstaunt, wie wenig sie in ihren Armen hält. Fast wie ein Vögelchen, das aus dem Nest gefallen ist, fühlt sich die Urgroßmutter an. „Sei vorsichtig, Kind. Vor dem Winter sind die Tiere im Wald angriffslustig. Pass auf dich auf und komme gesund wieder", erwidert die alte Frau.

Bald sechs Jahre lebt Beregir nun schon bei den Menschen aus dem Osten. Es ist Sommer und sie lagern gerade am Ufer eines Sees. Beregir hat sich angepasst an ihre Lebensart und auch manchmal an ihre Art zu denken. Mehr und mehr hat er Verantwortung übertragen bekommen bei der Pferdeaufzucht und beim Anreiten. Es hat ihn einige Überwindung gekostet, zumindest zum Teil die Art und Weise zu übernehmen, wie die Pferde angeritten werden, doch dem Zwang seiner Herren kann er sich nicht gänzlich entziehen. In seinem zweiten Winter in der Gefangenschaft verstarb der alte Fehudgard. Skiluros fügte sich einen Schnitt im Gesicht zu, obgleich es nicht üblich ist, um einen der Unfreien zu trauern. Doch Fehudgard lebte schon seitdem der Häuptling denken kann, bei ihm. Der Hochländer spielte mit ihm, schaukelte ihn auf den Knien und wenn der kleine Skiluros nachts Angst hatte, war er zu dem Sklaven unter die Decke geschlüpft, denn von seinem Vater hätte er für seine Schwäche Schläge bekommen. Das letzte Überbleibsel aus der Kindheit ist nun für ihn verloren. Von da an beschäftigt er sich manchmal mit Beregir und schlägt ihn kaum noch. Er bittet ihn sogar ab und zu, sich zu ihm ans Feuer zu setzen. Beregir soll von seiner Heimat berichten. Der Hochländer achtet darauf, nichts zu erzählen, woraus der Feldherr der Ostländer im Kriegsfalle irgendeinen Nutzen hätte ziehen können. So erzählt er Geschichten vom Lavendelhof. Xola sitzt mit weit aufgerissenen Augen dabei und saugt die heile Welt, aus der Beregir kommt, förmlich in sich auf. Sie kann Meta, die Großeltern, Raa und immer wieder Raa und ihre Brüder förmlich vor sich sehen. Das Dach des Lavendelhofs glänzt in der Sonne und der träge Sommerfluss lädt zum Baden ein. Da Skiluros niemanden hat, dem er wirklich vertraut, lässt er Beregir manchmal an seinen Gedanken teilhaben. Eines Abends im Zelt spielt er wieder einmal gedankenverloren an seinem Amulett herum. Xola hat Beregir erzählt, dies sei der Schlüssel zur Macht über ihr ganzes Volk. Wer es trägt, ist Führer aller Stämme der Ostländer. Er folgt seiner Tochter, die zu einer anmutigen jungen Frau herangewachsen ist, mit seinen Blicken. Zum ersten Mal bemerkt Beregir, dass Skiluros seine Tochter nicht betrachtet, wie ein Vater sein Kind betrachten sollte, sondern wie ein Mann, der eine Frau begehrt. Geta schaut Beregir besorgt an. Beregir nimmt sich vor, ein wachsames Auge auf Xola zu haben.

Am darauffolgenden Tag hilft der Hochländer wie immer zuerst Geta, das Zelt zu säubern, bevor er sich aufmacht, nach den jungen Pferden zu sehen. Es ist fast schon Mittag, als die Dienerin auf ihn zueilt und ihm zu früh etwas zu essen bringt. Sie ist völlig außer Atem. „Unser Herr Skiluros ist mit seiner Tochter zum anderen Seeufer geritten. Er will ihr etwas zeigen", sagt sie. Ihre Stimme verrät ihre Beunruhigung. Beregir ist allein bei den Pferden.
„Geh zurück zum Zelt und erzähle niemandem etwas davon", weist er Geta an. Nachdem die Frau zwischen den Zelten verschwunden ist, legt er einem sehr braven Dreijährigen, mit dem er schon seit einem Jahr arbeitet, eine Decke auf den Rücken und steigt vorsichtig auf. Das Pferd schnaubt und verspannt sich, doch Beregir sitzt sicher auf seinem Rücken und reitet im Schritt, bis sie hinter den Zelten sind. Dann trabt er an. Der See ist von einem breiten Schilfgürtel bewachsen, sodass man das andere Seeufer nicht sehen kann. Beregir galoppiert an. Zu Pferd umrundet er das Westufer. Die Sonne steht hoch am Himmel. Enten schnattern im grünen Schilf. Noch vor seinem Herrn bemerkt das Pferd des Hochländers die Pferde von Skiluros und Xola, die am Stamm einer Weide festgebunden sind. Der Baum wächst an der Böschung eines Baches, welcher in den See mündet. Beregir hört Xolas ersticktes Schreien irgendwo im Schilf. Auch Beregir macht seinen Rappen an dem Baum fest und folgt dem schmalen Pfad, den Skiluros und Xola durch das Schilf getrampelt haben. Auf einer kleinen Lichtung sieht Beregir die beiden auf flachen Kieseln liegen. Xola weint und versucht sich zu wehren, doch Skiluros ist stärker als sie. Er liegt auf ihr und hat ihr ihre Röcke hochgeschoben. Beregir nimmt wie im Traum einen faustgroßen Kiesel. Da bemerkt ihn Xola. „Lass sie in Ruhe!", schreit Beregir den Häuptling an. Erstaunt hebt der den Kopf und schaut seinen Sklaven an. Während er aufsteht und auf Beregir zugeht, rutschen seine Röcke sind nach unten und verdecken seine Erektion. Xola setzt sich auf. Sie blutet zwischen ihren Beinen, hat das Gesicht hinter ihren Händen verborgen. Beregir spürt gar nichts. Aus der Vogelperspektive sieht er sich dort stehen im Schilf, sein Peiniger kommt

auf ihn zu. Auch Xola steht auf und während sie sich aufrichtet, bückt sie sich nach etwas. Skiluros beginnt, ihn anzuschreien. „Du bist eine undankbare dumme Sau, seit Jahren nähre ich dich, gebe dir Unterschlupf und Kleidung und nun pfuschst du mir ins Handwerk. Du Abschaum."
Beregir hört nicht die Worte, er sieht nur Skiluros in Zeitlupe auf sich zu kommen und sieht, wie dessen Mund sich bewegt. Was nun kommen wird, ist ihm völlig klar. Wegen Kleinigkeiten ist er misshandelt worden. Der Häuptling hebt die Hand, um zuzuschlagen, doch er schlägt nicht zu, denn in diesem Augenblick bricht sein Blick. Schwer wie ein Sack Mehl fällt er in den Kies. Mit merkwürdig verdrehtem Hals, das Gesicht zur Seite gewendet, die Augen geöffnet, liegt er leblos da und dann ist Xola über ihm mit dem großen Stein in der Hand, den sie aufgehoben hat und der wie ein Tropfen geformt ist. Mit der spitzen Seite schlägt sie ihrem Vater immer wieder auf den Hinterkopf, bis der Schädel geborsten ist und Skiluros' zertrümmertes Gehirn auf die Steine rinnt. Beregir steht zunächst wie erstarrt, dann hält er Xolas Hand fest, die wie rasend ist, bis sie den Stein fallen lässt. Blutend und schmutzig kauert sie schluchzend auf Beregirs Schoß, der ihre Stirn streichelt. Nachdem sie sich beruhigt hat, spricht Beregir: „Komm, Kind, wir haben viel Arbeit. Geh zuerst in den See und wasche dich und deine Kleidung, hörst du? Hast du ein Seil? Wir müssen seine Leiche verschwinden lassen. Du wirst im Lager erzählen, du hättest im See ein Bad genommen. Als du zu den Pferden zurückkamst, war Skiluros verschwunden."
„Ich kann das nicht, ich kann das nicht."
„Doch, du kannst. Du musst sogar. Heute Nacht werden wir fliehen. Wir werden diese ganze verfluchte Sklaverei hinter uns lassen. Deine und meine." Xola ist nicht in der Lage, eine Entscheidung zu treffen. Sie watet in den See hinaus. Als sie kaum noch stehen kann, taucht sie unter. Das kalte Wasser schlägt über ihrem Kopf zusammen und für eine kleine Weile befindet sie sich in einer stillen grünen kühlen Welt. Der Schmerz zwischen ihren Beinen lässt nach und Xola kann wieder klar denken. Sie zieht sich aus und wäscht sich und ihre Klei-

dung im klaren Wasser. Die Blutflecke lassen sich gut entfernen. Beregir hat in der Zwischenzeit Skiluros' Kleider mit blutigen Kieselsteinen gefüllt und ihm mit einem Seil fest an den Körper gebunden, um den Leichnam zu beschweren. Er umwickelt das, was vom Kopf des Sklavenhalters übrig geblieben ist, mit einem Teil von dessen Röcken, damit kein Blut auf die Steine tropft, während er ihn zum Wasser schleppt. Außerdem mag er die blutige Masse nicht sehen. Bevor er die Leiche im Bachbett zum See schleift, nimmt der Hochländer dem Führer aller Ostländer das heilige Schlangenamulett ab und reicht es Xola. Sie betrachtet die glänzende Scheibe, die gerade ihre Handfläche bedeckt. „Das Amulett der Einen Welt.", meint sie nachdenklich, dann streckt sie es dem Hochländer hin. „Es bringt seinem Träger Glück und Reichtum. Nimm du es. Zum Dank." Sie lächelt fast, als sie das sagt. Zögernd nimmt der Hochländer das Geschenk an, säubert es und verstaut es in einem Beutel an seinem Gürtel. Beregir hat Mühe, den schweren Körper zum Bach zu schleifen und in den See hinaus. Erst als der Hochländer nicht mehr stehen kann, legt er den Toten ab und taucht immer wieder hinab, um Steine auf Skiluros' Überresten abzulegen. Die übrigen Kiesel, auf denen Skiluros lag, werfen Beregir und Xola in den Bach. Sie bedecken die Stelle mit sauberen Steinen und Schilf. Am späten Nachmittag sieht es am Seeufer aus, als hätte nie ein Mensch einem anderen hier etwas angetan. Die beiden waschen sich noch einmal. Ihre Kleider sind in der Hitze schnell getrocknet. Skiluros' Pferd erhält zu trinken und Futter, dann macht sich Beregir auf den Heimweg, Xola wartet noch eine ganze Weile, bis sie aufsitzt und zu ihrem Zelt reitet. Im Lager wird Skiluros nicht vermisst, es ist nicht ungewöhnlich, dass der Häuptling einen ganzen Tag umherstreift und die Gegend erkundet. Am Abend kommt einer der Männer des Stammes zum Zelt und erkundigt sich nach Skiluros. Wie verabredet gibt Xola Auskunft und der Mann zieht achselzuckend davon. Der Tag scheint nie enden zu wollen. Gegen Mitternacht, Geta schläft tief und fest, in den Zelten herrscht Ruhe, schleichen sich Beregir und Xola aus dem Lager. Xola führt ihre Stute leise aus dem Gatter. Beregir holt den Dreijährigen. Kaum, dass sie außer Sichtweite sind, verstauen sie ihr Gepäck auf den Pferderücken, sitzen auf und reiten zum See, um Skiluros' Pferd zu holen. Die Wachen hocken um das Feuer und trinken Umari und auch Geta bemerkt nichts oder will nichts bemerken. Sie wird erst am späten Vormittag, als Beregir und Xola schon einen großen Vorsprung haben, erzählen, dass Beregir und die Häuptlingstochter am Morgen nicht im Zelt waren. Als zur Mittagszeit die jungen Pferde vor Durst und Hunger wiehern, werden die Leute des Stammes misstrauisch und beginnen, nach Skiluros, Beregir und Xola zu suchen. Am späten Nachmittag stellen sie einen Suchtrupp, bestehend aus einigen Kriegern zusammen und reiten in Richtung Westen, denn wo sollte der Hochländer sonst hin flüchten als in seine Heimat. Nach Osten werden sie sich kaum gewandt haben, im Norden sind die undurchdringlichen Wälder und im Süden beginnt nach zwei Tagesritten die Wüste. Vorsichtshalber werden jeweils zwei Krieger in jede Himmelsrichtung geschickt, um nach einer Fährte zu suchen, für alle Fälle.

Das dreizehnte Kind von Lug und Ana war eine Tochter. Ehwaz, die Schöne mit dem goldenen Haar wurde des Nachts zu einem goldgelb glänzenden Pferd. Ihr jüngerer Bruder, dem sie hätte angehören sollen, verwandelte sich in der Dunkelheit in einen Bären. Ehwaz fürchtete ihren Bruder und floh jede Nacht vor ihm, so schnell ihre Hufe sie trugen. Lug und Ana waren ratlos. Ihre Kinder Ehwaz und Berngang schienen einander nicht zuzugehören.

Kapitel 20

Meta nähert sich dem Wasserfall vom Teich aus. Sie ruft nach Beregir, doch sie erhält keine Antwort. Vielleicht ist er zur Jagd aufgebrochen. Durch das Rauschen des Wassers sind das klägliche Meckern einer Ziege und das Wiehern eines entkräfteten

Pferdes kaum auszumachen. Die Reiterin springt vom Pferd in das flache eiskalte Wasser. Vom Rand her beginnt der Wasserfall zuzufrieren. Sie schlägt das große Bärenfell zur Seite, das Beregir vor dem Höhleneingang angebracht hat, und führt ihr Pferd am Zügel in die Höhle. Ein widerlicher Gestank von Tierkot und -urin und von menschlichen Ausscheidungen schlägt Meta entgegen. Leia scheut und weigert sich, in die Höhle zu gehen, dennoch führt Meta sie sehr bestimmt hinein. Meta befürchtet das Schlimmste. Völlig abgemagert und mit struppigem Fell stehen die Ziege und Beregirs Hengst seitlich in Beregirs Behausung hinter ihrer Absperrung und blinzeln in das Licht, das nun in das Dunkel fällt. Es scheint, als hätte hier die letzten Tage niemand mehr gemistet oder den Tieren zu fressen oder zu trinken gegeben. Schier unerträglich ist der Gestank in der Höhle. Meta ist entsetzt. Beregir muss etwas zugestoßen sein. Sie bindet ihre Stute am Gatter an, hinter dem Beregirs Tiere stehen, und entzündet ein Talglicht, welches auf dem roh zusammengezimmerten Tisch steht. Aus dem hinteren Teil von Beregirs Wohnstatt klingt ein leises Stöhnen an Metas Ohr. Sie stürzt zu dem Bett bei der Feuerstelle, das Beregir zusammen mit dem Urgroßvater gebaut hat. Hier liegt der Pferdeherr in hohem Fieber. Sehr leise spricht er etwas in der Sprache der Ostländer, Meta versteht nicht, was er stammelt. Meta sattelt ab, macht Feuer und setzt einen Topf mit Wasser auf. Beregir hustet sich die Seele aus dem Leib, während Meta ihn stützt. Ein mit kaltem Wasser getränktes Tuch legt Meta ihrem Mann auf die heiße Stirn. Schluckweise gibt sie ihm zu trinken, während sie nebenbei den Tieren Wasser und von dem Futter gibt, das für Leia bestimmt war, welches sie gierig verschlingen. Dann melkt sie die Ziege. Den ersten Teil der Milch verwirft sie, den zweiten kocht sie auf. Sie schöpft kochendes Wasser in einen Krug, in den sie Thymian und Salbei sowie Holunderblüten und Weidenrinde gegeben hat und eine gute Portion Honig. Im Wechsel mit Alantwein flößt sie ihrem Mann davon ein.

In ihrem Arm fühlt auch er sich zu leicht an. Um den Becher selbst zu halten oder um sich aufzusetzen, ist Beregir zu schwach. Beregir stinkt und seine Schlafstatt ebenfalls. Kaum ist der erste Becher geleert, fällt Beregir in einen unruhigen Schlaf. Meta mistet den Tieren aus, die weiterhin Hunger haben, denn sie hat ihnen nur eine kleine Menge Futter gegeben, damit sie keine Kolik bekommen. Nachdem sie die ganze Höhle ausgekehrt hat, holt sie Laub, kleine Zweige und Rindenstückchen, die Beregir vor Tagen als Einstreu neben dem Weiher aufgeschichtet hat, und verteilt die Einstreu zwischen den Hufen der Vierbeiner. Sie gibt ihnen nochmals Heu und Wasser und stellt ihr Pferd zu den anderen beiden Tieren. Ein weiterer Becher des süßen Tees wird Beregir eingeflößt, dann bereitet Meta für sich und ihren Mann einen milchigen Haferschleim. Das restliche Wasser, das sie vorhin erwärmt hat, ist nun handwarm. Die frischen Kleider und die Bettwäsche, die ihr die Urgroßmutter mitgegeben hat, kann sie gut gebrauchen, denn Beregir hat geschwitzt, sein Fieber ist im Sinken begriffen. Mittlerweile ist es Nacht geworden und die Heilerin ist hundemüde, dennoch entkleidet sie den Oberkörper des Mannes und wäscht ihn mit einem Tuch mit Wasser und Lavendelseife. Sie zieht ihm ein frisches Hemd an. Das getragene Kleidungsstück legt sie in eine hölzerne Wanne halb voll mit Lavendelseifenwasser. So verfährt sie auch mit Beregirs Hosen, nachdem sie sie im Bach ausgespült hat. Auch zwischen den Beinen und am Gesäß reinigt sie ihn, da er eingenässt und sich eingestuhlt hat. Zwei der Felle, auf denen er liegt, sind nicht mehr zu gebrauchen und Meta legt Beregir ihren Schaffellschlafsack unter. Trotz ihrer ganzen Putzerei stinkt es noch immer furchtbar in der Höhle. „Der Nachttopf!", entfährt es Meta. Randvoll ist der Topf, sein Inhalt ist unbeschreiblich ekelerregend. Durch ihre Arbeit im Hospital in Inroth und durch die Aufzucht von vier Kindern ist Meta einiges gewohnt, aber als sie Beregirs Ausscheidungen in den Wald kippt und den Topf mit Kieselsteinen füllt, die sie mit Wasser so lange schwenkt, bis sich die angetrockneten Reste von was auch immer von der Wand des Gefäßes gelöst haben, muss sie beinahe erbrechen. Keinen Augenblick kommt die Heilerin zu früh zurück in die Höhle, denn Beregir hat sich aus dem Bett gebeugt und scheint den Nachttopf zu suchen.

Gerade rechtzeitig schiebt sie ihm das Gefäß unter, damit er seinen stinkenden Harn dort hinein entleeren kann. Der Mann ist völlig ausgetrocknet. Noch einmal leert Meta den Nachttopf, gibt Beregir noch ein wenig vom Alantwein zu trinken und fällt dann entkräftet neben ihren Ehemann auf die Schlafstatt.

Am darauffolgenden Morgen liegt Schnee im Wald und Meta erwacht neben einem unruhigen Beregir. Er spricht in der Sprache der Ostländer. Manchmal schreit er. Das Fieber ist wieder hoch, dennoch wäscht sie ihn. Meta bereitet Tee und warmes Wasser. Vom Haferschleim ist noch etwas übrig. Die Tiere werden versorgt. Mit einem Eispickel schlägt sie die Eiszapfen vor dem Eingang der Höhle weg, die über Nacht gewachsen sind. Meta weiß nicht, ob Beregir den nächsten Tag erleben wird. Wenn nicht, wird sie in seiner letzten Stunde bei ihm sein. Beregirs Kinder sind durch ihren Körper gegangen. Zwischen ihnen besteht eine starke Verbindung. Immer wieder gibt sie ihm zu trinken. Sie macht ihm Wadenwickel und am späten Vormittag einen Einlauf mit lauwarmem Kamillentee, sein Enddarm saugt jede Flüssigkeit auf, die er bekommen kann. Meta wäscht seine Wäsche. Den ganzen Tag hat Beregier Fieberträume und ab und zu schreit er laut auf. Zum Glück sind die Tiere mit in der Höhle, Meta ist froh über deren einschläferndes Kauen. Am frühen Abend ist sie, die vieles heilen kann, mit ihrer Weisheit am Ende. Sie setzt sich zu ihrem Ehemann, dem Vater ihrer Kinder auf den Rand der Bettstatt. Sanft legt sie ihm ihre kühle Hand auf die Stirn. „Beregir, ich sage es dir noch einmal: Ich möchte, dass du lebst, doch nun liegt es an dir. Wenn du bei mir bleiben willst, dann werde bitte gesund. Du scheinst Schreckliches erlebt zu haben, ich sehe nur deine Narben und deine Verstümmelung, aber du erzählst nichts, weil es zu grauenvoll ist. Was geschehen ist, kann man nicht ungeschehen machen, aber vielleicht darf das, was war, einmal Teil deiner Geschichte werden", so redet seine Ehefrau zu ihm und Beregir verstummt. Ihre Stimme scheint ihn zu beruhigen und in seine Träume hinein zu sinken. Sie spricht vom Lavendelhof, davon, wie sehr sie ihn dort brauchen, von den Kindern, die nun alle in Inroth wohnen, wie sehr ihn alle lieben und darüber, dass er doch bitte gesund werden soll. Am späten Abend beginnt Beregir, Schleim abzuhusten. Der dritte Einlauf an diesem Tag wird ihm verabreicht und wieder hebt ihn die Heilerin auf den Topf. Dieses Mal führt er eine kleine Menge schafskotartigen Stuhl ab. Nach einem weiteren Schluck Alantwein schläft Beregir ruhig ein. Meta säubert nochmals die Höhle, räuchert sie und versorgt die Tiere. Sollte Beregir die Nacht überleben, hat er eine gute Aussicht auf Genesung. In dieser Nacht ist es die Frau, die unruhig ist. Erst gegen Morgen fällt sie in einen leichten Schlaf.

Wird man angestarrt, so wacht man auf. So ergeht es auch Meta, als sie am Morgen von Beregir angestarrt wird. „Wache ich oder träume ich?", fragt er leise in dem Augenblick, in dem seine Frau ihre Augen aufschlägt. Meta lächelt. Sie erwidert nichts, steht auf und macht Feuer. Immer wieder sieht sie zu Beregir, der sie seinerseits beobachtet. Zuerst schaut sie nach den Tieren, dann ist das Wasser heiß und Meta bereitet ein Frühstück aus Haferbrei mit Ziegenmilch. Beregir ist zu schwach, um sich aufzusetzen, doch es scheint, als hätte er das Schlimmste überstanden. Am Vormittag führt Meta die Tiere am Strick aus der Höhle zu einer Stelle im Wald, an der sie nach Gras zu scharren beginnen. Die Ziege macht Bocksprünge und auch die Pferde wälzen sich übermütig im Schnee. Es ist bitterkalt. Auf dem Hinweg war der Bach vom Rand her zugefroren, nur in der Mitte war er eisfrei, nun ist auch hier eine dünne Eisschicht zu sehen. So können sie nicht nach Hause reiten, denn die Pferde würden in das dünne Eis einbrechen und liefen Gefahr, sich an den Bruchstücken zu verletzen. Erst wenn Weiher und Bach von einer tragenden Eisschicht bedeckt sind, können sich Meta und Beregir auf den Heimweg machen, vorausgesetzt, er hat sich in zwei Wochen so weit erholt, dass der Herr des Lavendelhofs einen Tagesritt unternehmen kann.

Zurück in der Höhle findet sie Beregir im Bett sitzend vor. Es löst sich viel Schleim, den er abhustet. Sein Magen knurrt und Meta reicht ihm Haferbrei. Mehrere Tage hustet Beregir viel Schleim ab und räuspert sich andauernd. Es dauert vier Tage, bis Beregir aufstehen kann. Er kramt in der Höhle und um die Höhle herum. In den Nächten teilen sich die beiden weiterhin die Schlafstatt, doch sie sind nicht beisammen wie Mann und Frau. Meta schläft in Beregirs Arm ein und sie streicheln einander über den Rücken, aber es ist, als läge ein tiefer See voller schlechter Geheimnisse zwischen ihnen. Seit acht Tagen ist Meta nun bei Beregir in der Höhle unter dem Wasserfall. Es beginnt zu dunkeln, in der Höhle ist es warm, die Tiere kauen, ein Talglicht brennt und das Feuer knistert behaglich. Wieder räuspert sich der Pferdeherr und dann beginnt er zu erzählen.

Zwei Tagesritte sind es bis zum Rand der Wüste, dem Lauf des Flusses folgend, der aus der Wüste kommt. Sie reiten die ganze Nacht hindurch und halten sich streng nach Süden. Um die Mittagszeit sind Menschen und Tiere erschöpft, weshalb sie in einem Dickicht am Flussufer ein wenig rasten. Die Pferde trinken gierig und auch Xola und Beregir stillen ihren Durst. Wahrscheinlich ist im Lager ihr Verschwinden schon bemerkt worden und man hat sich auf ihre Verfolgung begeben. Als die Pferde sich erholt und erst Xola und dann Beregir ein wenig geschlafen haben, satteln sie, sitzen auf und reiten weiter. Die Pflanzenwelt wird immer karger. Obgleich sie in der Mittagshitze im Schatten gerastet haben, brennt die Sonne bis in die Abendstunden erbarmungslos auf sie herab. Es ist schon finstere Nacht, als sie die Stadt Ur erreichen. In Ur werden sie sich mit Wasser und Lebensmitteln eindecken, einen halben Tagesritt flussaufwärts reiten und sich dann nach Westen wenden. Auf einer alten Karawanenroute werden sie regelmäßig an Wasserlöcher gelangen. Sie dürfen keine Spuren hinterlassen und nicht auffallen, weshalb Xola so tun wird, als wäre sie ein junger Mann, unterwegs in Begleitung seines hochländischen Sklaven. In der Nacht rasten sie vor den Toren der Stadt. Xola hat alle Münzen, die Skiluros in seinem Zelt in einer schön geschnitzten Truhe aufbewahrt hat, in einem Sack wohl verwahrt. Nach kurzer Rast werden im Morgengrauen die Stadttore geöffnet. Xola nennt sich Madyas und trägt ihr Haar zu einem Pferdeschwanz gebunden nach Art der Männer. Bei einer Straßenküche füllen sie ihre knurrenden Bäuche mit einem üppigen Frühstück. Sie kaufen Wasserschläuche, sodass sie einen Vorrat für zwei Wochen mitnehmen können, eine Zeltplane und einige wenige Dinge, von denen Xola oder Beregir glauben, dass sie sie brauchen werden. Es ist noch früh am Tag, als sie an einer Schmiedewerkstatt vorbeikommen, vor der einige Schwerter ausgestellt sind. Sie haben nicht die Wertigkeit der hochländischen Schwerter, doch sie werden ihnen genügen, zusätzlich zu Skiluros' Dolchen, die sie an sich genommen haben. Heimlich hat Beregir Xola Unterricht im Schwertkampf gegeben, anstelle von echten Schwertern haben sie mit Stöcken geübt. Madyas alias Xola verhandelt hart um den Preis, unterstützt von Beregir, der immer dann, wenn sein „Besitzer" einlenken will, mit einem schmatzenden Geräusch die Luft durch die Schneidezähne zieht und den Kopf schüttelt. Letztendlich ist der Schmied entnervt, sodass sie die Waffen zu einem guten Preis bekommen. Beregir erhält von Xola ein Schwert, das er sich um die Hüfte gürtet. Als Xola dasselbe tun will, nimmt Beregir es ihr aus der Hand. Sie ist kurz verärgert, doch er lächelt sie an. „Mögest du es nie gebrauchen müssen. Falls doch, mögest du siegreich sein", sagt Beregir auf Hochländisch. Beregir legt Xola, die sehr wohl versteht, das Schwert in die Hände. Seine Tochter Raa muss schon vor einem und einem halben Jahr ihre Schwertleite gehabt haben. Die beiden jungen Frauen könnten Schwestern sein. Die eine ist schön wie die Sonne, die andere ist schön wie die Nacht. Noch vor der Mittagszeit sind sie auf dem Weg aus der Stadt, dem Fluss, der aus der Wüste kommt, nach Süden folgend. Weder Beregir noch Xola sind zu erkennen, denn sie tragen die Kleidung der Wüstenbewohner. Hinter den Toren der Stadt Ur beginnt die unendlich große trockene Wüste, der heißeste Ort dieser Welt, die bisher noch kein Mensch bis zum anderen Ende durchquert hat. Es ist früh am Tag, dennoch ist es schon sehr heiß, unmöglich in der Mittagshitze zu reiten. Um die Mittagsstunde rasten sie an einem schattigen Plätzchen am Flussufer. Sie warten bis zum Abend, bis sie im Sternenlicht zusammenpacken. Ein letztes

Mal baden sie im Fluss und füllen alle ihre Wasserschläuche. Sie werden die nächsten Wochen nicht mehr solchen Überfluss haben. Mit dem Fluss im Rücken wenden sich die beiden Flüchtenden gen Westen, einer ungewissen Zukunft entgegenreitend.

Etwa zur selben Zeit, kurz bevor die Stadttore geschlossen werden, reiten zwei ostländische Krieger in die Stadt ein. Nur allzugern möchten Agathyr und Rydamana Beregirs habhaft werden, denn Rydamana kennt den Hochländer, über den Skiluros seine Hand gehalten hat, nur zu gut. Beregir hat ihm an dem Tag, an dem die Hochländer geblendet wurden, eine tiefe Wunde am Arm zugefügt, als er versuchte zu fliehen.

Drei Tage lang erzählt Beregir und drei halbe Nächte. Morgens geht Meta mit den Tieren für ein paar Stunden in den Wald, damit sich diese ihr Futter suchen können und damit sie Bewegung haben. Sie ist froh über eine Pause, in der sie sich nicht all die Grausamkeiten anhören muss, die Beregir selbst erlebt hat oder deren Zeuge er geworden ist. Aus Beregir sprudeln die Worte wie ein Wasserfall. Es ist unglaublich, was Meta hört. Selten macht sie einen Einwand oder stellt eine Frage, sie begreift kaum, was ihr Mann erzählt. In der dritten Nacht, im Morgengrauen ist er mit seiner Geschichte am Ende angelangt. Die Eheleute liegen nebeneinander auf der Schlafstatt. Es gibt nichts mehr zu sagen über Beregirs Gefangenschaft oder über seine Flucht. Sie schweigen, bis die Sonne aufgeht, eine Art von Schweigen, in dem Beregirs Bilder sein dürfen. In dieser Stille hören sie einander beim Atmen zu. Meta fällt kein Urteil oder wertet etwas von dem, was geschehen ist. Die beiden halten ihn einfach aus. Gegen Morgen schlafen sie kurz ein. Dann bereitet Beregir das Frühstück, während Meta wie jeden Morgen die Eiszapfen wegschlägt, die über Nacht vor dem Eingang der Höhle gewachsen sind. Wieder führt Meta die Tiere in den Wald. Auf dem Bach findet sich eine dicke Eisschicht. Während sie mit den Tieren im Wald ist, hackt Beregir ein Loch in das Eis des Teiches und fängt zwei Forellen. Als Meta am späten Nachmittag zur Höhle zurückkehrt, bereitet Be-

regir die Fische zu. „Das Futter und unsere Vorräte werden wir morgen früh aufgebraucht haben. Ich denke, wir sollten dann aufbrechen, um zum Lavendelhof zu reiten", sagt Beregir nach dem Essen. „Traust du dir einen Tagesritt in der Kälte zu?", fragt Meta ihn. „Ich denke schon, Großmutter hat dir doch Winterkleidung für mich mitgegeben und ich habe mich gut erholt", gibt er zurück.
Sie packen ihre Sachen zusammen und gehen zeitig zu Bett. In dieser Nacht sind sie sich zum ersten Mal seit Jahren wieder körperlich nahe. Sie sind zurückhaltend, ganz so als hätten sie noch nie beieinandergelegen. Am darauffolgenden Morgen erwachen sie wieder als Mann und Frau. Die Tiere erhalten das letzte Futter, Meta und Beregir reinigen die Höhle im Morgengrauen und essen die letzten Vorräte. Dann satteln sie die Pferde. Der Ziege, die sich wehrt, binden sie die Beine zusammen und werfen sie vorne über Leias Sattel. Am langen Zügel führen sie die Tiere über den zugefrorenen Bach zum Waldrand. Dort sitzen sie auf und galoppieren über die verschneite Ebene. In der Dunkelheit erreichen sie müde, hungrig und durchgefroren den Lavendelhof, wo sie erleichtert mit einer warmen Mahlzeit willkommen geheißen werden. Beregir schläft wieder bei Meta in der Kammer. Er ist über den Winter schwermütig und hängt oft seinen Gedanken nach, doch man merkt ihm an, dass er sich langsam wieder in die Gemeinschaft einfindet. Nach Kräften wird er dabei von den Urgroßeltern und von Meta unterstützt.
Sie arbeiten alle hart, die beiden jungen Burschen sind eine große Hilfe. Um Brennholz und Licht zu sparen, gehen sie an den Winterabenden früh zu Bett. Aber auch am Tage mag die Urgroßmutter nicht allzu lange auf den Beinen sein. Sie friert selbst in der warmen Küche. Seit Beregir nun wieder draußen auf dem Hof mithilft, kann sich Meta ihrerseits mehr um den Haushalt kümmern. Die Tage werden immer kürzer und zur Wintersonnenwende feiern sie das Fest. Am nächsten Tag räuchert Meta mit der Urgroßmutter das Haus und die Ställe. Mit einem leisen Lächeln sagt die alte Frau: „Nun habe ich das also auch noch einmal gemacht." Meta schaut ihre Mutter verwundert an.

„Wieso sollst du das auch nicht mehr machen?" Doch die Urgroßmutter bleibt ihr eine Antwort schuldig und zuckt die Schultern. Etwa sechs Wochen nach der Jahreswende, als die Tage schon merklich länger werden, ist die Urgroßmutter bis zur Mittagsstunde noch nicht aufgestanden. Der Urgroßvater wirkt bedrückt. Da reicht es Meta und sie geht nach oben ins Zimmer ihrer Mutter, wickelt sie in ihre Decken und trägt sie unter dem Widerspruch der alten Frau hinunter in die Wohnküche. Sie wiegt ganz leicht in ihren Armen. Dort bettet sie sie auf die Küchenbank, sodass sie am Leben der anderen teilhaben kann. „Hier kannst du im Warmen liegen, bis das Frühjahr kommt. Dann werden deine Lebensgeister wieder geweckt und du kannst nach Inroth reisen, um deine Urenkel zu sehen", sagt Meta bestimmt und beginnt, Zwiebeln zu schälen für das Mittagessen.
„Ich werde nirgendwo mehr hinreisen, außer in die Anderswelt", antwortet die Urgroßmutter.
„Untersteh dich!", ruft Meta.
„Kind, du weißt so gut wie ich, dass ich bald sterben werde. Und das ist gut so. Ich gehe diesen Weg gerne. Wenn die Zeit gekommen ist, müssen wir Platz machen für die, die nach uns kommen. Ich habe ein wirklich gutes Leben gehabt. Ich hatte vier Kinder, von denen zwei noch leben, fünf Enkel und einen guten Ehemann. Ich habe nicht gehungert, ich habe geliebt und bin geliebt worden. Die Heilerei hat mir Freude bereitet und du und Raa, ihr seid in meine Fußstapfen getreten. Jetzt schmerzt mein ganzer Körper und ich sehne mich nach meinen Eltern, nach deiner Schwester und deinem verstorbenen Bruder Hana. Ich will heimgehen zu Ehwaz und den Altvorderen. Ich denke, ich werde sterben, wenn der Schnee in der Ebene taut." Meta hat stumm dagestanden und ihrer Mutter zugehört. Nun legt sie das Messer, welches sie gerade in der Hand hält, auf den Rand des gemauerten Herdes und geht schweigend hinaus. Sie ist wütend auf ihre Mutter und sucht ihren Vater, der Holz hackt. Zum ersten Mal fällt ihr auf, dass er gebeugt dasteht. Sie spricht ihn an und während sie mit ihm redet, stützt er sich mit der Axt auf dem Hackklotz ab. „Die Urgroßmutter redet Unsinn. Sie sagt, sie werde

bald sterben. Es ist unnötig, solche schlechten Scherze zu machen. Und es ist auch geschmacklos", schimpft Meta und wirft mit einer abfälligen Geste ihren Zopf nach hinten. Der Urgroßvater sieht ihr so lange in die Augen, bis Meta anfängt zu weinen und sich in seine Arme flüchtet. Sanft streicht ihr der Urgroßvater über das Haar und hält sie im Arm, während seine Tochter, die selbst schon Großmutter ist, schluchzt wie ein kleines Kind.

Die Tage werden länger und die Sonne wird kräftiger. Der Schnee beginnt, in der Ebene zu tauen. Im Morgengrauen singen die Vögel und die ersten vorwitzigen Knospen brechen an den Bäumen auf. Um die Mittagsstunde, wenn es warm wird auf der Bank vor dem Haus, trägt Beregir die Urgroßmutter hinaus und setzt sie dort hin. So sitzt sie Hand in Hand mit dem Urgroßvater in der Sonne, ein kleines blasses Vögelchen, das den Hals aus den Decken reckt und gemeinsam mit ihm das Pfeiflein mit dem Knaster raucht. Hier schließt sie an einem schönen Frühlingstag, der Fluss ist durch das Schmelzwasser aus den Bergen zu einem reißenden Strom angeschwollen, für immer ihre hellsichtigen Augen.

Raa kommt mit ihrer Familie, Gohor, Irmhild und Anhild und Armin, Jos und Hana und natürlich Begard mit seiner Freundin Gudrun, die im letzten Sommer auf dem Lavendelhof bei der Ernte geholfen hat, zur Beerdigung der Urgroßmutter. Alle weinen, als sie unter einem der Kirschbäume bestattet wird. Damit ihr Körper Ruhe finden kann, legt man der Toten einen großen Stein auf die Brust, denn sie ist mächtig gewesen im Leben. Danach wird gefeiert und manche Geschichte von der Urgroßmutter unter Lachen und Weinen erzählt.

Raa sieht ihren Vater seit mehr als sieben Jahren zum ersten Mal wieder. Ihre Begegnung ist für beide ergreifend. Sie ist wie das Mädchen, das er außerdem liebt, hätte es in Hochland aufwachsen können. Xola und Raa sind die beiden Schwestern, die sich nie begegnet sind, die Nacht und der Tag. Seinen Schwiegersohn nimmt Beregir kaum wahr, es sind ihm zu viele Menschen auf einmal auf dem Hof. Doch er verliebt sich sofort in seine Enkelinnen. An einem der Abende fragt er Jos, ob er mit ihm ausreiten wolle. Er habe ihm den jungen Hengst angeritten, mit dem er im vergangenen Sommer habe arbeiten wollen. Erst reiten sie schweigend, doch dann versucht Beregir, seinem Sohn zu erklären, weshalb er sich im letzten Sommer so verhalten hat, und bittet ihn um Verzeihung, die dieser ihm gerne gewährt.

Die Inrother bleiben nur eine Woche, dann kehren sie zurück zu ihrer Arbeit und in die Schule. Als sie sich verabschieden, nimmt Beregir das Amulett ab und reicht es Raa. Sie betrachtet es eine Weile. Es bedeckt gerade ihre Handfläche. „Willst du mir das wirklich schenken? Es sieht so kostbar aus. Außerdem fühlt es sich an, als wohne ihm ein Zauber inne."

„Das Amulett hat dem Führer der Ostländer gehört. Ich habe es von einer Freundin erhalten. Behalte es, denn es bringt seinem Träger Glück und Reichtum", versichert Beregir seiner Tochter. „Nimm es als verspätete Hochzeitsgabe." Raa streift das Geschenk ihres Vaters über ihren Kopf. Sie wird es zu ihren Lebzeiten nicht mehr abnehmen.

Nachdem die Verwandten und die Kinder wieder nach Inroth gezogen sind, kehrt bis zum Frühjahrsmarkt Ruhe ein auf dem Lavendelhof.

Begard wird nach dem Frühjahrsmarkt nun doch endlich zu seiner Wanderschaft aufbrechen.

Hana und Gudrun, die dieses Jahr die Schule abschließen werden, werden zusammen mit Begard sich aufmachen nach Freistatt am Nordmeer, um frühestens im Herbst zurückzukehren. Doch in Freistatt spürt Hana, dass Gudrun und Begard lieber zu zweit reisen möchten. Hana entdeckt seine Liebe zum Meer und heuert für zwei Jahre als Matrose an auf einem Segelschiff, das zu einer Forschungsreise über die sieben Meere aufbricht. Tatsächlich kehrt er erst vier Jahre später zurück, bepackt mit Erlebnissen und Erfahrungen und beginnt seine Ausbildung als Schmied bei Gohor. Manchmal packt ihn jedoch das Fernweh und die Sehnsucht nach einem unverstellten

Blick bis zum Horizont, weshalb er nach Jahren des inneren Kampfes Inroth verlassen und in Freistatt sesshaft werden wird.
Zurückgekehrt von ihrer Reise heiraten Gudrun und Begard in Inroth, wo sie auch leben werden. Begard wird Mitglied der Leibwache der Königin. Er macht seine Arbeit gerne, denn es herrscht Frieden in Hochland. So ist es einfach, Soldat zu sein, und er kann sich nicht vorstellen, Bauer zu werden.
Beregir übermittelt die Nachricht davon, dass die Ostländer ohne Führer sind und erstellt eine Karte der Ostlande. Nach den Beschreibungen Beregirs werden einige Feldzüge von Truppen aus dem Südlichen Land und von den hochländischen Truppen in das Feindesland unternommen, um die dort noch gefangenen hochländischen Sklaven zu befreien. Hier stellt Begard fest, dass es nicht gut ist für die Seele, wenn man einem Menschenbruder das Leben nimmt. Der erste Mensch, den er tötet, ist ein Wachposten, der auf einem Felsen steht. Begard schleicht sich hinterrücks an und schneidet dem Fremden die Kehle durch, während er ihn packt und ihm den Mund zuhält. Der Mann verblutet und es dauert in den Augen Begards eine Ewigkeit, bis er gestorben ist. Währenddessen klammert sich der Ostländer wie hilfesuchend an ihn. Nächtelang träumt Begard schlecht und erwacht schweißgebadet. Auch wenn er für einen vermeintlich guten Zweck tötet, kann er in Wahrheit keinen Unterschied fühlen zwischen dem Töten, um die hochländischen Sklaven zu befreien, und einem gewöhnlichen Mord.
Zu seinem großen Glück reitet eines Tages eine Abordnung von Ostländern in das Lager der schwer bewaffneten Allianz aus Hoch- und Südländern. Nach einer kurzen Verhandlung werden die Freigabe der verbliebenen hochländischen Sklaven und der Abzug der hochländischen und südländischen Truppen aus den Ostlanden vereinbart. So können die Ostländer ihre Kultur erhalten, denn unter den Schwerthieben der Menschen aus dem Westen sind viele gefallen. Unter anderem auch Geta, deren Lager eines Tages von Begards Truppe überfallen und die von einem verirrten Pfeil getroffen wird. Im Sommer kommen wie immer die Erntehelfer aus Inroth und nach

dem zweiten Geburtstag der Zwillinge wird auch Raa mit ihren Kindern in der Erntezeit auf dem Lavendelhof mithelfen. Beregir wird jedes Jahr, nachdem die Ernte eingebracht ist, in der Höhle unter dem Wasserfall wohnen, bis die Kälte ihn nach Hause treiben wird. In den folgenden fünf Jahren werden die Kinder erwachsen werden, selbst der kleine Jos wird zu einem stattlichen Jüngling heranwachsen und auf seiner Wanderschaft nach Ignanstochter reisen. Dort wird er in der Herberge seiner Tante mithelfen und begeistert sein von dieser Arbeit.

Er wird Wirt werden und seine Cousine Irmgart heiraten.

Der Urgroßvater stirbt vor Beregir, zwei Jahre nach seiner Frau. Sie beerdigen ihn neben ihr und nun sind Meta und Beregir im Winter allein mit den Helfern auf dem Hof. Selbst wenn sie sich in der kalten Jahreszeit zwei junge Leute aus Inroth auf den Hof holen, ist die Arbeit kaum zu schaffen. Im vierten Jahr nach Beregirs Rückkehr nähert sich dem Lavendelhof ein Reiter mit einem Handpferd. Es ist der kleine Beregir, der mit seinem besten Hengst einen Platz sucht, an dem er eine Pferdezucht beginnen kann.

Er wird auf dem Lavendelhof herzlich willkommen geheißen.

In seiner Not wandte sich Berngang an seine Eltern. Er bat darum, ein Bär sein zu dürfen, um mit einer Bärin zu leben. Die Eltern berieten sich drei Tage lang, bis sie es ihm schließlich gestatteten. Lug gab Berngang fünf Messer in jede Hand und eine große Höhle im Wald.

Kapitel 21

Etwas mehr als sechs Jahre sind vergangen seit dem Treffen der Heiler, an dem seine Liebe aus Hochland teilgenommen hat. Manchmal denkt er noch an sie, was aber kein Grund wäre, nicht der einen oder anderen südländischen Schönheit den Hof zu machen.

Leider hat ihm ihre Tochter seinen Thronfolger geraubt. Ulf wundert sich über sich selbst, denn er macht sich deswegen weniger Sorgen, als es in dieser Lage angemessen wäre. Tief in ihm gibt es die unvernünftige Gewissheit, dass Meta schon eine Lösung finden wird. Vinko ist sein einziger wirklicher Freund und natürlich der Mann, dessen Namen nicht einmal er selbst kennt und der sein Leben schützt. Ulf fühlt sich sicher, als er an einem regnerischen Abend im Herbst später als sonst sein wöchentliches Bad nimmt. Eine wichtige Besprechung mit dem zukünftigen Leiter der sich gerade im Bau befindenden öffentlichen Schule hatte ihn aufgehalten. Er liegt in der Badeanstalt der Häuser der Heilung in einem der Becken und entspannt sich. Seine Leibwache hat er nach Hause geschickt, denn alle seine Feinde sind tot. Selbst Urs der Stier ist vor zwei Jahren an der Seitenkrankheit verstorben. Es ist Abend, in den Fluren der Krankenanstalt ist es ruhig. Die Kranken schlafen und die Nachtwache hat ihren Rundgang beendet.
Draußen ist es dunkel und hier brennen einige Kerzen, während der König im warmen Wasser untertaucht. Als er auftaucht, fällt ein Schatten auf ihn. Eine Frau von etwa fünfundzwanzig Jahren steht nackt am gegenüberliegenden Beckenrand. Sie ist schön wie die Nacht. Ihr Haar trägt sie zu einem Pferdeschwanz gebunden. Auf ihren hohen Wangenknochen sind vier Narben zu sehen, die ihre Schönheit noch betonen, im Kerzenschein schimmert ihre bronzefarbene Haut golden. Sie hält etwas in der Hand, das Ulf im Dämmerlicht nicht erkennen kann. Der König vom Berg blinzelt, für einen flüchtigen Augenblick denkt er, er bilde sich die Erscheinung nur ein oder befinde sich in einem erotischen Traum. Die Frau lässt sich lautlos ins Wasser gleiten und bewegt sich auf ihn zu. Er ist zu überrascht, um zu verstehen oder gar um sich zu wehren. Erst als sie seine Kehle aufschlitzt, begreift er, dass das Ding, das sie in der Hand hält, ein Dolch ist und dass er jetzt sterben wird.
Die Nachtwache findet Ulf im Morgengrauen. Im selben Augenblick verlässt eine Reiterin in der Tracht der Stiere die Stadt durch das gerade geöffnete Südtor. Lugs Erbe schwimmt mit dem Gesicht nach

unten in seinem eigenen Blut.
Die Menschen vom Südlichen Land trauern eine ganze Woche um ihren König. Sie sehen einer ungewissen Zukunft entgegen, denn Ulf, Nachfahre Lugs und Beredons aus dem Haus der Eschen, liegt kaum in seinem Grab im Rund der alten Könige vom Berge Camroth, als auch schon die Streitigkeiten um sein Erbe beginnen, denn jede Sippe beansprucht den Thron für sich und führt gute Gründe dafür an.

Die Nachricht vom Tode König Ulfs wird dem Königshof in Inroth durch eine Brieftaube überbracht. An einem windigen Tag, an dem dunkle Wolkenfetzen über den Himmel jagen, erscheint ein königlicher Bote, der etwa acht Jahre alt ist und seine Aufgabe mit großem Ernst ausführt im Klassenzimmer von Olof und heißt ihn, zur Königin zu kommen. Der Klassenälteste bekommt die Aufsicht bis zum Ende des Unterrichts übertragen und Olof, dem nichts Gutes schwant, eilt zum Königssitz eine Straße oberhalb des Hauses der Bücher. Die Königin empfängt ihn nicht im Thronsaal, sondern in ihrem Wohnzimmer. Olof macht eine anmutige Verbeugung. Als wäre er nie Bauer oder Lehrer gewesen, verhält er sich sofort wieder so, wie es am Hof üblich ist, die Königin reicht ihm die Schwerthand zum Gruß, wie man es unter Gleichen tut. Ehwaz' Tochter hat graue Haare und Lachfältchen um die Augen. Normalerweise lächelt sie, doch heute blickt sie ernst. Im Kamin brennt ein Feuer, davor stehen zwei Sessel auf einem großen Teppich aus dem Östlichen Land. Olof soll in dem einen Platz nehmen, sie setzt sich in den anderen, nachdem sie ihre Zofe und die Wachen hinausgeschickt hat. Die hohe Frau gießt Tee in zwei Schalen, welche auf einem hölzernen Tischchen stehen. Sie trinken, während sie nach den richtigen Worten sucht. „Ich muss Euch eine traurige Mitteilung machen." Olof sackt ein wenig in sich zusammen. „Euer Onkel ist vor zwei Tagen verstorben." Olof ist wie vor den Kopf gestoßen.
„Aber woran ist er gestorben? Die letzten Nachrichten, die ich von ihm erhalten habe, ließen keine gesundheitlichen Beeinträchtigun-

gen vermuten, ganz im Gegenteil schien er seinem Alter entsprechend lebendig und in guter körperlicher Verfassung zu sein."
„Ihr habt völlig recht mit Eurer Einschätzung. Euer Onkel verstarb nicht an einer plötzlich aufgetretenen Erkrankung. Er wurde ermordet, von wem, weiß man nicht. Es gibt Anhaltspunkte, die darauf hindeuten, die Ostländer hätten etwas damit zu tun." Mit den Händen umklammert der Thronfolger die Lehne seines Sessels, bis die Knöchel weiß hervortreten. „Das heißt also, dass der Mörder meines Oheims nicht gefasst wurde."
„Das stimmt. Letztendlich wissen wir noch nicht, wer für diese Schandtat verantwortlich ist, und es wurde noch niemand dafür zur Rechenschaft gezogen", erwidert die hohe Frau. Zwischen Olof und König Ulf gab es aufrichtige Zuneigung. Hätte sich der König vom Berge Camroth und Herrscher über das Südliche Land nicht um seinen Neffen gekümmert, als er verwaist war, wer weiß, was aus ihm geworden wäre. Nun, da er tot ist, denkt Olof an all die Dinge, die er seinem Gönner noch hatte sagen wollen. Dass er ihm auf ewig dankbar sei, dass er ihn sehr schätze und ihn als Staatsmann und Mensch bewundere für seine Klugheit, seine Weitsicht und für seinen Humor. Die Königin sitzt still da und betrachtet ihren Gast. Er hat sich in den letzten Jahren verändert. Olof scheint erwachsen geworden zu sein. Der König und sein Thronfolger müssen sich sehr nahegestanden haben, die Nachricht vom Tod des Herrschers scheint Olof mitzunehmen. „Es wird schwierig werden für uns alle, nun, da Ihr Euch von der Königswürde abgewandt habt. Es wird nicht lange dauern, bis sich die Stämme um den Thron streiten werden."
„Das betrifft mich nicht mehr. Ich bin Lehrer am Haus der Bücher in Inroth und kein Thronfolger mehr. Ich bin mit einer Hochländerin verheiratet", erwidert der junge Mann. „Und ich bin sehr glücklich", fügt er noch trotzig hinzu.
„Wer weiß, sein Schicksal kann niemand kennen." Diese Worte hat Olof schon einmal von einer Hochländerin gehört. Meta hat das zu ihm gesagt, als er um Raas Hand angehalten hat. Sie sitzen lange schweigend. Die Königin betrachtet ihren Gast, der seinen Gedan-

ken nachhängt, und ist so taktvoll, ihn dabei nicht zu stören. Es beginnt schon zu dämmern, während sich die Königin von dem jungen Mann aus dem Südlichen Land verabschiedet. „Ich bitte Euch, niemandem zu sagen, dass Euer Onkel ermordet wurde. Das soll ein Geheimnis bleiben. Im Augenblick seid Ihr und auch Eure Familie sicher hier in Hochland", gibt ihm die Königin mit auf den Weg.
„Meint Ihr etwa, man habe es auf meine ganze Sippe abgesehen?", fragt Olof und denkt erschauernd an seine Frau und die beiden Mädchen.
„Nun, das wissen wir nicht, in jedem Fall seid Ihr zweifach geschützt. Zum einen fällt ein Fremder in Inroth sofort auf und wird mir gemeldet und zum anderen habt Ihr Euch nicht für den Thron entschieden", und nachdem Olof sich mit einer Verbeugung zum Ausgang gewendet hat, fügt sie noch leise hinzu: „Noch nicht."

Olof hat heute Nachtschicht im Haus der Bücher, doch sein Schulleiter nimmt ihm diese Aufgabe ab, nachdem er erfahren hat, was geschehen ist.
In den Fluren der Krankenanstalt verbreiten sich Nachrichten schnell, sodass Raa schon Bescheid weiß, als sie am Abend ihrem Mann entgegengeht, denn sie kann sich denken, dass er heute keinen Nachtdienst machen wird. Ana und Beruda, die etwas mehr als fünf Jahre alt sind, begleiten sie. Wie ein sechsbeiniges Fabelwesen mit zwei Erwachsenen- und vier trippelnden Kinderbeinen sieht Raa aus, denn die Zwillinge haben sich an den Rockzipfel ihrer Mutter gehängt und sich unter deren Mantel geflüchtet vor der Abendkälte. Der Nachtwächter entzündet die Lampen in den Straßen und die Menschen beeilen sich, nach Hause zu kommen. Der Herbst ist eine Zeit, in der man sich in Hochland einrichtet für den Winter. Vor zwei Wochen, zur Tag- und Nachtgleiche haben sich die Kinder Asche in die Gesichter geschmiert, sodass sie aussahen wie kleine Geister, und sind um Nüsse und Äpfel bettelnd durch die Straßen gezogen. Die Erwachsenen haben sich mit Freunden und Verwandten getroffen, um zu feiern und um der Toten zu Gedenken. Geschäftig treffen

die Leute die letzten Vorbereitungen für die kalte Zeit. Raa grüßt nach allen Seiten, während sie durch die Gassen geht. Kurz unterhalb des Hauses der Bücher kommt ihr Olof entgegen. Zuerst spürt er sie in seinem Bauch, dann erst hebt er den Kopf. Wie so oft ist er fast erstaunt darüber, wie schön die hohe blonde Frau ist, so als hätte er vergessen, wie Raa ist, wenn er gerade nicht mit ihr zusammen ist. Die Kinder rufen: „Papa, Papa!", und laufen ihm entgegen. Seine Frau lächelt nicht. Sie sieht besorgt aus. Inzwischen hat sich Olof daran gewöhnt, dass sich die Hochländer unter den Geschlechtern in der Öffentlichkeit berühren und so erwidert er Raas Umarmung, die sich zu ihm ein wenig hinunterbeugt und ihn auf den Mund küsst. Mit sechzehn Jahren war sie etwa gleich groß, wenn sie keine Schuhe trug, doch nun überragt sie ihn beinahe um Haupteslänge, zumal sie ihre Holzschuhe trägt. Sie fassen sich an den Händen beim Nachhausegehen. Wie kleine Zicklein hüpfen die Kinder um ihre Eltern herum. Die Stimmung ist gedrückt, was die Mädchen dazu veranlasst, zu plappern, bis ihre Mutter sie schweigen heißt. Nur einmal hat Raa Ulf kurz gesehen, vor Jahren, während er mit seiner Truppe auf dem Lavendelhof Rast machte. Damals hatte sie nur Augen für Olof gehabt, weshalb sie sich kaum an ihn erinnern kann. Zu Hause angekommen, macht Raa Feuer im Herd. Bald wird es in dem kleinen Häuschen warm. Sie bereitet das Abendbrot, das aus einer Milchsuppe mit in Butter geröstetem Hafer und Hanfsamen besteht, während Olof mit den Kindern aufräumt und ihnen die Haare mit der groben Bürste kämmt. Es gibt viel Geschrei und Gezeter dabei. Einmal die Woche hat Raa das Vergnügen, die roten Locken ihrer Töchter mit dem Läusekamm zu kämmen. Raa seufzt bei dem Gedanken daran. Ana schreit sehr viel lauter als ihre Schwester Beruda, denn sie ist die Wildere von beiden. Nach dem Mittagessen im Krankenhaus hat sie sich davongemacht und sich den halben Nachmittag mit den Buben aus ihrer Straße gerauft. Erst als ein Ärmel ihrer Tracht zerrissen und ihr erbittertster Gegner besiegt ist, kommt sie rotznäsig zu den Häusern der Heilung zurück und beschwert sich lautstark bei ihrer Mutter, die gerade einen Verband wechselt, über

die Frechheit der Jungen. Während des Abendbrotes erzählt sie nun weitschweifig von ihren Kämpfen, sodass sogar ihr trauernder Vater kurz lachen muss. Beruda hingegen ist bei ihrer Mutter, die die Leitung der häuslichen Versorgung übertragen bekommen hat, geblieben und hat geholfen, die Siechen in ihren Wohnungen zu versorgen. Obgleich sie Zwillinge sind und sich aufs Haar gleichen, könnten sie vom Wesen her nicht unterschiedlicher sein. Kurz nachdem die Kinder eingeschlafen sind, kehrt Raa noch im Haus zusammen. Olof sitzt schweigend da, ein Pfeiflein vom nördlichen Knaster schmauchend und hängt seinen Gedanken nach. Eine Weile gesellt sich Raa zu ihm. Bald gehen sie zu Bett.
Mitten in der Nacht erwacht Raa. Im Schein der Talglampe sitzt Olof am Tisch und starrt vor sich hin. Das Feuer im Herd ist erloschen. Sanft nimmt sie seine Hand, bläst das Licht aus und führt ihn im Dunkeln zur Schlafstatt, in der die Kinder warm gebettet auf ihren Fellen liegen. Im Häuschen ist es deutlich wärmer als draußen, trotzdem ist der Südländer ausgekühlt und Raa wärmt ihn mit ihrem Körper. Sie küsst ihn und dann streicheln sie einander, bis beide zum Höhepunkt kommen. Seit Raa im letzten Jahr beinahe bei der Geburt eines Sohnes, der tot zur Welt kam, verstorben wäre, schlafen sie nur noch mit einander, wenn Raa ihre Tage hat. Bevor sie blutet, reibt sich Raa jeden Monat den Bauch mit Salbeiöl ein und massiert ihre Daumenballen, damit eine etwaige Schwangerschaft abgeht. Der Tod des Kindes war für beide Eltern nicht leicht zu verkraften, doch sie haben schon zwei Kinder, was in Hochland als ideal erachtet wird. Olof hätte gerne einen Sohn, ist aber andererseits froh, dass er Raa nur mit den Zwillingen teilen muss.
Am nächsten Morgen schickt Raa ihrer Mutter eine von Gohors Brieftauben. Sie weiß, dass Meta und der König sich nahegestanden haben.

Es ist Herbst, die Lachse ziehen den langen Fluss hinauf zu ihren Laichgründen und die Bäume sind kahl. Beregir, der vor mehr als fünf Jahren auf den Lavendelhof zurückgekehrt ist, wohnt seit zwei

Wochen in der Höhle unter dem Wasserfall, wie immer in dieser Jahreszeit, soll aber bald aus dem Wald zurückkommen. Es ist kalt geworden in Hochland. Letzte Woche kam Meta vom Herbstmarkt zurück, zu dem sie mit Raas Kindern geritten war. Die Zwillinge hatten den Sommer auf dem Hof verbracht. Die Natur macht sich bereit für den Winter.

In dieser Nacht träumt Meta seit Längerem wieder einmal von Ulf. In ihrem Traum steht Ulf mit dem Rücken zu ihr in einem gekachelten Raum. Er ist nackt und hält in seiner rechten Hand einen Dolch. Auf einmal beginnt Blut, aus den Ritzen zwischen den Kacheln zu quellen. Das Blut steigt höher und hat bald Ulfs Knie erreicht. Der König steht unbeweglich da und hält den Dolch in der ausgestreckten Hand. Er muss sich in Sicherheit bringen, sonst wird er ertrinken. Als das Blut seine Brust erreicht hat, wendet sich Ulf zu Meta um. Lächelnd streckt er ihr seine linke Hand entgegen. Rotes dickes Blut tropft von ihr herab und er sagt: „Blut ist dicker als Wasser." Da entsteht ein Strudel in dem See und reißt den König mit sich. Meta schreit laut auf. Im Morgengrauen erwacht sie an ihrem eigenen Schrei. Sie ist schweißgebadet und hat einen bitteren Geschmack im Mund. Den ganzen folgenden Tag steht sie ein wenig neben sich. Sie fischen am Morgen Lachse, nehmen sie aus, salzen sie und hängen sie in Streifen geschnitten in den Rauchfang. Der kleine Beregir und zwei Erntehelfer aus Inroth dreschen am Nachmittag das Getreide, während Meta im Waschhaus einheizt und die Wäsche wäscht. Dann nimmt erst sie und anschließend nehmen die Männer ein Schwitzbad, während zwei fette Lachse im Ofen vor sich hin brutzeln.

Vier Tage später erreicht eine Brieftaube von Raa den Lavendelhof mit der Nachricht, dass der König gestorben sei. Hochland trauert um Ulf, doch am meisten trauert Meta. Sie kann sich niemandem mitteilen und frisst ihren Kummer in sich hinein. In ihrem Leben hat es nur zwei Männer gegeben und insgeheim hat sie gehofft, dass sie Ulf noch einmal hätte sehen können. Eines Abends, der kleine Beregir und die jungen Leute aus Inroth sind schon zu Bett gegangen, entzündet sie ein Talglicht, setzt es auf ein großes Rindenstück und

lässt es auf dem Fluss dem Meer zu schwimmen. Sie verabschiedet sich innerlich von ihm, seine Hände sind noch einmal auf ihrem Körper, sein Mund auf ihren Lippen. Meta weint lange, dann streicht sie sich eine Strähne ihres Haares, das sich langsam grau färbt, aus dem Gesicht. Sie geht zurück zum Haus und legt sich in ihr Bett. Lange liegt sie in dieser Nacht wach.
Beregir müsste eigentlich die Tage zurückkommen. Bis übermorgen wird Meta noch warten, dann muss sie zur Höhle reiten, um nach Beregir zu sehen.

Da Meta zu einem Sterbenden gerufen wird, neben dessen Bett sie vier Tage ausharrt, verzögert sich ihr Ritt zur Höhle um fast eine weitere Woche. Einen halben Tagesritt flussabwärts liegt das kleine Gehöft eines jungen Ehepaares mit seinen vier Kindern. Der Sterbende ist der Familienvater, der sich bei der Arbeit auf dem Feld eine große verschmutzte Fleischwunde zugezogen hat, als die Pferde vor dem Wagen durchgingen. Meta schneidet die vier Tage alte Wunde aus, trotzdem entwickelt der junge Mann eine Abneigung gegen Wasser, beginnt zu grinsen und zu krampfen. Meta entnimmt mit dem Einverständnis des Kranken seiner Wunde ein kleines Tonfläschchen Wundsaft, den sie später mit Schnaps aufkocht für die Feiung der Schulkinder. Ein Tropfen des Wundschnapses wird in einen Becher Wasser gegeben und aus diesem Becher erhält jedes Kind einer Schulklasse einen Tropfen in seinen Becher, welcher ebenfalls mit Wasser gefüllt ist[5]. Meta zuckt mit den Schultern bei dem Gedanken daran. Vielleicht hilft es den Kindern später im Leben, nicht an Wundstarrkrampf zu versterben. Es ist kein schöner Tod, den der Bauer stirbt. Die Heilerin tut ihr Bestes, um ihm das Sterben zu erleichtern mit Tee vom südlichen Hanf und Bilsenkraut, doch der Mann erlebt alles ganz bewusst. Zum Schluss kann er nicht mehr schlucken noch atmen, letztendlich erstickt er qualvoll. Meta bleibt zur Beerdigung am nächsten Morgen, dann sind die Verwandten der Frau da. Die Bäuerin bezahlt Meta mit einem großen Schinken, den Meta gerne annimmt. Anschließend reitet sie schnell nach Hause. Den Lavendelhof erreicht sie in der Abenddämmerung. Be-

---

[5] siehe Anhang

regir ist nicht daheim.

Meta richtet ihr Gepäck noch am Abend und bricht früh auf am darauffolgenden Morgen. Der Tod scheint in diesen Tagen ein treuer Begleiter zu sein. Sie fühlt seine Anwesenheit. „So ist der Herbst, er ist der Gehilfe des Todes. Alles stirbt und macht sich bereit für die große Stille des Winters", denkt sie, als die alte Leia über die Ebene trabt, über die der kalte Herbstwind bläst. Der Regen rieselt vom Himmel. Meta weiß, dass jeder seinen eigenen Tod sterben muss und dass kein Heiler der Welt den Menschen vor dem Tod retten kann. Mit Vindus Segen kann man ihn ein paar Jahre hinauszögern, dennoch ist Meta immer, wenn der Tod einen ihrer Kranken nimmt, betroffen und fast so etwas wie verärgert. Sie fühlt mit der Witwe und ihren Kindern und wie jedes Mal kommt auch hier der Tod des jungen Vaters zur Unzeit.

Je mehr sie sich der Höhle nähert, desto unheilvoller werden ihre Ahnungen.

Die Höhle ist leer und kalt. Beregirs Frühstücksschale steht auf dem Tisch, die Essensreste darin sind schimmelgrün. Der Stellplatz der Tiere ist verlassen. Hier ist seit längerer Zeit kein Tier gewesen, es gibt keinen frischen Mist auf dem Boden. Das Bett ist gemacht, Beregirs Waffen lehnen an der Wand neben der Schlafstatt. Es sieht so aus, als hätte Beregir sein Bett gemacht, gefrühstückt und wäre mit den Tieren in den Wald gegangen, um nicht zurückzukehren. Meta versorgt Leia, nimmt ihren Bogen und ihren Speer und sieht nach an allen Plätzen, an denen sich gutes Futter für die Tiere findet. Der Wald riecht nach modrigem Holz und feuchtem Laub. Die Rinde der Bäume glänzt regennass. In der Dämmerung entdeckt sie die Ziege und Beregirs Hengst auf einer Waldlichtung. Beide wirken verstört, lassen sich aber von Meta einfangen und folgen ihr zur Höhle. Es ist schon dunkel und es macht keinen Sinn, weiter zu suchen. Meta versorgt die Tiere. Sie macht Feuer, bringt aber keinen Bissen hinunter. Sie ist sich sicher, dass ihrem Mann etwas zugestoßen ist. In aller Frühe bricht sie am nächsten Morgen auf, um ihn zu finden. Nebelschwaden hängen wie Geister zwischen den Stämmen und schlucken ihre Rufe. Am frühen Nachmittag, nachdem sich der Nebel verzogen hat, erreicht sie die Stelle, an der sie Ulf zum ersten Mal begegnet ist. Sie geht zum Seeufer und stößt unwillkürlich einen Schrei aus. Beregirs Kleider liegen ordentlich zusammengelegt auf den Steinen am Wasser. Kaum dass die Kleider zu sehen sind, Meta stolpert über sie. Sie sind fast mit den Steinen verwachsen, vom Regen nass geworden, getrocknet, wieder durchnässt. Das Tuch ist schmierig und beginnt unten im Haufen zu verwesen. Meta steht eine Weile still, dann setzt sie sich auf die Steine und schaut im Nieselregen auf das Wasser hinaus. Ihr Haar ist feucht und ihre Kleider sind bis auf die Haut klamm. Die Kälte kriecht in ihr Fleisch. In diesem Augenblick, in dem sie begreift, dass ihr Ehemann und der Vater ihrer Kinder vor einiger Zeit beim Baden ertrunken sein muss, wird Meta zu einer alten Frau.

Zehn Tage, nachdem Raa ihrer Mutter eine Brieftaube mit der Nachricht vom Tode König Ulfs gesandt hat, kommt Gohor spätabends in ihr Häuschen. Schon als er über die Schwelle tritt, weiß Raa, dass er ihr eine Todesbotschaft überbringen wird. Die Zwillinge fallen ihm um den Hals, sie lieben den riesigen rothaarigen Mann, der immer lustige Geschichten erzählt. Doch heute weiß Onkel Gohor keine lustige Geschichte, ganz im Gegenteil berichtet er, er habe von ihrer Großmutter eine Nachricht erhalten. Ihr Großvater, Mamas Papa sei ertrunken. „Meta hat seine Kleider am Ufer des Sees gefunden, doch von Beregir findet sich keine Spur. Deine Mutter hat tagelang nach ihm gesucht, aber wir glauben, er ist ertrunken", sagt der große Mann und zuckt hilflos mit den Schultern, auf jedem Schenkel ein Mädchen balancierend. Raa ist kalkweiß. Sie stellt die Schale mit den Brotfladen auf den Rand des Herdes und setzt sich auf den Boden. Das Gesicht auf den Knien, eine Hand um die Schienbeine geschlungen, die andere hält das Amulett umfasst, beginnen ihre Schultern zu zucken. Das ist für die Kinder sehr schwer zu ertragen. Sie umarmen ihre Mutter, streicheln ihr den Kopf und reden dum-

mes Zeug wie: „Mama, du musst nicht weinen, Opa ist jetzt glücklich in der Anderswelt. Vielleicht sind ihm dort sogar seine Finger nachgewachsen." Olof hat Nachtdienst im Haus der Bücher. So ist die junge Mutter in dieser Nacht allein mit ihren Kindern und mit ihrem Schmerz. Sie wünscht sich, sie hätte mehr von ihrem Vater gehabt, wünscht, die Ostländer hätten ihn nicht verschleppt, sodass sie hätte mehr Zeit mit ihm verbringen können.
Es wird keine Beerdigung geben, denn es gibt keinen Leichnam. Meta wird im nächsten Frühjahr eine Feier zu Beregirs Ehren abhalten. Sie wird seine Kleider verbrennen und sagen, dass sie glücklich sei und dankbar, dass sie mit ihm noch ein paar gute Jahre haben durfte, nachdem er aus dem Östlichen Land zurückgekehrt ist.
In diesem Winter geht Raa der alten Laka zur Hand, deren Sohn Wunjo, mit zwanzig anderen im letzten Herbst aus der Sklaverei bei den Ostländern nach Inroth zurückgekommen ist. Er ist verstört, wie Beregir es war, und es dauerte einige Zeit, bis er sich wieder in Hochland zurechtfindet. Raa verschreibt Tee von Johanniskraut und Lavendelblüten, was zumindest ein wenig hilft. Einmal die Woche gehen alle ehemaligen Unfreien zur Königin von Hochland und berichten von ihren Erlebnissen, was für diese kaum auszuhalten ist. Im Thing wird darüber beraten, wie es den Blinden ermöglicht werden kann, dass sie sich ihren Lebensunterhalt verdienen können. Die, die noch arbeiten können, werden in der Näherei oder in der Wäscherei untergebracht. Lakas Sohn übernimmt deren Webstuhl.
In diesem Winter schmeckt Inroth für Raa nach Abschied. Eine Zeit lang glaubt sie, sie werde vielleicht im nächsten Jahr sterben, doch sie spürt nicht den nahenden Tod, sondern nur eine leise Wehmut, wenn ihre Kinder im Hochwinter mit den anderen Kindern ihre Schlitten zusammenbinden und in den Gassen talwärts sausen. Sie seufzt und fühlt die Ahnung von etwas Kommendem, wenn sie mit ihrem Mann und den Kindern an den Sonntagen über die Ebene reitet und Inroth auf dem Hügel liegen sieht. Beruda und auch Ana wachsen und gedeihen hervorragend in dem hochländischen Klima. Raa liebt Hochland und seine freie Lebensart und alles in ihr klam-

mert sich daran fest.

Nur Olof ist manchmal wie abwesend und häufig kurz angebunden mit den Kindern und auch mit Raa. Die schiebt seine schlechte Stimmung auf die Trauer um den geliebten Onkel, doch im Grunde weiß sie, dass ihr Mann Lugs Erbe ist und seiner Bestimmung folgen muss, um die Einheit der Stämme zu erhalten, und dass es das ist, was ihn umtreibt.

DRITTER TEIL

RAA

Ehwaz musste jedoch nun, ohne Mann, das Südliche Land verlassen. Am Tag ihres fünfzehnten Geburtstages gab Ana ihrer Tochter ein Schwert zu ihrem Schutz: „Mögest du es nie gebrauchen müssen", sagte die Mutter ihr zum Abschied, „falls doch, mögest du siegreich sein." Ihr Bruder Beredon versprach, ihr für alle Zeit zu Hilfe zu eilen, falls sie derer bedürfe.

Kapitel 22

An einem lauen Spätsommerabend, nicht ganz ein Jahr nach Ulfs Tod, gehen Raa und Olof mit den Kindern nach dem Abendbrot spazieren. Freunde, die vor deren Haustüre sitzen, laden die beiden ein, mit ihnen Apfelwein aus dem letzten Jahr zu trinken. Die Kinder spielen auf der Gasse mit den vielen anderen Kindern, die jetzt noch draußen sind an den langen Tagen, denn schlafen muss man im Winter noch genügend. Bis es dunkelt, scherzen und lachen Olof und Raa mit Briga und Birgasohn. Man spürt langsam, dass die Tage kürzer werden. Nachdem die Sonne untergegangen ist, bedanken und verabschieden sie sich und sammeln die Zwillinge wieder ein. Sie machen sich auf den Heimweg. Viele Menschen sind noch unterwegs und sie grüßen immer wieder Bekannte und Freunde. Raa hält Anas Hand, während Olof Beruda, die eingeschlafen ist, auf dem Arm trägt. Raa lächelt Olof an. Später wird sie sich an die Jahre in Inroth erinnern als ihre glücklichste Zeit. Wie sehr sie diesen Menschen liebt. Alles würde sie für ihn tun. Nach wenigen Hundert Schritten will auch Ana getragen werden. Die junge Mutter lässt sie auf ihren Rücken steigen, die Beine des Kindes um ihre Hüfte geschlungen. Sie neigt den Oberkörper nach vorn und verschränkt die Hände unter dem Gesäß des Mädchens. Bald ist auch Ana eingeschlafen. Als sie in ihre Gasse einbiegen, verstummen die beiden zahnlosen Waschfrauen, die wie immer vor dem Wasch- und Schwitzhaus sitzen und den hübschen jungen Männern hinterherschauen, um ihnen Worte des Lobes zuzurufen. Sie folgen dem jungen Paar mit ihren Blicken. Freundlich grüßen Olof und seine Frau in ihre Richtung. „Weißt du, was mit den beiden los ist? Sonst kannst du dich doch kaum vor ihren Schmeicheleien retten", fragt die junge Mutter.

„Wahrscheinlich werde ich alt", erwidert ihr Mann, doch seine Frau lacht nur. Mit dem Fuß schiebt Raa das Gartentor auf und die Haustüre. Die Hühner gackern. Im Dunkeln legen die Eltern sanft ihre Kinder ins Bett. Dann entzündet Olof eine Talglampe und Raa schreit auf und zieht ihr Schwert. An ihrem Esstisch sitzen zwei Fremde auf den roh zusammengezimmerten Stühlen. Auf ihre Mäntel sind Eschenzweige gesteckt. „Balto, Frolof, was macht ihr denn hier?", ruft Olof aus und Raa erkennt die beiden Männer aus der Leibwache König Ulfs, die vor Jahren auf dem Lavendelhof Rast gemacht haben und die mit ihrer Mutter über das Gebirge geritten sind. „Wir bringen Nachricht aus Steinstadt. Niemand weiß, dass wir hier sind. Morgen früh werden wir die Königin um Hilfe ersuchen." Raa schiebt ihr Schwert wieder zurück in die Scheide. Die Männer verneigen sich vor ihr. „Ich kannte Eure Mutter. Eine Frau mit Pferdeverstand", sagt Frolof anerkennend. Da lacht Raa. „Das ist wohl wahr. Eine der Leidenschaften, die meine Eltern teilten." Für einen kurzen Augenblick wird sie nachdenklich, dann sagt sie: „Ihr müsst hungrig sein und müde." Die Herrin des bescheidenen Heims entfacht ein Feuer im Herd und wärmt Suppe aus gerösteten Hanfsamen, die noch vom Abendbrot übrig ist, mit Milch und Gewürzen. Was Olof über seine Heimat von den beiden erfährt, gefällt ihm nicht. „Seit König Ulf vom Berge Camroth tot ist, streiten sich die Stämme um die Herrschaft. Das Reich zerfällt. Im Schloss werden Feste gefeiert und die einfachen Menschen müssen sie ausrichten. Die königlichen Felder liegen brach. Niemand sät auf ihnen das Korn, noch wird es in diesem Jahr auf den Feldern der Stadt eine Ernte geben. Die Leute murren und warten darauf, dass endlich ein

König den Thron besteigt", berichtet Frolof. „Aber die Wölfe sind die Truchsesse des Throns. Sie verwalten Lugs Reich, bis ein Erbe von Beredon, der Esche, die Herrschaft über Camroth fordert", wirft Olof ein.
„Ja, aber der Älteste aus dem Stamm der Wölfe, Borg, ist verschollen in den Sümpfen und sein Vetter Wolfgang ist ein guter Jäger, aber er ist ein schwacher Herrscher", erwidert Balto. „Er weist die anderen Edelleute von den Stämmen nicht in ihre Schranken. Sie plündern die Schätze des Königssitzes, wenn er sich umwendet."
„Ich kann mir vorstellen, dass die anderen Stämme die Lage nutzen, um ihre Macht auszudehnen", sagt Raa. Die Männer sehen sie erstaunt an.
„Ihr sprecht wahr", meint Balto, „zur Tag- und Nachtgleiche wollen die Stämme einen neuen König wählen. Das ist in wenigen Wochen. Dennoch gibt es in Camroth noch einige, die treu zu Euch stehen." Er zögert. „Olof, wir bitten dich, kehre zurück nach Steinstadt und nehme dir, was dir gehört. Fordere den Thron." Olof schweigt lange. „Ich kann nicht. Vor Jahren habe ich mich gegen den Thron entschieden. Mir sind die Hände gebunden." Raa legt ihm eine Hand auf die Schulter. Ihr Mann sitzt da und ballt seine Fäuste. In dem Augenblick, in dem sie Olofs Verzweiflung spürt, fasst sie einen Entschluss. Die Reisenden verabschieden sich spät in der Nacht. Sie werden von niemandem gesehen, als sie sich davonschleichen und zu ihrer Herberge gehen. Nur Wunjo, Lakas Sohn, hört ihre heimlichen Schritte und fühlt die Gegenwart der Fremden in der Gasse, die aus Raas Haus gekommen sind. Doch Raa ist ein Engelwesen, das spürt er genau, deshalb können die Fremden keine schlechten Menschen sein. Er dreht sich um auf seiner Bettstatt und hört das Schnarchen seiner Mutter. Schnell schläft er wieder ein.
Raa liegt die ganze Nacht wach, und auch Olof findet keinen Schlaf. Noch vor dem Morgengrauen steht sie auf und schnürt sich ein Bündel. Raa nimmt nur leichtes Gepäck und wenig Wegzehrung mit. „Was tust du?", fragt Olof.
„Ich muss dringend zum Lavendelhof reiten. In drei oder vier Tagen

werde ich zurück sein, bitte kümmere dich um die Kinder", erwidert Raa, küsst die schlafenden Mädchen und geht zum Stall des Viertels, wo ihre Stute Berkana, „Birke", und Olofs Stute Jeran, „das gute Jahr", stehen. Sie sattelt die beiden Pferde, denn sie nimmt Olofs Stute als Handpferd mit. Es ist noch sehr früh am Morgen, als Raa als erste Reiterin an diesem Tag Inroth durch das Südtor verlässt. Sie rastet nur einmal gegen Abend. Beim Durchqueren eines Bachlaufes füttert und tränkt sie die Tiere und ruht sich ein wenig aus. Nach zwei Stunden steigt sie auf Jeran und trabt in der Abenddämmerung wieder an. Die ersten Sterne beginnen zu verblassen, während sie den Lavendelhof erreicht. Sie will gerade rufen, man solle die Zugbrücke hinunterlassen, da steht Meta schon am anderen Flussufer und beginnt, das Rad zu drehen, an dem die Zugbrücke aufgehängt ist. Sie hat gespürt, dass ihre Tochter kommen wird. Die Frauen umarmen sich zur Begrüßung. „Mutter, ich brauche deine Hilfe."

„Ich weiß Kind, aber so komme doch erst einmal herein. Ich versorge die Pferde. Du gehst jetzt in die Küche und isst und trinkst etwas. Dann werden wir reden." Doch sie reden erst später, denn Raa liegt schlafend auf der Küchenbank, als Meta aus dem Stall zurück ins Haus kommt. In der Abenddämmerung erwacht Raa vom Klappern der Töpfe, während Meta das Essen zubereitet. Ihr ganzer Körper schmerzt von dem langen Ritt und vom Schlaf auf der harten Bank. Der kleine Beregir kommt gerade in die Stube und im ersten Augenblick denkt Raa, er sei ihr Vater, denn der kleine Beregir und sein verstorbener Onkel sind einander wie aus dem Gesicht geschnitten. Er lächelt sie an. „Na Base, endlich aufgewacht?"

„Ist es schon Abend?", fragt sie erschrocken zurück.

„Das macht nichts, denn du kannst nicht vor morgen in der Frühe zurückreiten. Deine Pferde sind erschöpft. Und du bist es offensichtlich auch", sagt ihre Mutter. Die Erntehelfer, unter denen sich auch Begard und dessen Familie befinden, treten in diesem Moment durch die Türe. Es gibt eine freudige Begrüßung. Nach dem Abendbrot, bei dem alle mit Appetit zulangen, treibt Raa zusammen mit ihrer Mutter die Tiere über die Zugbrücke zurück in den Stall. Nun hat sie Gelegenheit, Meta zu berichten. Diese kann sich lebhaft vorstellen, wie es im Augenblick am Hof in Camroth zugeht. Sie füttern die Tiere. Meta betrachtet ihre Tochter, die jetzt eine erwachsene Frau ist, während die mit einer hölzernen Heugabel den Pferden Stroh hinwirft. Sie hält sich gerade und Meta weiß mit einem Mal, dass Raa schon immer eine Königin war und nur zufällig auf einem Bauernhof aufgewachsen ist. Mit einem Mal weiß Meta, was zu tun ist, und sie weiß auch, dass die Königin von Hochland es weiß. Sie lässt ihr Mädchen ausreden, dann sagt sie: „Morgen früh reiten wir im Morgengrauen nach Inroth. Wir werden der Königin unsere Aufwartung machen. Komm, wir baden uns noch im Fluss, dann gehen wir zu Bett."

Erholt brechen Meta und Raa in aller Frühe auf. Begard begleitet die beiden Frauen. Meta hat sich eine junge Stute zugeritten, die Eisa, „Eis", heißt wegen ihrer blaugrauen Farbe. Sie möchte ihren Enkelinnen, die bald über das Gebirge reiten werden, die alte Leia schenken, die die beiden Mädchen sicher in das Südliche Land tragen wird. So trabt Leia vergnügt als Handpferd neben Meta und der jungen Eisa her. Am Abend besteht Meta gegen Raas Willen darauf, die Nacht über zu rasten, denn ihre Knochen schmerzen und die Pferde sind erschöpft.

Am späten Nachmittag des darauffolgenden Tages erreichen die beiden Frauen mit Begard Inroth. Es ist Abendbrotzeit. Meta reitet nahezu ungesehen durch die leeren Gassen den Hügel hinauf zum Königssitz. Dort werden sie von Elhaz, der heute Abend mit zwei anderen Wachen Dienst tut, mit den Worten begrüßt: „Endlich, die Königin erwartet euch schon." Er geleitet die drei zum Thronsaal, in dem nur eine kleine Versammlung von wenigen Leuten um den Thron herumsteht, die Königin in ihrer Mitte. Gohor und Hana wurden herbestellt, Frolof und Balto sind da, Olof und die Zwillinge und selbstverständlich die beiden erwachsenen Kinder der Königin. Die Reisenden werden willkommen geheißen, Meta, Raa und Begard verneigen sich vor der hohen Frau. Man reicht ihnen einen Becher

Wasser und einen Becher mit Wein, die sie ihrerseits herumreichen. Nach und nach verstummen die Gespräche. Meta atmet tief ein und aus und tritt vor die Königin von Hochland. Sie kniet nieder, ihre Familie bildet einen Kreis um die beiden Frauen.

So wird Meta im Rahmen einer kleinen Feier in aller Heimlichkeit zur Fürstin vom Lavendelhof ernannt. Die Königin setzt einen silbernen Reif, in den ein lila Stein eingelassen ist, auf das Haupt der vor ihr knienden Meta. „So ernenne ich Kraft des mir verlichenen Amtes nun dich, Meta, zur Fürstin vom Lavendelhof. Bisher gab es in Hochland keine Edelleute bis auf den König und der Königin als zweien unter Gleichen. Ihr habt nun ein Amt inne als Vertreterin Hochlands am Hofe in Camroth, als Heilerin und als Beschützerin des Königshauses. Euer Titel und Euer Amt sollen auf Eure älteste Tochter übergehen und auf deren älteste Tochter und so fort." Als Meta sich erhebt, klatschen alle Anwesenden und trinken auf das Wohl der Fürstin. Raa, die nun eine Fürstentochter ist, und Olof aus dem Hause Beredons, Erbe Lugs von Camroth und Herrscher über das Südliche Land fassen einander bei den Händen und geben einander im Beisein der Königin von Hochland, Ehwaz' Erbin und Mutter von Pferden und Menschen, das Eheversprechen. Von nun an ist Olof mit einer Frau aus einem adligen Haus verheiratet. Er ist rechtmäßiger König.

Keiner der Anwesenden darf aus dem Thronsaal hinaustragen, was hier geschehen ist, nicht einmal Gohor darf Irmhild oder Anhild etwas erzählen. Die königliche Familie wird in zehn Tagen reisen. Vordergründig nach Ignanstochter zu Onkel Jos. Niemand wird sich wundern. Sie werden nur Gepäck mitnehmen, das man für eine solche Reise braucht, und natürlich die Geschenke für den Onkel. Balto und Frolof werden sie begleiten, Begard und neun weitere Soldaten der königlichen Leibwache werden auf dem Lavendelhof zu ihnen stoßen. Erst später wird eine Karawane mit ihrem Hausstand und mit Vorräten für den Winter in Steinstadt folgen. In den folgenden Tagen wird Raa eine Einweisung in höfisches Benehmen und in die Pflichten einer Königin erhalten. Raa geht alles zu schnell. Ihre Ausbildung wird unvollkommen bleiben, doch ihre natürliche Anmut, ihr einnehmendes Wesen, ihre Freundlichkeit, ihre Bescheidenheit und ihre Güte werden die Südländer im Sturm für sie einnehmen, da ist sich die Königin sicher. Auch Frolof und Balto sind ihr innerhalb kürzester Zeit ergeben und würden ihr Leben mit dem eigenen verteidigen.

Am Tag vor ihrer Abreise besucht Raa Anhild, die erst vor einem Jahr einen Sohn geboren hat. Kurz darauf ging ihre Ehe mit Armin in die Brüche. Nun lebt sie mit ihrem Kind wieder bei Gohor und Anhild und tut das, was sie am besten kann: Schmieden. Sie bricht in Tränen aus, nachdem ihr Raa alles erzählt hat. Raa tröstet die Base. Sie könne ja Raa in Steinstadt besuchen, versichert diese ihr, doch Anhild beruhigt sich kaum. Lange umarmen sich die beiden Frauen zum Abschied. „Vielleicht ist es besser so", sagt Anhild. „Ja, vielleicht", meint Raa und wundert sich ein bisschen.

Die Jungfrau wanderte tagsüber und trabte in den Nächten nach Norden, denn alle Gegenden im Südlichen Land waren von ihren Geschwistern und deren Sippen bewohnt. Nachdem sie zwei Wochen über das Gebirge gewandert war, gelangte sie zu einem Felsüberhang, der ihr Schutz bot. Vor ihr breitete sich weites Grasland aus, auf dem eine Pferdeherde weidete. Sie wusste sofort, dass dies ihr Land war. Erschöpft legte sich Ehwaz nieder und schlief ein.

Kapitel 23

Im Krankenhaus meldet sich Raa für eineinhalb Monate ab, doch Lobelia lächelt wissend und tätschelt ihr die Wange. „Mein Kind, wenn du zurück bist, lebe ich nicht mehr. Aber das macht nichts. Deine Mutter und du, ihr wart meine besten Schülerinnen. Ich habe euch alles beigebracht, was man jemandem beibringen kann. Fange etwas Gutes damit an." Die uralte Lobelia wird sie wohl nie mehr wiedersehen, ebenso wenig die alte Laka. Ihr schenkt Raa alle ihre Vorräte für den Winter, überlässt ihr „übergangsweise" ihre Hühner und bittet Wunjo, sich um das Häuschen zu kümmern, während sie verreist sind. Fast glaubt sie sich selbst, dass sie bald mit ihren Kindern zurückkehren wird. Auch Gohors Werkstatt suchen sie auf, in der Hana gerade seine Lehre abgeschlossen hat. Sein Gesellenstück sind zwei Schwerter für Frauen, leicht und etwas kleiner als ein Männerschwert. Er gibt sie seiner Schwester für Ana und Beruda. „Wer weiß, wann wir uns wiedersehen werden, meine große Schwester. Ich danke dir für alles und wünsche dir zuallererst Glück auf der Reise. Ich werde im nächsten Frühjahr nach Freistatt ziehen. Mir fehlt eine steife Brise um die Nase." Raa umarmt den Bruder lange.

An einem warmen Tag, etwa drei Wochen vor der Tag- und Nachtgleiche verlassen Raa, Olof und ihre Kinder Inroth in Hochland. Die Blätter sind bunt und die Felder abgeerntet. Sie haben Gepäck für eine Reise von drei Wochen dabei.

Früh am Morgen brechen sie auf, Begard und Meta begleiten sie. Ein Maultier nehmen sie als Packpferd mit, das ihr Zelt, Proviant, den Kochtopf, Futter und allerlei Krimskrams trägt. Die Kleider der Mädchen, Raas Werkzeug zum Schneiden, vier Hufeisen, einen Spaten, zwei Schaffellschlafsäcke und Raas Kräutermischungen haben sie der alten Leia aufgeschnallt. Ana sitzt vorne auf Olofs Sattel, Beruda sitzt vor ihrer Mutter. Während die Eltern absteigen, um die Pferde zu führen, werden sich die Mädchen auf Leia setzen. Bevor sie einer Flussbiegung folgend Inroth aus den Augen verlieren, wendet sich Raa noch einmal um. Inroth leuchtet golden in der Morgensonne. Wer weiß, ob sie noch einmal hierher zurückkehren wird. Olof ist mit Ana um eine Felsgruppe herumgeritten und sind nicht mehr zu sehen. „Mama?", fragt Beruda. Verstohlen wischt sich die junge Frau eine Träne aus dem Augenwinkel. Etwas gezwungen lächelnd, um ihre Tochter nicht zu beunruhigen, wendet Raa Berkana auf der Vorhand. Noch einen kurzen Blick wirft sie über die Schulter, dann galoppiert sie an.

Sie brauchen mehr Zeit, weil sie die Kinder bei sich haben. Am Morgen reiten sie drei Stunden und über die Mittagszeit rasten sie, um am späten Nachmittag noch einmal zwei Stunden zu reiten. Frolof und Balto stoßen gegen Abend zu ihnen.
Erst nach drei Tagen erreichen sie den Lavendelhof.
Am darauffolgenden Tag reiten neun Soldaten der königlichen Leibwache, auf deren grüne Mäntel ein Pferdekopf gestickt ist, auf den Hof. Die Erntehelfer wundern sich und Begards Frau Gudrun ist nicht begeistert davon, dass ihr Mann wieder einmal für längere Zeit nicht nach Hause kommen wird. Es ist unwahrscheinlich, dass er vor dem Wintereinbruch nach Inroth zurückkehren wird. Sie streiten sich lange und ausgiebig. Gudrun ist nur zu besänftigen, indem Begard verspricht, sich auf Olofs nun frei gewordene Stelle als Lehrer im Haus der Bücher zu bewerben, wenn er aus dem Südlichen Land zurückgekehrt sein wird.
Nur drei Wochen haben sie Zeit bis zur Tag- und Nachtgleiche, bis zur Wahl des neuen Königs. Am Abend besprechen sie sich, ein Hindernis für das schnelle Fortkommen sind Ana und Beruda, doch Raa und Olof reiten auf keinen Fall ohne ihre Mädchen nach dem Südlichen Land. Meta überlegt sich kurz, mitzukommen, doch sie wird hier auf dem Hof gebraucht. Meta schenkt ihren beiden Enkelinnen je einen Bogen aus Eibenholz und zwei Lederköcher, in die ein Lavendelzweig geprägt ist.
Früh am Morgen brechen sie auf. Vierzehn Reiter und drei Packpferde schreiten über die Zugbrücke. Meta winkt ihrer Tochter lange hinterher. Sie erinnert sich, wie sie Jahre zuvor mit den Soldaten aus dem Südlichen Land über die Brücke geritten ist. Ana und Beruda sind begeistert, in ein Abenteuer aufzubrechen. Über die Mittagszeit rasten sie auf der Ebene. Trotz der elterlichen Ermahnungen spielen Ana und Beruda Fangen und toben herum, anstatt zu ruhen. Das tun sie jedoch nur die ersten beiden Tage. Nachdem sie den Wald durchquert haben, kommen sie zu der Stelle, an der Meta im vorigen Jahr Beregirs Kleider gefunden hat. Raa steigt ab und denkt an ihren Vater. Auf dem Uferweg umrunden sie den See und erreichen den

Gasthof in Thingen am See zur Abendstunde. Kaum dass die Mädchen ihr Abendbrot verspeist haben, schlafen sie ein, den Kopf auf die Tischplatte gelegt. Die Männer schmunzeln. Vorsichtig, um sie nicht aufzuwecken, tragen zwei kräftige Hochländer die Kinder zum Frauenschlafsaal, in dem noch eine Mutter mit ihren drei Töchtern übernachtet, die von Ignanstochter auf dem Weg nach Inroth ist. Raa entkleidet ihre Kinder bis auf die Hemdchen und deckt sie zu. Sie küsst sie auf die Stirn. Bisher sind sie gut vorangekommen, man wird sehen, wie es in den Bergen gehen wird. Der folgende Tag ist so warm und trocken wie die vorangegangenen. In der Mittagszeit legen sich Ana und Beruda auf ihre Sättel und schlafen. Olof muss die beiden wecken, bevor sie weiterreiten. Mühsam halten sie sich im Sattel. In der Dämmerung schlagen sie ihr Lager unter dem Felsüberhang auf, der von den Altvorderen bemalt worden war. Müde heben beide Mädchen die Gesichter zu den fremdartigen Bildern. Sie essen wenig und kuscheln sich bald in ihre Schlafsäcke. Für die Kinder ist die Reise zu anstrengend. Allen ist klar, dass sie die Etappen verkürzen müssen, und Raa besteht auf einen Ruhetag.

Am Abend des folgenden Tages sind die Kinder wieder bei Kräften. Sie erkunden ein wenig die Gegend und Ana und Beruda erlegen je ein Rebhuhn mit Pfeil und Bogen. Raa singt und kocht für alle, wie es einst Ehwaz an diesem Ort getan hat. Beim Feuer erzählt sie abends die Geschichte ihrer Ahnin. Es ist fast so, als würden die Pferde zuhören, nur das Muli benimmt sich unpassend und schreit an den spannendsten Stellen der Geschichte, sodass die Erzählerin kaum zu verstehen ist.
Im Morgengrauen brechen sie frisch und erholt auf. Es ist trocken, doch wegen des Hochnebels scheint die Welt grau zu sein. Die Gruppe reitet zügig voran durch ein schmales, steil ansteigendes Tal. Nach einer Weile befinden sie sich mitten im Nebel, sodass Raa nur schemenhaft Leia ausmachen kann, die mit ihren Töchtern vor ihr geht. Da passieren sie die Nebelgrenze und über ihnen öffnet sich ein strahlend blauer Himmel. Hochland ist unter einer weißen Woll-

decke verschwunden. Am Eingang zum Gebirgspfad legt der kommende König, der die Unternehmung leitet, einen Stein nieder im Gedenken an diejenigen, die den Weg angelegt haben und dabei ihr Leben ließen, damit jeder bequem und sicher reisen kann. Wie auch Meta einige Jahre zuvor rasten sie an der Stelle, an der die Felsen zurücktreten und den kreisrunden Platz freigeben, den ein Bächlein durchfließt. Sie kommen gut voran, denn die Brücke, vor der damals Lato scheute, wurde inzwischen erneuert. So übernachten sie auf dem Felsvorsprung, auf dem schon Meta im Schnee gerastet hat. Zwar sind die Nächte in den Bergen kalt, doch die sonnigen Tage sind warm. Der Ritt ist angenehm, die Männer sind vernarrt in die kleinen Mädchen und verwöhnen sie nach Strich und Faden. Man könnte meinen, Raa und Olof machten eine Urlaubsreise und die Tage vergehen wie im Flug. Bald sind alle von der Sonne braun gebrannt, trotz der breitkrempigen Hüte, die sie tragen, und der Sommertracht, die aus feinem Hanf gewebt ist und die Arme bedeckt. Balto und Frolof sind zunächst befangen in Gegenwart der hochländischen Reiter, die wortkarg sind und mindestens einen Kopf größer als die Südländer, doch die Männer und auch Raa sind freundlich und zuvorkommend. Es wird viel gelacht, dabei klopfen die Hochländer einander kräftig auf die Schultern, was für Frolof und Balto nicht wirklich angenehm ist. Beim Reden berühren sie einander, die Männer untereinander, aber auch Raa fasst die Soldaten während einer Unterhaltung an. Frolof und Balto finden das zunächst in höchstem Maße befremdlich. Nach ein paar Tagen haben sie sich jedoch an die hochländischen Umgangsformen gewöhnt und fühlen sich wohl in der Gemeinschaft. Nach weiteren vier Tagen Ritt haben sie Ignanstochter erreicht, welches im Sonnenschein daliegt. Raa, Olof und die Kinder reiten voraus, die Leibwache folgt nach in einigem Abstand, so als würden sie nicht zusammengehören. Sie beziehen Quartier im Gasthof von Luitgard, Irmgart und Jos, der einen Freudenschrei ausstößt, als seine Geschwister die Schankstube betreten. Wie immer, wenn Raa einen Raum betritt, verstummen für einen Augenblick die Gespräche und alle Menschen starren sie an. An den

letzten warmen Tagen im Jahr sind einige Reisende unterwegs. Das Gasthaus ist gut besucht. Jos ist mit seinen siebzehn Jahren schlaksig und schon größer als Raa und beinahe so groß wie Begard. Die zwei Jahre ältere Irmgart erwartet ihr erstes Kind von ihm. Sie trägt voller Stolz ihr Bäuchlein vor sich her und Jos legt zärtlich seinen Arm um ihre Schulter, während sie die Reisenden begrüßen. Luitgard steht wie immer gelassen hinter dem Tresen. Ruhig nimmt sie die Bestellungen entgegen. Mit einem zielgenau ausgeführten Schlag eines Holzhammers sticht sie unter dem Jubel der Umstehenden ein neues Fass Bier an. Die Kinder gehen bald zu Bett, doch die Erwachsenen feiern bis spät in die Nacht. Der angeheiterte Begard hebt an, einen Toast auf den neuen König auszubringen. „Ein Hoch auf den künftigen König vom Südlichen Land!" Fast hätte sich der betrunkene Begard verplappert, doch Olof stößt ihn unter dem Tisch mit dem Fuß an. Nach einem Blick in Olofs warnende Augen fügt er noch hinzu: „Wer immer es auch sein mag." Kurz ist es still am Tisch. Da sagt Frolof: „Wohl gesprochen. Wer immer es auch sein mag." Da trinken und lärmen sie weiter.
Zwei Tage verbringt die Gruppe in Ignanstochter. Die Familie wird in einem eigenen Zimmer untergebracht. Mittags baden die beiden kleinen Frauen mit ihrer Mutter in den heißen Quellen und werden unter heftiger Gegenwehr geschrubbt, während sich die Männer vormittags reinigen. Sie bringen ihre Kleidung und die restliche Ausrüstung auf Vordermann.
Im Familienzimmer besprechen sich Begard, Raa, Olof, Frolof und Balto, nachdem die Zwillinge eingeschlafen sind. „Wir sind gut in der Zeit. Binnen vier Tagen ist Steinstadt zu erreichen", stellt Frolof fest.
„Eine Woche bleibt noch bis zur Tag- und Nachtgleiche im Herbst. Wir können zu meiner Familie reiten. Die Kinder können bei meiner Mutter bleiben, während wir hier und die meisten Männer meines Stammes am Morgen der Abstimmung aufbrechen werden", meint Balto. „Wir werden überraschend im Thronsaal erscheinen. Die Misteln und die Falken werden für Olof stimmen, ebenso die Karp-

fen. Bei den Stieren und den Bären ist es ungewiss, und Wolfgang wird die Macht behalten wollen."

„Auch der Stamm der Pferdemenschen wird für dich stimmen", sagt da Raa, rechtmäßige Fürstentochter des Lavendelhofes und Vertreterin Hochlands in Camroth. Die Männer sehen sie an. Die künftige Königin sitzt sehr aufrecht, das blonde Haar trägt sie zum Trocknen offen. Sie ist so schön, dass der Raum, in dem die Versammlung stattfindet, schäbig aussieht, obwohl sie nur ihre einfache Tracht trägt. Das Amulett der Einen Welt liegt auf ihrem Brustbein. Die Augen der Schlange sind aus grünem Edelstein gemacht, ein Auge glitzert im Schein der Kerze und sieht beinahe lebendig aus.

Sie erhebt sich anmutig und schreitet im Zimmer auf und ab. „Wir werden bewaffnet sein und die Überraschung ist auf unserer Seite." In der Mitte des Raumes bleibt Raa stehen, den Männern zugewandt und in diesem Augenblick wissen alle, dass sie dieser Königin folgen werden, und sei es in den Tod. Beschwörend sagt sie: „Wir werden siegen. Ohne Kampf und ohne Blutvergießen für die Menschen von Steinstadt und dem Südlichen Land. Sie brauchen einen gerechten König."

„Noch mehr brauchen sie eine Königin wie dich, Raa", denkt Begard. Alle erheben sich und ziehen ihre Schwerter. Die Spitzen der Schwerter berühren sich. „Für König und Königin", schwören die Männer. „Für den König", schwört Raa.

Es ist tagsüber so heiß, dass selbst die Pferde unter ihrer Plane Schatten suchen. Streng eingeteilt haben sie ihre Wasservorräte, denn die nächste Oase liegt noch einige Tagesritte entfernt. Vor vier Tagen haben sie dem Fluss den Rücken gekehrt und sich hineingewagt in die lebensfeindlichste Umwelt, in der sich je ein Mensch bewegte. Nicht Baum noch Strauch noch ein Grashalm finden sich hier. Nur Sand türmt sich zu hohen Dünen auf. Sie reiten in den Nächten. So können sie sich an den Sternbildern orientieren und es ist kalt. Die Tage verbringen sie dösend unter ihrer Plane. Der Himmel ist von einem strahlenden Blau, die Sonne scheint so eindringlich, dass ihre Adern bläulich unter der Haut leuchten. Beregir liebt die hochländische Sonne. Im Frühjahr, nach der langen Dunkelheit des Winters, sehnt er sich nach ihr. Erst wenn sie beginnt, die Welt zu erhellen, und die Tage länger werden, wird das Leben wieder leicht. Doch diese Sonne hier muss eine andere Sonne sein. Zumindest zeigt sie sich in der Wüste von ihrer verheerenden Seite. Sie raubt den Reisenden alle Kraft. Einige Male ziehen sie an Tierskeletten vorbei. Die Hitze hat alles Fleisch von den Knochen gebrannt und sie blank und weiß im Staub belassen. Xola tut sich leichter als Beregir. Ihre Jugend kommt ihr zugute und die Tatsache, dass sie ja nur ein Leben auf der Reise kennt. Sie haben in den Morgenstunden am Fuße einer großen Düne ihr Lager aufgeschlagen und ruhen nun im Schatten. Xola hätte Wache halten sollen, doch sie muss eingeschlafen sein, denn am frühen Nachmittag fällt der Schatten von Rydamana auf das Zelt, der sich unbemerkt angeschlichen hat. Sein Gefährte ist wenige Schritte hinter ihm. Noch bevor Beregir und Xola wissen, wie ihnen geschieht, ist Beregir entwaffnet und an Händen und Füßen gefesselt.

Die beiden Ostländer treten den am Boden liegenden Hochländer mit ihren Stiefeln, während dieser versucht, seinen Kopf mit den gebundenen Händen und seine Eingeweide zu schützen, indem er die Knie zum Kinn zieht. „Wo ist Skiluros? Wie hast du es geschafft, Xola zu entführen? Wolltest du ein Lösegeld erpressen?", schreien sie ihn an. Xola steht mit weit aufgerissenen Augen daneben, wie festgefroren und unfähig, sich zu rühren. Beregir stöhnt vor Schmerzen. Sein Bewusstsein schwindet. Er ist wieder in Hochland. Er hält Metas Hand, sie sitzen am Fluss unter der Weide. Es ist still, nur der grüne Fluss gluckst manchmal leise, wenn ein Fisch in Ufernähe aus dem Wasser springt. Lange sitzen sie so. Er ist sicher schon tot, die Schmerzen in der Nierengegend sind stark. Doch halt! Wenn er tot wäre, hätte er keine Schmerzen. Am liebsten würde er in Hochland bleiben und langsam hinüberdämmern in die Anderswelt, doch nach einer unendlich langen Zeit zwingt er sich, zurückzukehren in die diesseitige Welt. Seine Augen sind von den Tritten gegen sein

Gesicht so zugeschwollen, dass er sie kaum öffnen kann, und so sieht er nur durch sehr schmale Schlitze, dass Raa – nein – Xola mit ihrem Schwert in der Hand herumwirbelt wie eine der sagenhaften frühen Kriegerinnen aus Hochland. Agathyr liegt erschlagen im Sand, seine aufgerissenen Augen glotzen Beregir an. Rydamana, der ein erfahrener Krieger ist, setzt Xola zu. In dem Augenblick, in dem er in Beregirs Richtung einem von Xolas Streichen ausweicht, tritt dieser ihm mit den gebundenen Füßen in die Kniekehlen, sodass Rydamana auf die Knie fällt. Er rudert mit beiden Armen seitlich neben dem Körper in der Luft, um sein Gleichgewicht zu halten, und gibt somit seine Deckung preis. Xola schlägt ihm, das Schwert mit beiden Händen haltend, mit einer einzigen schnellen Bewegung aus der Drehung heraus den Kopf ab. Blut spritzt auf Xola und Beregir und sickert in den Sand unter der Plane, während Rydamanas Rumpf schwer in den Sand fällt. Xola lässt sich zu Boden sinken und sitzt im Schneidersitz da, heftig atmend. Beregir ist wieder ohnmächtig geworden. Xola stürzt hinaus und übergibt sich ein paar Schritte hinter der Plane. Es ist kurz nach der Mittagszeit. Sie steigt auf die Düne und schaut bis zum Horizont. Wie ein Meer aus Sand, vom Sturm zu Wellen aufgeworfen, zieht sich die Wüste bis in die Unendlichkeit. Am Fuß der Düne, auf deren anderer Seite haben Agathyr und Rydamana ihre Pferde angepflockt. Xola bindet sie los und führt sie in ihr Lager. Sie versorgt Beregirs Wunden, dann wartet sie bis zum Abend in ihrem Unterschlupf neben den Leichen, über die sie so viel Sand geworfen hat, dass sie nicht mehr in ihrer ganzen Scheußlichkeit zu sehen sind. Erst als die ersten Sterne am Himmel zu sehen sind und es kühler wird, gräbt sie für die beiden ein Grab. Beregir hat das Bewusstsein am Abend wiedererlangt und liegt leise stöhnend in ihrem Unterschlupf. Nach zwei Tagen pinkelt Beregir kein Blut mehr. Sie müssen für vier Tage pausieren, bis Beregir wieder reisefähig ist, doch das ist nicht schlimm, denn sie haben Wasser und Vorräte für weitere vier Tage von Agathyr und Rydamana erbeutet. Dennoch ist es gefährlich, allzu lange zu verweilen, denn Xola weiß nicht, ob noch andere Verfolger ihres Stammes hinter ihnen her sind. Sie verbringt einen guten Teil der Tage auf der Spitze der Düne, von der aus sie Feinde in weiter Ferne ausmachen kann. Früher oder später werden Beregir und sie sich trennen müssen, denn sie bringen einander in Gefahr. In der vierten Nacht ziehen sie schließlich weiter. Beregir geht zu Fuß, denn das Reiten schmerzt ihn zu sehr. Xola hat einen strengen Zug um den Mund bekommen. Sie ist kein Kind mehr. Sie weiß, dass sie einem Mann das Leben nehmen kann, wenn sie es will. Sie wird nie mehr Schwäche zeigen. Kein Mann wird je mehr über sie bestimmen, das schwört sie sich während ihrer nächtlichen Reise. Beregir und Xola reden nur das Nötigste. Im Morgengrauen der vierten Nacht erreichen sie Gataka, eine Oase mitten in der Wüste. Agathyrs und Rydamanas Pferd tauschen sie gegen Wasser und Vorräte. Beregirs Wunden sind nicht ganz verheilt, doch er kann reiten. Nach drei Tagen verlässt eine Karawane mit wertvollen Ölen, Gold und Datteln beladen Gataka in Richtung Westen. Der Anführer der Karawane, Aur, ist ein Mann aus dem Südlichen Land, einer der Hauptmänner der Stiere. Fünfzehn mit Speeren und Dolchen bewaffnete Krieger begleiten den Zug. In Teilen erzählt Beregir Aur seine Geschichte und so kommt es, dass die beiden Heimatlosen nach drei Tagen Verhandlung mit den Stieren in Richtung der Steppen des Südlichen Landes ziehen. Die Ostländer haben entweder die Suche nach den Entlaufenen aufgegeben oder sie fahnden irgendwo anders nach ihnen. Jedenfalls setzen sie ihre Flucht ohne weitere Zwischenfälle fort. Xola schiebt die Gedanken beiseite, die sie sich um ihre Zukunft macht. Der Weg in ihre Vergangenheit ist abgeschnitten. Vielleicht in dem Moment, in dem sie Rydamana enthauptete. Oder in dem Augenblick, in dem Agathyr auf ihr lag und versuchte, in sie einzudringen, sie seinen Dolch zu fassen bekam und die Klinge tief in seinen Rücken stieß. Oder vielleicht, als sie ihren Vater erschlug oder schon viel früher, als sie Beregirs Geschichten aus Hochland lauschte und in ihr die Sehnsucht nach diesem sagenhaften Land und seinen Menschen erwachte. Manchmal träumt sie von ihrer Mutter. Im Traum lächelt die Mutter sie an und streicht sanft über die Wange ihrer Tochter.

Dann erwacht Xola weinend unter ihrer Plane. Wäre ihre Mutter nicht gestorben, Xolas Leben wäre anders verlaufen. Sie vermisst sie so sehr.

Gerne würde Beregir sie mitnehmen zum Lavendelhof, Meta würde sie wie eine verlorene Tochter aufnehmen, aber solange hochländische Sklaven in der Gefangenschaft der Ostländer leben, ist Xola in Hochland nicht sicher.

Die Reise nach dem Südlichen Land dauert zwei Monate durch die Wüste und durch das karge Gebirge. An ihrem Ziel angekommen, sind der Hochländer und die Ostländerin längst in der Gemeinschaft der Stiere aufgenommen worden. Beregir und Aur sind Freunde geworden. An einem regnerischen Herbsttag reiten sie am Ufer des kleinen Flusses entlang und sehen die Zelte von Aurs Sippe hinter einer Biegung auftauchen. Schreiend laufen ihnen die Kinder entgegen. Die Zelte sind so groß wie die der Ostländer und ebenfalls im Rund angeordnet, eine stattliche Rinder- und eine Schafherde weiden in der Ebene. Xola fühlt sich sofort heimisch. Zur Feier des Tages wird ein Hammel geschlachtet und das ganze Tier über dem Feuer gegrillt. Beregir und seine Begleitung aus dem Östlichen Land kommen im Zelt von Aur, der in dessen Abwesenheit Urs Ursohn vertritt, und dessen Frau Lobele mit ihren drei Kindern, unter. Die Stiere sind großzügige und freundliche Gastgeber. An den Abenden kommen viele Besucher in Aurs Zelt und lassen sich von Beregir über seine Zeit bei den Ostländern berichten. Aus Rücksicht auf Xola erzählt er nur Dinge, die die junge Frau nicht kompromittieren könnten. Eines Nachmittags kommt eine alte Frau in das Zelt ihrer Gastgeber. Sie hat Lachfältchen um die Augen und nur noch einen Zahn in ihrem Mund. Gudrun hält sich aufrecht, doch man merkt ihr an, dass sie viele Winter erlebt hat. Mühsam lässt sie sich auf einem der Teppiche am Feuer nieder. Lobele reicht Tee mit Milch in Schalen aus Horn. Man schlürft ausgiebig an dem heißen, süßen Getränk und lobt den Hausstand der Gastgeberin und das Wetter, bis Gudrun ihr Anliegen vorträgt. „Mein Mann und ich hüten gemeinsam das Zelt und den Besitz unseres Anführers, Urs Ursohn, Sohn von Brungard und Neffe von Uri Ursohn, welche gerade verstorben sind. Er wird für vier Jahre am Hof König Ulfs leben, bis er alt genug sein wird, um den Stamm zu führen. Meinem Mann und mir geht die Arbeit immer schwerer von der Hand und ich wollte euch bitten, über den Winter unsere Gäste zu sein und uns bei der Arbeit mit dem Vieh und um das Zelt herum zu helfen." Während sie sich mit der jungen Frau unterhält, hält Gudrun Xolas Hand und lächelt sie an. Beregir weiß nicht, dass seine Frau diesen Winter am Hofe König Ulfs bei einem Treffen von Heilern in Steinstadt verbringt. Bis zum Frühjahr muss Beregir warten, damit er das Gebirge überqueren und nach Hause reiten kann, deshalb nimmt er Gudruns Angebot gerne an und Xola auch. „Es wäre uns eine Ehre, eure Gäste sein zu dürfen." Lobele hätte den beiden Unterkunft gegeben, doch so ist es für alle besser, denn nun kann Aurs Familie unter sich sein.

In der Dunkelheit erwachte sie inmitten einer Pferdeherde, unter ihres gleichen. Der Leithengst kam zu ihr, um sie zu besteigen, doch Ehwaz galoppierte davon. Hangista verfolgte sie, konnte sie aber nicht einholen, denn sie war zu schnell.

Kapitel 24

Im letzten Sternenlicht brechen sie auf. Jos ist früh aufgestanden, um seine Verwandten zu verabschieden, obwohl er erst vor wenigen Stunden zu Bett gegangen ist. Die Hochländer und auch Frolof und Balto wünschen ihm und Irmgart Glück für die Geburt und Freude an dem Kind, das Irmgart erwartet. Raa und ihre Familie seien jederzeit bei ihnen willkommen, versichert Jos. Umgekehrt verhielte es sich ebenso für Jos' Familie in Camroth, bekräftigt Olof. Es liegt Raureif auf den Ästen, denn die Nächte sind bitterkalt in Erwartung des kommenden Winters. Als sie die Hochebene verlassen und sich an den Abstieg aus dem Gebirge machen, öffnet sich mit einem Mal der Blick in das Südliche Land. Olof strahlt. Ganz hinten am Horizont zeigt er auf etwas, das Raa im Dunst kaum ausmachen kann. Steinstadt auf dem Hügel Camroth ist in der Ferne mehr zu erahnen, als zu sehen. Raa schiebt das ungute Gefühl beiseite, das sie augenblicklich überkommt, und sagt etwas Nichtssagendes wie: „Es sieht schön aus."

Umsichtig setzt Leia ihre Hufe auf. Wenn sie die Mädchen trägt, geht sie wie auf rohen Eiern, denn sie behütet ihre kostbare Last. Manchmal betrachtet sie die Mädchen beim Spielen und Raa hat dann fast den Eindruck, als würde das Pferd schmunzeln. Leia ist nun achtzehn Jahre alt. Raa hofft, sie könnte noch zwei Fohlen aus der Stute ziehen, damit sich die gute Wesensart des Tieres weitervererbt. Am Abend haben sie den Abstieg zum größten Teil hinter sich gebracht. Die Berge sind nicht mehr so hoch, ihre Gipfel sind mit Gras bewachsen. Noch zwei Tage Ritt und sie werden Baltos Familie erreicht haben. Auf einer saftigen Wiese unter einer riesigen Kiefer rasten sie, bevor sie am nächsten Tag in die Sümpfe reiten werden. Sie versorgen wie jeden Tag zuallererst die Tiere, dann erst sind die Menschen an der Reihe. Wieder schlagen sie ihr Zelt auf. Wieder kuscheln sich die Kinder nach einer einfachen Mahlzeit in ihre Schlafsäcke, nachdem sie sich auf Geheiß der Mutter unter Murren gewaschen und die Zähne geputzt haben. Die Nacht ist nicht so eisig wie im Gebirge, denn sie haben das Südliche Land erreicht. Der folgende Tag jedoch bringt dunkle Wolken und kalten Wind. Fröstelnd hüllen sich die Reiter in ihre Umhänge. Am späten Vormittag erreichen sie die Sümpfe. Balto übernimmt die Führung. Eindringlich werden die Kinder ermahnt, bei der Gruppe zu bleiben. Ana und Beruda sind begeistert von der fremdartigen Tier- und Pflanzenwelt und kommen aus dem Staunen nicht heraus. Olof erklärt ihnen mit stolzgeschwellter Brust diese für sie neue Umgebung. Unweit des Hügels, auf dem die Steinriesen stehen, übernachten sie. Balto reitet noch vor dem Abendbrot mit Olof dort hin, um seines Bruders zu gedenken. Nun erfährt Olof von Balto, was sich in jener Nacht, in der sein Bruder von Borg ermordet wurde, im Rund

der Steinriesen zugetragen hat und von der Verschwörung der Stiere, deren Opfer Ulf vermutlich doch noch wurde. Sie kehren spät ins Lager zurück. Leise schlüpft Olof in das Zelt der Familie. Raa atmet ruhig, Ana schnarcht leise, links an ihre Mama gekuschelt. Beruda dreht sich um, sie liegt rechts neben der Mutter. Olof seufzt. Heute muss er sich wieder einmal keine Gedanken über Empfängnisverhütung machen. Bald schläft auch er ein, Beruda zwischen sich und seiner Frau. In seinem Traum wandert er am Ufer eines klaren Bergsees. Zunächst erscheint die Wasseroberfläche wie ein Spiegel, doch während er sich nach vorne beugt, um zu trinken, fällt sein Schatten auf das Wasser. Da sieht er Raa im blauen Gewand der Königin auf dem Grund des Sees.
Ihr Haar wird durch das Wasser bewegt wie Algen im Meer. Im Licht der Sonnenstrahlen leuchtet es golden. Raa steht ruhig da, die Arme ausgebreitet und atmet unter Wasser mit geschlossenen Augen. Für Olof ist sie unerreichbar. Raa hebt ihr Gesicht und öffnet ihre Augen. Wie man einen Fremden anschaut, betrachtet sie ihn. Sie lächelt nicht, noch ist in ihrem Gesicht ein Vorwurf. Es ist einfach so, als hätte sie ihr Herz vor ihm verschlossen. Olof hat nicht lange geschlafen, mitten in der Nacht erwacht der künftige König schweißgebadet. Raa atmet ruhig. Um sich zu beruhigen, greift Olof in ihr Haar. Nach einer ganzen Weile schläft Olof wieder ein.
Der nächste Tag ist regnerisch. Wortlos packt Olof mit an, als man das Lager abbricht, schweigend nimmt er sein Frühstück ein. Seine Frau, die sich fragt, was in ihm vorgeht, legt zärtlich ihre Hand auf seinen Unterarm und lächelt ihn mit ihrem Raa-Lächeln an. Der bittere Geschmack in seinem Mund verfliegt und Olof ist wieder guter Dinge.
Am Abend bereitet Balto gekochte Wurzeln vom Rohrkolben, ein in dieser Gegend übliches und schmackhaftes Essen. Raa wird es immer schwerer ums Herz, je mehr sie sich in das Südliche Land hineinbegeben. Wie soll sie sich südlich des Gebirges je heimisch fühlen? „Immerhin ist das Wetter kalt und regnerisch", denkt sie bei sich. Ihrem Mann zuliebe lässt sie sich jedoch ihre Besorgnis nicht

anmerken, so meint sie, doch der merkt schnell, dass ihr Lächeln nicht so ist, wie er es von ihr kennt. Nach dem Abendbrot legt er seinen Arm um ihre Schultern, streicht mit dem Handrücken über ihre Wange. „Es wird dir gefallen in Steinstadt. Die Königin ist die Leiterin der Krankenanstalt und kümmert sich um die Armen und Waisen. Das ist eigentlich nichts anderes, als du es in Inroth getan hast. Der einzige Unterschied zu deinem bisherigen Leben wird der sein, dass das Leben am Hof komfortabler sein wird, als du es gewohnt bist, und dass du schönere Kleider tragen wirst", versucht er, seine Frau zu beruhigen.

„Findest du meine Tracht nicht schön?", fragt Raa erschrocken.

„Doch, natürlich finde ich deine Tracht schön. Nun ja – am schönsten bist du natürlich ohne sie", flüstert er leise in ihr Ohr. Raa lacht auf. Olof kann nur in Ansätzen ihre Bedenken zerstreuen, denn Meta hat ihr viel vom Hof erzählt. Sie wird einige Dinge ändern müssen. Das Waisenhaus ist in schlechtem Zustand, die Schulen, die Ulf vor seinem Tod hat bauen lassen, sind laut Frolof und Balto verwahrlost. Im Südlichen Land sind die Frauen nicht so frei wie in Hochland. Es wird schwierig werden, eine Freundin zu finden, der sie vertrauen kann. Zudem ist ihr klar, dass sie am Hof unter ständiger Beobachtung stehen wird. „Olof, ich möchte weiterhin meine hochländische Tracht tragen. Ist das möglich?", fragt Raa. Olof ist verwundert. „Wenn es dein Wunsch ist, kannst du das natürlich tun, meine Liebe. Da du Vertreterin Hochlands in Camroth bist, ist dein Ansinnen nur zu verständlich", erwidert er. „Obgleich es nicht üblich ist", fügt er noch hinzu.

„Es ist mein Wunsch", bekräftigt Raa.

Am darauffolgenden Abend erreichen sie in der Dämmerung die Heimstatt von Atas und Ataa, Baltos Eltern. Die Karpfen leben in einer Stadt auf Pfählen, welche in Ufernähe in einen riesigen See gebaut wurde. Die Häuser sind über einen langen Steg zu erreichen. Am Ufer grasen Wasserbüffel, von Kindern gehütet, die aus Schilfbüscheln gebundene Regenumhänge tragen. Die Begrüßung ist herzlich, Atas und Ataa sind glücklich über die Heimkehr des Sohnes. Ihre Pferde werden am Ufer auf einer Weide mit einem Unterstand eingestellt. Die Reiter werden bequem untergebracht in einer geräumigen Holzhütte. Dicke Schilfmatten werden zum Schlafen ausgerollt, über den Matten werden zum Schutz gegen die Mücken feinste Netze aus Nesselstoff angebracht. Mit etwas Schilf und getrocknetem Büffelkot wird der Lehmofen angeheizt.

Olof wohnt mit seiner Familie in Atas geräumigem Haus, in dem nach Einbruch der Nacht eine Versammlung abgehalten wird. Eine kleine Zusammenkunft von vier älteren Männern aus der Siedlung, den hochländischen Soldaten, von Balto und Frolof, Atas und Ataa sowie von Raa und Olof findet sich in Atas' und Ataas Haus ein. Sie beschließen, in der Nacht vor der Tag- und Nachtgleiche aufzubrechen. Dann werden sie am späten Nachmittag Steinstadt erreichen. Auf schnellstem Wege wird Olof mit seinen Reitern von Balto aus den Sümpfen geführt werden und über die Ebene nach Camroth galoppieren. Atas wird mit seinen Männern in ihren Booten über den Fluss reisen.

Die Hochländer unter Begards Führung werden Raa in den Thronsaal begleiten. Zehn von Atas' Mannen werden ihm folgen, während die restlichen Männer vor dem Thronsaal Stellung beziehen werden, um im Bedarfsfalle mit ihren Stäben zur Stelle sein zu können. Um seine Karpfen zu rufen, wird Atas Boten ausschicken. Ataa schlägt vor, Raa könne mit den Kindern bei ihr bleiben, doch diese lehnt dankend ab, ihr Platz sei an der Seite ihres Mannes, zudem sei sie die rechtmäßige Vertreterin Hochlands in Camroth und werde für Olof stimmen bei der Wahl des neuen Königs. „Ich habe dennoch eine Bitte an Euch. Ich wäre Euch ewig zu Dank verpflichtet, würdet Ihr meine Kinder hüten, bis sich die Verhältnisse in Steinstadt geklärt haben. Sollte mir etwas zustoßen, bitte ich Euch, die Kinder zu meiner Mutter zu begleiten." Ataa hat die beiden Mädchen sofort in ihr Herz geschlossen und fühlt sich durch das Ansinnen der künftigen Königin geehrt.

Die folgenden beiden Tage vergehen unendlich langsam. Wie nasses Leder, an dem man von zwei Seiten zieht, dehnt sich die Zeit. Ana und Beruda fügen sich augenblicklich in die Kinderhorde der Karpfen ein. Das Essen schmeckt, die Sonne scheint und es gibt immer jemanden zum Spielen. So sind die beiden auch nicht böse, als ihnen die Mutter eröffnet, sie werde mit dem Vater für ein paar Tage nach Steinstadt reisen. Ohne die Zwillinge.

„Wenn du zurück bist, fange ich dir einen schönen Fisch, Mama", sagt Ana und umarmt die Mutter.

„Sei aber vorsichtig und komme gesund wieder", ermahnt Beruda sie.

Dann endlich ist der Tag vor der Tag- und Nachtgleiche gekommen. Am späten Nachmittag und am Abend erreichen immer mehr waffenfähige Männer das Haus Atas'. Unter den letzten Strahlen der untergehenden Sonne kommen einige der Karpfen in zwei stattlichen Booten mit ihren Frauen über den See gerudert. Beim Schein der Öllampen versammeln sich etwa hundert Männer und Frauen in Atas' großer Halle sowie die hochländischen Soldaten, Frolof und die königliche Familie. An der Stirnseite des Raumes hat Atas Platz genommen, zu seiner Rechten sitzen Olof und Raa, zu seiner Linken Ataa und Balto. Als sich alle schwatzend auf den Schilfmatten niedergelassen haben, beginnt der Anführer mit seinem Stab rhythmisch auf den Boden zu klopfen. Nach und nach fallen die anderen ein, bis das Klopfen ohrenbetäubend ist und über die Sümpfe hallt. Da hört Atas mit einem Mal auf zu klopfen und alle anderen auch. Kein einziger Laut ist in der großen Halle zu hören. Der Führer der Karpfen erhebt sich. „Morgen, in einer der heiligen Nächte wird der neue König gewählt. Wer soll das sein? Endet unsere Geschichte am morgigen Tag? Wird ein anderer als Lugs Erbe den Thron besteigen? Olof, rechtmäßiger Erbe Lugs und Beredons und Ulfs, hat sich gegen den Thron entschieden, da er eine Frau aus einem nichtadligen Geschlecht geheiratet hat. So dachten wir bisher. Doch das ist falsch. Raa ist Tochter Metas vom Lavendelhof, vor einem Monat zur Fürstin ernannt. So ist Raa vom Lavendelhof adliger Herkunft. Wir wollen morgen Abend einem Mann aus dem Haus der Eschen unsere Treue schwören. Wir wollen, dass unsere Geschichte andauert. Wir wollen Olof unsere Stimme geben. Was sagt ihr?" Atas setzt sich. Ein Murmeln erhebt sich. Die Menschen beginnen, durcheinanderzureden.

„Wer sagt uns, dass es stimmt, dass sie tatsächlich eine Fürstentochter ist? Schließlich kann das jeder sagen", tönt eine Stimme aus dem Hintergrund. Und ein anderer ruft: „Genau, gibt es dafür Zeugen?" Olof nimmt Raas Hand. Da erhebt sich Balto.

„Ich bezeuge, dass Meta Fürstin des Lavendelhofs ist und rechtmäßige Vertreterin Hochlands in Camroth. Ich war dabei, als die Königin von Hochland Meta und alle ihre erstgeborenen Töchter und deren Töchter in den Adelsstand erhob."

„Jaja, es geht mir nur darum, dass nicht jemand in drei Jahren daherkommen kann, um die ganze Sache anzuzweifeln", meint der erste Sprecher.

„Will noch einer etwas sagen?", fragt Atas. Die Menschen sind heilfroh über die Aussicht auf einen guten König. Die Geschichten, die man aus Steinstadt hört, gefallen keinem. So meldet sich niemand. „Stimmen wir also ab, ob ihr mit meiner Entscheidung einverstanden seid." Leise beginnt Atas, wieder mit seinem Stab auf den Boden zu klopfen. Nach und nach fallen die anderen ein. Das Klopfen wird lauter, bis es mit einem Mal abbricht. Atas hebt seinen Stab und alle Versammelten heben ebenfalls ihre Stäbe. Nun ist es beschlossene Sache: Die Karpfen werden für Olof stimmen. Die waffenfähigen Männer werden gebeten, ein wenig zu ruhen, man werde mitten in der Nacht aufbrechen, während die Frauen bei den Leuten der Siedlung untergebracht werden. Auch Olof und Raa ruhen ein wenig, dann satteln sie mitten in der Nacht mit Balto, einigen seiner Männer und den hochländischen Reitern ihre Pferde und reiten in Richtung Steinstadt auf dem heiligen Berg Camroth.

Tagsüber kehrte sie in Menschengestalt zum Felsüberhang zurück, kochte über einem Feuer Samen und Beeren und schlief. Der Hengst umkreiste ihr Lager.
In der darauffolgenden Nacht versuchte Hangista erneut, sie zu besteigen, und Ehwaz floh wieder vor ihm.

Kapitel 25

Olof erreicht den Hügel Camroth später als beabsichtigt, denn der Weg durch die Sümpfe dauert aufgrund einiger überschwemmter Pfade etwas länger als erwartet. Die Menschen, die ihnen begegnen, verneigen sich und rufen: „Olof ist zurückgekehrt!" und „Seht her, das Haus der Eschen schickt seinen Erben!" Doch Olof antwortet nur mit einem Nicken und reitet schneller. Als sie Steinstadt in der Ebene vor sich auftauchen sehen, strahlt es beinah silbern im Sonnenlicht. Olofs Reiter und Atas' Boote erreichen etwa zur selben Zeit Steinstadt. Die Dämmerung senkt sich langsam herab auf die Ebene, während die Hörner erschallen, die das Schließen der Stadttore ankündigen. Sie preschen durch die Straßen bergan zum Königssitz. Beinahe leer sind die Straßen, denn man hat Sorge, es könnte zu Ausschreitungen kommen wegen der anstehenden Wahl. Atas ist mit seinen Männern direkt vom Anlegesteg am Fluss zur Burg gegangen und erwartet sie im Thronsaal, vor dem seine Männer stehen. Doch nicht nur Atas hat seine Krieger mitgebracht, sondern auch die anderen Stämme sind mit ihren wehrfähigen Männern angereist. So haben sich im Burghof etwa fünfhundert Krieger eingefunden. Olof und sein Gefolge reiten in den Burghof. Er steigt ab, die anderen aus seiner Gruppe tun es ihm gleich. Raa ist hier die einzige Frau. Als sie auf den Hof reitet, verstummen die Männer und starren sie und Olof an. Olof geht zur Tür des Thronsaals, wo ihm zehn schwer bewaffnete Männer aus dem Haus der Wölfe mit auf dem Rücken gekreuzten Dolchen den Eintritt verwehren. Auf dem Hof ist es so still, dass man hätte ein Hölzchen zu Boden fallen hören. „Wer begehrt Einlass?", fragt der Hauptmann Olof.

„Das weißt du ganz genau, Wulf, du Schwachkopf. Ich bin Olof, Erbe Lugs und Beredons, und das ist meine Frau Raa, Fürstentochter vom Lavendelhof, mit ihrem Gefolge. Ich habe dich im Fechten noch immer besiegt, seit wir kleine Jungen waren. Also trete beiseite, sonst gerbe ich dir den Pelz", antwortet dieser. Wulf lässt seine Augen über Olofs Gefolgschaft wandern und bleibt mit seinem Blick an Raa hängen. In seinem ganzen Leben hat er noch nie eine so schöne Frau gesehen. Raa trägt ihre schäbige Tracht, hat ihr Haar zu ihrem Hochländerinnenzopf geflochten und schaut dem Wolf direkt in die Augen, bis er seinen Blick senkt und sich vor ihr verneigt. Mit einer Verneigung macht er den Weg frei und weist auch seine Männer an, beiseitezutreten. Begard und Elhaz stoßen die Türe auf und Raa tritt gemeinsam mit Olof über die Schwelle. Augenblicklich verstummt der Tumult und es herrscht auch hier Stille. Die Stammesfürsten sitzen unter ihren Bannern an langen Tischen, manche haben die Waffen gezogen, Bernhard, der Bär, und Falk stehen in der Mitte des Saales und haben sich beim Kragen gepackt. Mit offenen Mündern starren sie abwechselnd Raa und Olof an, lassen dann aber voneinander ab. Während Raa mit Begard zu ihrer Linken und Elhaz zu ihrer Rechten zum Pferdebanner geht und darunter Platz nimmt, schreitet Olof auf den Thron zu, der verwaist da steht. Der künftige König ist nun allein. Er setzt sich nicht auf den Thron, sondern steht davor und wendet sich zu der Versammlung um. „Wo ist das Banner der Eschen?", fragt er einen der Diener, die im Saal Dienst tun. „Holt es bitte und bringt es dorthin, wo es hingehört."
„Sehr wohl, Eure Hoheit", spricht der Diener und verneigt sich.
„Wie kommst du dazu, hier zu erscheinen?", wendet nun Wolfgang ein. „Du hast dich gegen den Thron entschieden, als du eine Bäuerin geheiratet hast." Es ist immer noch still, denn jeder ist gespannt, was Olof darauf zu sagen hat. Doch nun steht Raa auf und erhebt ihre Stimme. Ihre Hände sind kalt und schwitzen und das Herz klopft ihr bis zum Hals.
„Ich bin Raa, Beregirtochter und Metatochter, die Fürstin vom Lavendelhof ist, und rechtmäßige Vertreterin Hochlands in Camroth.

Frolof und Balto können dies bezeugen." Da erhebt sich ein Stimmengemurmel, während zwei Diener das Banner der Eschen über dem Thron anbringen. So steht Olof unter seinem Banner vor dem Thron, als hätte er dort schon immer hingehört, und alle, die versammelt sind, wissen, dass es so richtig ist. Dennoch erhebt sich ein Mann, der am Tisch der Stiere sitzt.

„Ich bin Aur vom Stamm der Stiere. Unser Stammesfürst Urs starb vor wenigen Jahren und so wurde ich von meiner Sippe gewählt, die Stiere zu vertreten. Wir werden keinem aus Ulfs Sippe folgen." Raa schaut erst Begard und dann Aur an.

„Seid Ihr mit unserem Vater von der Wüste bis zu den Stieren gereist?", fragt ihn Raa. „Wer ist Euer Vater?", fragt Aur zurück.

„Unser Vater ist Beregir vom Lavendelhof, Ihr seid ein Freund unserer Familie und wir sind Euch zu ewigem Dank verpflichtet", sagt Raa.

„So verhält es sich auch umgekehrt", sagt Aur. „Euer Vater ist ein guter Mann. Ihr müsst mir erzählen, wie es ihm geht."

„Er ist leider verstorben im Herbst des letzten Jahres", erwidert Raa betrübt. Olof schaut erstaunt von Aur zu Raa und wieder zurück, vielleicht gibt es doch Hoffnung darauf, die Fehde mit den Stieren friedlich zu beenden. Der Preis, den er dafür bezahlen müsste, wäre hoch: Ulfs Tod bliebe ungerächt.

„Es tut mir leid, dass ich eure Unterhaltung störe. Doch wir müssen uns mit der Thronfolge beschäftigen. Aur, höre, was ich dir zu sagen habe: Was in der Vergangenheit zwischen unseren Völkern stand, will ich für meinen Teil vergessen. Sicherlich sind von beiden Seiten Fehler gemacht worden. Ich bitte um Verzeihung für das Schlechte, das das Haus der Eschen dem Volk der Stiere unabsichtlich oder auch wissentlich angetan hat. Da dein Volk dich zu seinem Vertreter ernannt hat, so will ich dir, wenn ich König bin, den Speer leihen. Lass uns Frieden schließen und unseren Groll und Zwist begraben. Was dich anbetrifft, Wolfgang vom Stamm der Wölfe, will ich mich bei dir von Herzen bedanken, dafür dass du das Amt des Truchsesses so vortrefflich ausgeführt hast.

Frieden soll im Land herrschen und Wohlstand. Ich will euch allen ein gerechter König sein." Da tritt ein uralter Mann aus dem Haus der Misteln hervor. Vinko lächelt Raa verschmitzt an. Den Zeremonienstab in der Hand haltend, klopft er auf den Boden. Gidi, sein Schüler aus den Häusern der Heilung, hält eine große goldene Schale in den Händen.

„Stimmen wir nun ab", sagt Vinko. Gidi geht mit der Schale von einem Tisch zum anderen. Auf jeder Tafel liegen ein Eschenblatt, ein Mistelzweig, eine Wolfsklaue, ein aus Silber gearbeiteter Fisch, eine Falkenfeder, ein Kuhhorn, eine Bärenklaue und ein Büschel Schweifhaare. Die Stiere legen das Kuhhorn in die Schale und die Wölfe die Wolfsklaue. Doch alle anderen legen das Eschenblatt in die Schale. Nachdem Vinko die Gegenstände gezählt hat, steht der neue König fest: Olof aus dem Haus der Eschen ist derjenige, der die Stämme eint und leitet, und selbst Aur, der von Olof den Speer erhält, und Wolfgang, der insgeheim froh ist, dass er wieder in den Wäldern jagen darf, schwören ihm gern ihre Treue. Olof erhält Ulfs Schwert aus der Werkstatt Gohors und auch dessen Krone, Raa erhält die Krone der Königin, die Vinko schon hat bereitlegen lassen, als hätte er im Voraus gewusst, wie sich die Dinge entwickeln würden. Die Versammlung bejubelt den jungen König ausgiebig, der nach dem Schwur der Stämme mit seiner Königin vor die Türe tritt. Hier feiern ihn die Krieger und die Menschen von Steinstadt, die sich im Burghof eingefunden haben.

Bier wird aus dem Keller geholt und Wein. Bis in die Morgenstunden ist an Schlaf nicht zu denken. Dann erst zieht das Königspaar in das Gästezimmer im Turm, damit Wolfgang genügend Zeit hat, seine Sachen zu packen. Einige Tage später sind die Stammesfürsten abgereist, Olofs und Raas Zimmer sind gerichtet und das ganze Ausmaß der Unfähigkeit des Truchsesses wird offenbar. Die Vorratskeller sind leer, die Schatzkammern zum Teil geplündert, das Schloss ist schmutzig und die Hälfte der Dienerschaft ist davongezogen, weil sie keinen Lohn erhalten hat. In den Ställen finden sich nur noch die Hälfte der Pferde. Lato, der nach dem Tode Ulfs als unreitbar galt, poltert in einem dunklen Abteil am Ende der Stallgasse gegen die Wände. In den Häusern der Heilung fehlt es an allem und an ihrem ersten Tag im Krankenhaus erschrickt Raa über die verlausten und abgemagerten Kinder, die durch die Flure der Krankenanstalt auf der Suche nach etwas Essbarem umherstreifen, die Waisen, wie sie von Vinko erfährt. Olof und Raa sind entsetzt. Sie wissen beide nicht, wie Steinstadt durch den nahenden Winter kommen soll.

Xola lebt seit dem vergangenen Winter allein im Zelt mit einem Jungen von vierzehn Jahren, der Drud heißt. Gudrun ist im letzten Winter verstorben. Sie lag für ein paar Tage mit Fieber im Zelt. Ihr Fieber wurde stärker und bellender Husten schüttelte sie. In den frühen Morgenstunden des fünften Tages ging Xola zur Quelle, bei der sie in jenem Winter lagerten, um Wasser zu holen. Von dem Wasser wollte Xola einen Tee für die alte Frau zubereiten, wie sie es von Beregir gelernt hat. Doch als sie zurück zum Zelt kam, lag Gudrun tot auf ihrer Schlafstatt. Gudruns Mann war im Vorjahr verstorben und die Greisin sah friedlich aus, so als hätte sie einen guten Tod gehabt. Xola weinte bittere Tränen und fügte sich den dritten Schnitt in ihrem Gesicht zu, denn Gudrun ist wie eine Großmutter für sie gewesen. In diesem Winter schlug die Grippe hart zu im Lager der Stiere und auch die Eltern des jungen Drud wurden dahingerafft. Xola nahm ihn bei sich auf und ist heilfroh, dass er sich geschickt anstellt, fleißig ist und arbeitet wie ein Mann.
Die Anwesenheit eines männlichen Wesens hält ihr zudem allzu aufdringliche Verehrer vom Leib. Xola ist jetzt zwanzig Jahre alt. In den Zelten lebt kein schöneres Mädchen als sie, doch die Männer sind ihr gleichgültig. Selbst verheiratete Männer lauern ihr auf hinter einem Gebüsch oder einem Erdwall, wenn sie zur Herde geht, um nach ihren Tieren zu sehen, und so geht Xola nie ohne Schwert aus dem Haus, wie eine Hochländerin. Aur, unter dessen Schutz sie steht, empfiehlt ihr in schöner Regelmäßigkeit, zu heiraten, dann habe sie ihre Ruhe, doch Xola schaut ihm dann schweigend und so durchdringend in die Augen, dass er beide Hände hebt und sagt:

„Jaja, schon gut, ich meine ja nur."
In diesem Frühjahr soll der junge Urs Ursohn zurückkommen vom Hofe König Ulfs und die Führerschaft über die Stiere übernehmen. Zuvor schlägt Aur mit Drud und Xola lange Stangen in einem Wäldchen, das sie durchqueren, für ein Zelt für Xola und Drud. Der Fürst wird sein Zelt zurückfordern, das Xola und Drud für ihn gehütet haben. Sie werden an derselben Flussbiegung ihr Lager aufschlagen, an der Xola und Beregir vor einigen Jahren zu den Stieren gestoßen sind.
Urs Ursohn wartet auf sie auf dem Lagerplatz, den Speer, den er erst vor Kurzem vom König erhalten hat, in Händen haltend. Xola geht mit Lobele direkt hinter Aur an der Spitze des Zuges. Urs kommt Aur entgegen und umarmt ihn lange. Seine Augen sind von einem strahlenden Grün, das fein geschnittene Gesicht wird von zwei schwarzen Locken gerahmt, die sich aus seinem Pferdeschwanz gelöst haben. Noch nie in ihrem Leben hat Xola so sinnliche Lippen bei einem Mann gesehen. Dann wendet er sich Lobele zu, um sie zu begrüßen. Sein Mund öffnet sich und bleibt doch stumm, denn er hat Xola gesehen, die er nun mit offenem Mund anstarrt. Xola starrt unverwandt zurück und so sehen sich die beiden Menschenkinder für eine gefühlte Ewigkeit in die Augen. „Ja Urs, ich freue mich auch, dich zu sehen", sagt da Lobele. Sie tätschelt erst ihm die Schulter, dann Xola. „Komm, Xola, ich helfe dir und Drud, Urs' Zelt aufzubauen, denn der wird vor lauter Begrüßen und Schulterklopfen keine Zeit dafür haben."
„Urs, Xola hier hat dein Zelt gehütet, während du in Steinstadt warst. Wir machen ihr gerade ein neues Zelt, aber es ist noch nicht ganz fertig. Du hast sicher nichts dagegen, wenn sie noch für ein paar Tage bei dir wohnt, oder?", fragt Aur Urs, der schnell den Kopf schüttelt und vor lauter Xola anstarren noch immer kein Wort herausbringt. Da haben die anderen ihn erreicht, die ihn umringen. Die junge Frau wendet sich von ihm ab und sucht einen Platz für ihr Zelt.
Am Abend trifft sich der Stamm am großen Feuer in der Mitte des Lagers. Ein Rind ist geschlachtet worden und wird nun im Ganzen

gegrillt. Es wird gesungen und im Kreis um das Feuer getanzt, wobei sich die Leute an den Schultern fassen. Die Funken stieben in den Nachthimmel. Xola sitzt ein wenig abseits. Sie beobachtet, wie die Mädchen den jungen Fürsten umgarnen, der zu jeder gleichermaßen freundlich ist. Er wird sie nicht wollen, eine Wilde aus dem Osten. An ihrer rechten Hand fehlt der kleine Finger. Nachdem sie versucht hatte, einen grauen Hengst zu zähmen, wurde der ihr von ihrem Vater abgeschnitten. Um jeden Preis hatte sie verhindern wollen, dass das Tier getötet wurde. Ach ja, damals hatte Beregir sie gerettet. Das Pferd wurde dann doch geschlachtet. Es war böse geworden wegen der vielen Schläge, die es bekommen hatte, und wegen der Grausamkeit, mit der man versucht hatte, seinen Willen zu brechen. Xola hatte sich verbunden gefühlt mit dem Tier. Als Kind hatte sie oft genug zu spüren bekommen, dass sie nicht in Ordnung war, und ihr Vater hatte versucht, ihr ihre Schwäche mit Schlägen auszutreiben. Seit sie zwischen sich und dem Östlichen Land die Wüste liegen hat, weiß sie, dass sie in Sicherheit ist. Verglichen mit den jungen Mädchen aus dem Stiervolk, die nicht geschändet worden sind, fühlt sie sich hässlich. Aber es ist ihr auch gleichgültig, sie wird nie mehr einen Mann an sich heranlassen.

Das Fest hat seinen Zenit überschritten und sie steht auf und geht zum Fluss, um sich zu waschen. Dann schlendert sie mit Drud, der ihr unterwegs begegnet, zum Zelt. Im Gehen legt sie ihren Arm um Druds Schulter. Die Nacht ist sternenklar. Im Stillen dankt sie dem Leben dafür, dass es ihr immer, wenn sie sie am nötigsten brauchte, gute Menschen geschickt hat. Hätte sie Beregir nicht gehabt, würde sie immer noch im Östlichen Land leben bei einem sie vergewaltigenden Vater oder wäre mit irgendjemandem verheiratet worden oder wer weiß. Als Beregir sie verließ, um zum Lavendelhof zu reiten, fügte sie sich ihren zweiten Schnitt im Gesicht zu. Das ist nun drei Jahre her. Im Davonreiten wendete er noch einmal sein Pferd auf der Hinterhand. „Xola, meine Liebe, du musst dir eines merken: Bei all dem Dreck, den du erlebst im Leben, ist das Einzige, das zählt, dass du menschlich bleibst." Er umarmte sie ein letztes Mal vom Pferd aus und ritt davon. Xola weinte in Gudruns Armen, bis Beregir nur noch ein Punkt am Horizont war.

Erst in den frühen Morgenstunden kommt der Anführer in sein Zelt, um zu schlafen. Xola steht leise auf, als es Zeit wird, und verrichtet alle Arbeit so geräuschlos wie möglich. Sie wähnt Urs schlafend, doch als sie in seine Richtung blickt, sieht sie, dass er sie von seiner Schlafstatt aus beobachtet. Xola verlässt schweigend das Zelt. Drud treibt gerade Urs' Schafe zusammen für die Schur, Xola hilft ihm. Am Nachmittag gesellt sich Urs zu ihnen. Auch er arbeitet wie alle anderen mit. Die junge Frau aus dem Östlichen Land behandelt er sehr höflich und zuvorkommend und auch Drud ist schnell von seiner angenehmen Art eingenommen. Am späten Abend haben sie den größten Teil der Herde geschoren, die Wolle in Säcke gepackt, die an die Händler aus Steinstadt verkauft wird, und den Teil, den sie für ihre eigenen Zwecke brauchen werden, zusammengebunden.

Danach kommen einige Besucher in Xolas und Urs' Zelt. Urs gähnt einige Male und so verabschieden sich die Gäste zeitig. Nachdem sie aufgeräumt haben, bittet Urs die beiden, beim Feuer Platz zu nehmen. Er stottert ein wenig und errötet, als er Xola und Drud bittet, bei ihm im Zelt wohnen zu bleiben, er könne die Arbeit nicht alleine bewältigen. „Du wirst sicherlich bald heiraten wollen. Da werden Xola und ich dich stören, nicht?", will Drud wissen. Xola stößt Drud in die Seite, denn Urs' Gesicht ist nun puterrot.

„Vielleicht, aber das hat erst mal keine Eile", erwidert Urs, in eine unbestimmte Ferne schauend. Xola und ihr Schützling nehmen Urs' Angebot gerne an, der darüber sehr erleichtert ist.

In den folgenden Wochen verhält sich Urs Xola gegenüber zurückhaltend. Die beiden verbringen die Abende meist zu zweit in Urs' Zelt. Nach und nach zähmt der Anführer der Stiere die wilde Frau aus dem Östlichen Land. Und umgekehrt. Urs erzählt von seiner Mutter, die er über die Maßen geliebt hat, von seiner Kindheit, von seinem Leben in Camroth. Bald hat Xola das Gefühl, sie kenne den Hof auf dem Hügel Camroth und Steinstadt aus eigener Anschauung. Xola hingegen erzählt nicht viel von ihrer Vergangenheit. Für alle außer Xola ist es offensichtlich, dass Urs bis über beide Ohren in die junge Frau verliebt ist. Xola fühlt sich ebenfalls zu ihm hingezogen. Im selben Maß, in dem sie ihn begehrt, ekelt sie sich vor ihrer eigenen Lust und schämt sich für sie.

Urs wartet auf Xola.

Eines schönen Sommerabends sehen Urs und Xola noch einmal nach einer Kuh, die heute kalben soll. Drud sitzt mit anderen jungen Leuten beim Feuer in der Mitte der Zelte. Die Kuh hat Schwierigkeiten. Das Kalb liegt nicht richtig. Urs zieht sich bis auf die Bruche aus. Xola kann kaum ihre Augen von ihm abwenden, einige Strähnen seiner Haare fallen ihm ins Gesicht und sein Körper glänzt von Schweiß. Mit dem rechten Arm steckt er fast bis zur Achselhöhle in der Kuh, während er eine innere Wendung des Kalbes versucht, die ihm auch gelingt. Mithilfe eines um die Vorderbeine gebundenen Stricks bringen sie das Kälbchen schließlich zur Welt.

Urs legt seinen linken Arm um Xolas Schulter, während sie zusehen, wie es auf wackeligen Beinen bei der Mutterkuh steht. Es trinkt von ihrem Euter und wird von ihr währenddessen abgeleckt. Sich bei den Händen haltend, gehen sie zum Fluss. Es ist dunkel geworden. Bis zu den Waden stehen sie im seichten Gewässer. Die Mücken sind lästig, doch sie spüren die Stiche kaum. Mit den Händen schöpft sie von dem kühlen Nass und wäscht langsam seinen blutverkrusteten Oberkörper und seine Arme. Dann reibt sie seine Beine ab. Xola und Urs waten in Richtung der Flussmitte, denn die Mücken stürzen sich nun in Schwärmen auf sie. Als er in die Hocke geht, reicht ihr das Wasser bis zur Hüfte. Urs hält sie in seinen Armen und küsst sie sacht. Nackt sitzt er auf einem flachen Stein, seine Bruche hat er ausgezogen. Xola sitzt rittlings auf ihm, auch sie ist nackt. Sanft lässt sie ihn in sich hineingleiten. Es tut nicht weh, im Gegenteil es gefällt ihr. Sie sind ein wenig schüchtern. Es dauert nicht lange, dann kommt er in ihr und klammert sich für einen Augenblick an sie. Kurz hat Xola Angst, doch er spürt es sofort und hält sie wieder leicht. Er streichelt ihr Gesicht, während er sie küsst, und es ist schön. Xola lacht laut auf. Urs ist irritiert. „Warum lachst du?"

„Weil ich dachte, dass es furchtbar ist, aber das ist es nicht."
„War es das erste Mal für dich?" Die junge Frau überlegt einen Augenblick.
„Ja, das war das erste Mal für mich."
„Für mich auch", sagt Urs verlegen.
Drud verbringt auf Geheiß von Xola und Urs viel Zeit bei der Herde, denn die beiden können in den nächsten Tagen und Wochen nicht genug voneinander bekommen. Xola findet immer mehr Gefallen an Urs' Liebe und umgekehrt.
Die Fürstentochter aus dem Östlichen Land und der Anführer der Stiere heiraten im Herbst. Xola ist die schönste Braut, die man jemals in den weiten Steppen im Osten des Südlichen Landes gesehen hat. Selbst die Alten können sich nicht an eine schönere Braut erinnern. Sie trägt Blumen im Haar, während ein überglücklicher Urs Xola den Mantel umlegt und sie in sein Zelt trägt. Er schließt den Eingang und dann lieben sie sich mehrmals in dieser Nacht, die Drud in Aurs Zelt verbringt.

Am dritten Tag grasten Hangistas Stuten um Ehwaz herum, während sie aß, schlief und sang, denn sie war Teil der Herde geworden. In dieser Nacht wohnten die Stute Ehwaz und der Hengst Hangista einander bei.

In den folgenden Jahren gebar Ehwaz viele Nachkommen. Die eine Hälfte ihrer Kinder wurde nachts geboren als Fohlen, sie blieben Pferde. Die andere Hälfte der Kinder, welche bei der Geburt das Tageslicht sahen, waren Menschen.

Kapitel 26

Über die Zugbrücke des Westtores von Steinstadt reitet an einem Donnerstagmorgen im Spätherbst eine Edelfrau in Begleitung ihres ältesten Bruders, ältester Sohn und ihres Vaters, Oberster des Stammes der Misteln. In den Wäldern des Westens, in denen sie leben, sind die Bäume schon kahl, den Boden bedeckt eine dicke Laubschicht und die Mistelmenschen, die in Baumhäusern leben, haben sich für den Winter eingerichtet. Beeren und Pilze wurden gesammelt und getrocknet, Wild und Bären wurden in der erlaubten Zahl gejagt und ihr Fleisch getrocknet und geräuchert. Die Felle spenden Wärme in den kühlen Winternächten, die Knochen wurden zu Werkzeugen und Schmuck verarbeitet. In den Speisekammern stehen Körbe voll getrockneter Esskastanien. In diesem Jahr können es Gwenelle und ihre Tante kaum erwarten, bis die Arbeit getan ist und die Männer Zeit haben, die junge Frau nach Steinstadt zu begleiten.

Die Sonne ist gerade aufgegangen, die Torwächter haben die Nachtwache abgelöst und die Zugbrücke heruntergelassen, als die drei Einlass in die Stadt fordern. „Wer seid ihr und was ist euer Begehr?", fragt pflichtschuldig und noch etwas verschlafen der erste Torwächter.

„Wir sind die Fürsten vom Stamm der Misteln und wir begleiten die Zofe der Königin zu ihrer Herrin und ihrer Bestimmung", antwortet der Ältere. Der Torwächter verneigt sich und lässt die Gruppe

schweigend passieren.
Die Edelfrau trägt einen grauen Umhang. Ihr Haupt ist von der Kapuze bedeckt, sodass man ihr Gesicht nicht sehen kann. Sie hält sich anmutig und aufrecht, unter ihrem Mantel fließt langes schwarzes Haar ihren Rücken hinab. Sie mag in ihrem dreißigsten Jahr sein. Ihr ganzes Leben ist sie auf diese Aufgabe vorbereitet worden so wie ihre Tante und die Tante ihrer Tante und alle erstgeborenen Töchter der erstgeborenen Söhne aus dem Haus der Misteln. Ihre Tante hat Pech gehabt. Als Gwenelle noch ein kleines Mädchen gewesen ist, ist die letzte Königin vom Südlichen Land früh verstorben. Daraufhin hat die älteste Schwester von Gwenelles Vater ihr ganzes Leben nur einer Aufgabe gewidmet: Gwenelle auszubilden in der Hoffnung, dass bald eine neue Königin den Thron besteigen möge. Die Zofe trägt ein fein gewebtes graues Kleid mit weitem Rock über einem weißen Unterkleid, Reiterstiefel und – was für eine Frau aus dem Südlichen Land ungewöhnlich ist – Bogen, Dolch und Degen. Gwenelle weiß alles über die Aufgaben, Pflichten und das Verhalten der Königin und ist ihr zu unbedingtem Gehorsam verpflichtet. Als ihr Bruder an das Schlosstor klopft, macht ihr Herz einen freudigen Stolperer. Es wird ihnen aufgetan und nachdem ihr Bruder ihr Ansinnen vorgetragen hat, bittet man sie, abzusteigen. Die Pferde werden zu den Ställen gebracht und versorgt. Nach einer innigen Umarmung zum Abschied werden die beiden Männer in den Thronsaal geleitet, um den König zu begrüßen, während eine Magd Gwenelle mitsamt ihren Habseligkeiten zu den Frauengemächern führt. Bei der Kammer der Königin angelangt, klopft die Magd an die schwere Holztür und eine Frau mit langem blondem Zopf, gekleidet in der Tracht der Hochländerinnen reißt die Türe auf. Aha – die Königin hat sich eine hochländische Dienerin mitgebracht.
Sie ist schön. „Was ist Euer Begehr?", fragt die blonde Frau. Gwenelle holt tief Luft und spricht die Worte, die ihre Tante und die Tante ihrer Tante und all die erstgeborenen Töchter der erstgeborenen Söhne der Misteln von jeher gesprochen haben: „Der Königin zu dienen ist mein Begehr."

„Ach ja", sagt die blonde Frau etwas zerstreut. „Tretet ein, ich bin ein wenig in Eile, wir werden der Läuse im Waisenhaus nicht Herr. Nun habe ich die verlaustesten Kinder zu mir genommen und ihre Haare über Nacht in Essigwasser eingeweicht. Sollte das nicht fruchten, müssen wir die Kinder leider scheren. Wie schade wäre es, sie haben so schönes Haar." *Die Königin spricht wohlgesetzte Worte.* Langsam dämmert es der Dame Gwenelle, dass dies die Königin ist. Gemeinsam mit der Magd betritt Gwenelle das Königinnengemach. Hier herrscht eine heillose Unordnung. Felle sind auf dem Boden ausgebreitet und Decken liegen herum. In dem Zimmer wuseln etwa zehn Kinder durcheinander. Zwei rothaarige Mädchen sitzen auf dem Bett der Königin und beobachten das Treiben. „Es ist gut, dass Ihr gekommen seid, Ihr könnt mir helfen, die Kinder mit dem Läusekamm zu kämmen." Gwenelle heißt die Magd, ihr ihre Habseligkeiten zu bringen. Etwas verwundert schaut die Königin auf die beiden großen Bündel der Frau. Ihr schwant, dass diese Dienerin die Absicht hat, sich hier häuslich niederzulassen. Raa spürt Verzweiflung in sich aufsteigen. Kann sie denn niemals ihre Ruhe haben? Sie wirft sich eine Schürze über. „Wer seid ihr?"
„Ich bin Gwenelle vom Stamm der Misteln. Ich bin die Zofe der Königin."
„Ich brauche keine Zofe", meint Raa, während sie ein kleines Mädchen mit verfilzten schwarzen Locken auf ihren Schoß zieht. Eine Welt bricht für Gwenelle zusammen. „Aber das ist meine Aufgabe. Nichts anderes habe ich gelernt", stößt sie verzweifelt hervor. Die Königin hält in der Bewegung inne. Diesen Satz hat sie schon einmal aus dem Mund eines ihr lieben Menschen gehört. Unverwandt schaut sie die entsetzte Hofdame einige Augenblicke an. Es scheint ihr wirklich ernst zu sein. Sie sitzt kerzengerade auf dem Stuhl, der ihr angeboten wurde. Nun bemerkt die Mutter aller Waisen, dass ihre Zofe Degen und Dolch gegürtet hat. Das schwarze Haar trägt sie offen, ihr graues Kleid ist schlicht und zum Reiten geeignet. Gwenelle scheint eine Kriegerin zu sein. Würde sich Raa nicht wieder einmal durch eine Laune des Hofes gegängelt fühlen, hätte die geschmei-

dige Erscheinung der anderen sie sogleich für sich eingenommen. „Warum tragt Ihr Dolch und Degen?", fragt Raa.
„Um Euch und Eure Kinder zu beschützen", erwidert Gwenelle fast trotzig. Ein Leben lang hat sie sich den Augenblick ausgemalt, in dem sie der Königin begegnet, doch nun entpuppt sich dieser Traum als Albtraum. Raa beginnt unter dem Geschrei des Kindes, dem Mädchen das Haar von den Spitzen her mit einer groben Bürste zu bürsten. Um das Kind mit dem einen Arm festzuhalten und um mit der anderen Hand die wilden Locken zu bändigen, braucht sie ihre ganze Kraft. *Die Königin ist in allem anmutig, das sie beginnt.* Mit der Bürste kommt sie noch einigermaßen zu Streich, doch als der Läusekamm sein Werk tun will, ist es aus. Das Kind schreit wie am Spieß und schlägt um sich. Die Königin umarmt das arme Lausekind und verlangt nach der Schere. Sie schneidet dem Mädchen, einer dunklen Schönheit von etwa fünf Jahren, die Haare kleinfingerkurz, dann kämmt sie die Nissen auf ihre Schürze. „Pfui Spinne, nun sind wir die Plagegeister für diese Woche los. Ana, bitte laufe mit ihr in die Küche. Man soll dem Kind einen Becher mit Honigmilch geben und ein Stück Butterbrot dazu. Sag, die Königin hat es versprochen", sagt sie zu einem der rothaarigen Mädchen, das auf dem Bett sitzt, und an das Lausekind gewandt: „Nächste Woche, mein Schätzchen, spielen wir das Spiel noch einmal." Das Kind nickt und läuft so schnell es kann mit dem rothaarigen Mädchen hinaus, das „Ja, Mama" sagt.
Wie sie es gelernt hat, schweigt Gwenelle. „Also gut. Wir werden es miteinander versuchen", sagt die Königin, die sich das nächste Kind, einen Jungen von etwa zehn Jahren mit schulterlangen schwarzen Locken auf den Schoß zieht. „Ihr werdet in – in der Zofenkammer schlafen." Es ist nicht so, wie sie es sich immer ausgemalt hat, doch fürs Erste gibt sich Gwenelle zufrieden. Den Ring wird sie ein andermal fordern. Dem Jungen schneidet Raa gleich das Haar, denn die Mode der Südländer ist es ohnehin, dass die Männer das Haar kurz tragen. Der Läusekamm fährt munter über den Kopf des Jungen. Auch er bekommt seine Honigmilch und sein Butterbrot. Die

Königin bittet die Magd, ein weiteres widerspenstiges Waisenkind einzufangen und anschließend der Zofe ihr Zimmer zu zeigen. Es grenzt direkt an das Königinnengemach. Meta hat darin gewohnt, als sie in Steinstadt war. Gegen die Wand ist ein Kleiderschrank gerückt. Was Raa nicht weiß, ist, dass die dicke Wand zwischen ihrem Zimmer und dem Zimmer der Zofe hohl ist und eine Wendeltreppe enthält, die zu einem Gang im Kellergewölbe führt, welcher im Garten der Königin endet. Die Rückwand des Schrankes im Zimmer der Zofe und die Rückwand des Schrankes von Raas Zimmer stellen jeweils eine Geheimtür dorthin dar, sodass der Königin jederzeit bei Gefahr die Flucht gelänge. Um dieses und um viele weitere Geheimnisse, die die Königin nicht kennt, weiß die Zofe. Die Zofe weist die Magd an, das Zimmer reinigen zu lassen, und ohne Widerspruch tut diese, wie ihr geheißen. Gwenelle sieht sich ein wenig im Zimmer um, nachdem sie ihre Bündel abgestellt hat, dann geht sie zurück zum Zimmer der Königin. Sie klopft an. Die Königin seufzt, zuckt mit den Achseln und bittet die Zofe, einzutreten. Inzwischen hat Raa den Kampf gegen die Locken der Kinder aufgegeben und allen den Schopf gestutzt und gekämmt. Die Läuseschürze und die Decken und Felle, welche auf dem Boden herumliegen, schüttelt die Königin zum Entsetzen der Zofe eigenhändig auf ihrem Balkon aus, legt sie zusammen und verstaut sie in einer Truhe.

Die Magd kehrt das Haar der Kinder zusammen. Raa kramt in einer anderen Truhe nach ihren Waffen. Als Gwenelle Schwert und Bogen in der Hand ihrer Herrin sieht, hebt sie eine Augenbraue. *Die Königin geht ohne Waffen.* Raa überlegt einen Augenblick, dann legt sie ihren Bogen zurück in die Truhe. Die hohe Frau eilt, das Schwert gegürtet wie eine wilde Kriegerin aus dem Norden, in die Küche, um die Speisepläne für die nächste Woche zu besprechen. Gwenelle kann kaum Schritt halten. *Die Königin rennt nicht, sie schreitet.* Raa scherzt mit dem Koch und den Küchenhilfen. *Die Königin ist freundlich.* So bemerkt sie nicht, dass eines der Mädchen, das gerade die Silberlöffel putzt, schnell etwas Glänzendes unter ihre Schürze steckt, doch die Zofe sieht es sehr wohl.

Einige Tage später, als die Dienerin spät abends einen silbernen Kerzenständer in ihrer Tasche verschwinden lassen will, wird sie kaltes Metall an ihrem Hals spüren. Es wird der Degen der Zofe sein, die ihr klarmachen wird, dass sie zwei Tage Zeit haben wird, alle gestohlenen Sachen zurückzubringen, um sich danach nie mehr blicken zu lassen, andernfalls werde sie, Gwenelle, die Dienerin in jedem Winkel des Reiches aufspüren und töten. So staunen der Koch und die Königin nicht schlecht, als eines Morgens ein stattlicher Haufen Silber auf dem Küchentisch liegt.

Ein Stück Brot, im Stehen in eine Schale mit warmer Milch getunkt, muss als Frühstück genügen, dann eilen sie zu den Pferdeställen, wo Raa den Rittmeister Frolof freundlich begrüßt. Raa Ehwaztochter begutachtet die Instandsetzungen, die bisher durchgeführt wurden, die beiden rothaarigen Mädchen, die Raa ihrer Zofe als Ana und Beruda vorstellt, helfen beim Ausmisten und Füttern. Dann putzen und satteln die Prinzessinnen zwei ältere Stuten und beginnen, in der Bahn zu reiten. Frolof berichtigt manchmal ihren Sitz und ihre Zügelführung, während Raa zu einem Abteil am hinteren Ende des Stalles geht, in dem ein Hengst gegen die Wand poltert. Gwenelle bekommt Angst um ihre Königin, doch die streift dem schnaubenden Tier einfach ein Halfter über und bindet es an einem Haken in der Stallgasse fest, um es zu putzen. Sie lässt ihm nicht die kleinste Ungehörigkeit durchgehen. Ihre Töchter haben ihre Reitstunde beendet und versorgen ihre Pferde. Raa führt den Hengst in die Bahn und hakt ihn los. Das Tier stürzt davon und buckelt in der Bahn auf und ab. Drohend schwenkt die Königin den Führstrick, wenn sich ihr das Pferd zu sehr nähert, es sieht aus wie ein Tanz, den die beiden vollführen. Als der Hengst schließlich von Schweiß tropfend um sie herum trabt, wendet sie ihm ihre Schulter zu und beginnt, in der Bahn zu spazieren. Wie ein Hund geht Lato mit gesenktem Kopf neben und hinter ihr her.

„Langsam wird es", ruft Raa Frolof zu, der hinter der Absperrung steht und seiner Königin zusieht. „Ich denke, bald ist er so weit, dass man wieder mit ihm arbeiten kann."

„Ihr meint, langsam ist er so weit, dass Ihr wieder mit ihm arbeiten könnt", erwidert Frolof. Raa lacht.
„Ich hätte es gerne, dass wir eine Zuchtstation in der Ebene aufbauen. Ich stelle mir eine Stutenherde vor, die fast ausschließlich auf der Weide gehalten wird, mit Lato als Leithengst. Aber das hat noch Zeit. Zuerst stehen andere Dinge im Vordergrund." Am Rand der Bahn, etwas abseits, steht die Dame Gwenelle. Als Raa sie erblickt, runzelt sie die Stirn. Inzwischen hat sie Bekanntschaft gemacht mit den hohen Damen des Südlichen Landes, deren Lebensart sich sehr stark von der der hochländischen Frauen unterscheidet. Meta hatte Raa einiges über das höfische Leben auf Camroth erzählt, weshalb sie schon von vornherein befürchtete, es würde schwierig werden, eine Freundin zu finden. Mehr als einmal war Raa den Blicken der Südländerinnen ausgesetzt, die im Gegensatz zu ihr sehr viel Mühe auf ihre Frisuren und ihre Kleidung verwenden. Niemals hätten die Damen es gewagt, in Gegenwart der Königin über ihre Erscheinung oder über ihr Gebaren die Nase zu rümpfen, doch Raa ist sich sehr wohl darüber bewusst, dass ihr Auftreten als ein Affront erlebt wird. Raa legt keinen großen Wert auf ihr Äußeres und möchte sich durch die Regeln am Hof nicht in dem Maße einschränken lassen, in dem man es von ihr erwartet. Ein Gefühl der Verzweiflung macht sich in ihr breit. Nicht einmal hier hat sie Ruhe vor ihrem Amt. Frolof folgt ihrem Blick.
„Ah, die königliche Zofe", sagt er und grüßt lächelnd die hochmütig in die Luft starrende Gwenelle, die zu Raas Erstaunen ihren Gesichtsausdruck durch eine unmerkliche Veränderung ihrer Gesichtszüge auf freundlich schaltet und zurückgrüßt durch ein anmutiges Neigen des Kinns. Raa schaut alles andere als freundlich drein. Erstaunt sieht der Pferdeherr von einer Frau zur anderen. „Aha", brummelt er. „Das Geschlecht derer vom Mistelzweig stellt seit jeher die königliche Zofe. Die älteste Tochter des Herrn der Misteln bleibt unverheiratet und wird nur zu dem einen Zweck erzogen. Sie lernt alles über das Königinnentum und ist Euch treu ergeben. Ohne zu zögern, würde sie ihr Leben für Euch geben. In ihr habt Ihr Eure

treueste Verbündete", sagt ihr Lehrer leise. Erschrocken und schuldbewusst schaut die Königin die andere an. Wie dumm sie ist. Die ganze Zeit steht Gwenelle unbeweglich da und starrt Löcher in die Luft, während sie ihre Königin bewacht.
Raa bringt Lato, der sich anstandslos mit dem Führstrick anbinden lässt, zurück in sein Abteil. An einem Trog mit Regenwasser wäscht sich die Königin Gesicht und Arme, bevor sie sich von Frolof verabschiedet, ihre Kinder, die ihre Pferde versorgt haben, ruft und mit wehendem Mantel durch die Gassen von Steinstadt zu den Häusern der Heilung eilt. Es ist Vormittag und es herrscht ein geschäftiges Treiben in den Straßen. Die Königin grüßt nach allen Seiten, während sich die Menschen vor ihr verneigen. „Seid Ihr heilkundig?", fragt sie die Zofe. „Die Menschen vom Stamm der Misteln sind doch häufig Heiler, nicht wahr?"
„Nur sehr wenig", erwidert Gwenelle. Bei den Häusern der Heilung angelangt, werden die Frauen von Vinko, Gwenelles Großonkel begrüßt, der die Zofe herzlich umarmt, und von dem jungen Gidi, der sich vor ein paar Jahren dazu entschlossen hat, Heiler zu werden. Die drei besprechen, welche Angestellten welche Patienten betreuen werden. Neu ist es, dass in jedes Viertel Heiler mit einem Handkarren geschickt werden, die die Kranken, die zu schwach sind, um zu den Häusern der Heilung zu kommen, versorgen. Raa geht regelmäßig mit in die Wohnungen der Leute und erlebt viel Elend in jenen Tagen.
Sie nimmt die Stoffballen in Augenschein, die in der Wäschekammer lagern, und lässt nach dem königlichen Hofschneider Dietmar schicken. Mit ihm geht sie durch den Hinterhof in das heruntergekommene Gebäude, in dem die Waisen leben. Sie treffen auf Begard, der gerade mit einer Gruppe von etwa sechzig in Lumpen gekleideten Kindern in der Halle, die auch als Speisesaal dient, Unterricht hält. Begard und Gwenelle werden einander vorgestellt. „Der Friede sei mit dir", grüßt Begard nach der Art der Hochländer und reicht der Zofe, die auch in Waffen geht, seine Schwerthand zum Gruß. Kurz zögert diese, ergreift dann aber höflich die ihr angebotene Rechte.

„Der Friede sei auch mit dir."
„Ich möchte, dass jeder Junge lernt, sich selbst Hemd, Hose, Kittel und Mantel zu nähen, und jedes Mädchen lernt, sich selbst Kleid, Unterkleid, Hose und den Mantel zu nähen", sagt sie zu dem die Nase rümpfenden Schneider.
„Mit Verlaub, meine Königin, aber ich bin der Schneider des Königs und des Hofes und der vornehmen Bürger von Steinstadt. Meine Aufgabe ist es nicht, schmutzige Kinder einzukleiden und ihnen Unterricht im Nähen zu geben." Herablassend betrachtet er die Kinder, Begard und sogar die in ihrer hochländischen Tracht etwas schäbig aussehende Königin. Wütend und hilflos will Raa dem Schneider eine scharfe Erwiderung geben, doch da spürt sie die leichte Berührung ihrer Zofe am Arm. Gwenelle schüttelt kaum merklich den Kopf. Raa holt Luft, um dem eingebildeten Schneider die Meinung zu sagen, mit Blick auf Gwenelle lässt sie es dann aber bleiben und verabschiedet den Mann knapp. „Was sollen wir jetzt tun?", fragt sie an ihre Zofe gewandt.
„Ihr habt Euren eigenen Schneider, der die alleinige Erlaubnis hat, königinnenblaue Stoffe zu verwenden. Ich bin mir sicher, er wird einen geeigneten Lehrer finden", sagt Gwenelle. Raa strahlt sie an.
„Wo finde ich ihn?"
„In der Schneidergasse."
„Lasst jemanden nach ihm schicken. Er soll doch bitte ins Waisenhaus kommen", sagt die Königin.
„Das wird nicht gehen, meine Hoheit. Stich, die Nadel, ist jetzt sehr alt. Er hat keinen Sohn, nur eine Tochter, aber vielleicht kennt er einen geeigneten Mann für Euer Ansinnen", erwidert Gwenelle. „Nur Männer dürfen die Erlaubnis zur Verarbeitung von blauen Stoffen beantragen. Wie Ihr wisst, ist es das Vorrecht der Königin, Königinnenblau zu tragen. In Ermangelung eines männlichen Erben wird die Erlaubnis zum Verarbeiten blauer Stoffe wohl auf Dietmar übergehen." Raa schaut die andere eine Weile lang mit unbeweglicher Miene an. Dann legt sie ihren Kopf in den Nacken und lacht schallend los.

„Bisher durften nur Männer die Erlaubnis zur Verarbeitung von blauen Stoffen bekommen. Das wird hiermit geändert. Schickt bitte nach der Tochter von Stich, der Nadel. Wir werden sehen, ob sie nähen kann und ob es ihre Aufgabe sein kann, schmutzige Kinder einzukleiden und ihnen das Nähen beizubringen und ob sie somit die Erlaubnis bekommen kann, königinnenblaue Stoffe zu verarbeiten und die Garderobe der Königin zu schneidern."
Stichs Tochter Lise ist eine aufgeweckte Frau Anfang dreißig, die Raa sofort mag. Selbstverständlich könne sie nähen. Begeistert nimmt sie Raas Angebot an. In der nächsten Woche soll der Unterricht im Nähen beginnen. Sie handelt einen guten Lohn aus. Noch zwei Frauen wird sie anstellen müssen, um den Kindern etwas beibringen zu können, denn die Waisen sind zahlreich. Neugierig betrachtet sie Raas Tracht. „Euer Gewand sieht so aus, als wäre es Euch ein guter Freund. Es behindert Euch nicht in Eurer Bewegungsfreiheit, kleidet Euch und hält Euch im Winter mit den entsprechenden Unterkleidern warm."
Es ist Mittag geworden, Gwenelles Magen knurrt und Begard und die Kinder bekommen eine warme Suppe. Auch die drei Frauen gesellen sich dazu, munter plaudernd. Nach dem Essen verabschiedet sich Lise und Raa geht zurück zum Krankenhaus, während die Zwillinge noch eine Weile an Begards Unterricht teilnehmen. Erst als es schon dunkelt, machen sich die Königin, ihre Zofe und die beiden Prinzessinnen auf den Weg zurück zum Königssitz. Ein kalter Wind pfeift um die Häuser und wieder einmal flüchten sich Beruda und Ana unter den Mantel ihrer Mutter, deren Holzpantinen in den Gassen klappern.
Im kleinen Saal ist die Tafel für die königliche Familie gedeckt und das Feuer brennt im Kamin. Olof, der von den Zwillingen stürmisch begrüßt wird, erwartet sie schon. Gwenelle verneigt sich vor dem König, der die Zofe mit gemischten Gefühlen betrachtet. Einerseits ist er froh, dass seine Frau Unterstützung und auch einen gewissen Schutz erhält, andererseits spürt er einen Stich in seiner Brust, den man Eifersucht nennt, denn die Zofe wird mehr Zeit mit Raa ver-

bringen als er. Der König richtet Grüße von Vildosgroßsohn aus, die die Zofe dankend entgegennimmt. Gwenelle spürt, dass die Familie unter sich sein möchte. Sie verneigt sich und zieht sich in die Küche zurück, um etwas zu essen zu bekommen. Als die Türe hinter ihr schließt, atmet die Königin erleichtert aus. Das Abendbrot ist ihre heilige Zeit, denn sonst sieht sie ihren Mann kaum je allein. Er hat ein eigenes Zimmer bezogen, während Ana und Beruda mit ihr im Königinnengemach schlafen. Raa ist es eigentlich nicht wirklich recht, doch Olof weckt sie sonst zu oft auf, wenn er bis spät in die Nacht eine Besprechung hat und dann in ihr Bett schlüpft.

„Erzähl, was hast du heute gemacht?", fragt Raa ihren Mann. Dann beginnt er zu berichten. Die Steuern, die die Stämme zu entrichten haben, treffen nach und nach ein. Olof hat mit den Steuern die Dinge zurückgefordert, die sich die Stammesfürsten während Wolfgangs Herrschaft „ausgeliehen" haben und Lebensmittel, damit Steinstadt über den Winter kommt. Dank Vindu, der seine Hand über seine Nachkommen zu halten scheint, sind vor Kurzem Raas Hausrat und dreißig große Säcke voll Getreide als Geschenk der Königin Ehwaztochter aus Hochland eingetroffen. Es gibt so viel zu tun. Jedes Viertel in Steinstadt soll seine Schule bekommen. Die Bevölkerung soll bewaffnet werden, doch Schwerter sind zu teuer für die einfachen Leute. „Stäbe sind für die Menschen bezahlbar und ein Bogen ist es auch", wirft Raa ein. Olof schaut sie an. „Du hast recht. Wir werden uns jedoch die Bewaffnung der Bevölkerung für das nächste Jahr vornehmen. Ein größeres Problem wird es sein, die Menschen über den Winter zu bekommen. Zudem wird es schwierig sein, den Leuten zu vermitteln, dass Bildung für ihre Töchter gleichermaßen wichtig ist wie für ihre Söhne." Raa denkt an Lise.

„Wir könnten im Thronsaal, der ausreichend groß ist, Unterricht halten und eine Schulspeisung anbieten. Dann würden zum einen die Kinder etwas lernen, zum anderen hätten sie wenigstens einmal am Tag eine Mahlzeit. Ich bin mir sicher, dass die Menschen nicht wollen, dass ihre Töchter verhungern." Olof lacht. „Ich bin wirklich froh darüber, dass ich eine so kluge Frau geheiratet habe."

Fast ein Jahr dauert Xolas Glück. Nachdem sie im Herbst geheiratet hat, erlebt sie einen Winter, in dem sie nicht friert. Drud verbringt viel Zeit in Aurs Zelt. Urs und Xola bemühen sich, ihn als Teil der Familie zu behandeln. Doch ihm wird das Geturtele der beiden häufig zu viel.

Im Frühjahr, als sie das Winterlager abbrechen, wölbt sich Xolas Bauch sichtbar für alle vom Stamm. „Haben eure unermüdlichen Bemühungen also endlich Früchte getragen", zieht Lobele Xola auf und streichelt ihr Bäuchlein grinsend. Xola knufft sie im Gegenzug verlegen lachend in den Arm. Urs ist ein wenig blass. Zwei Mal unterbricht er an jenem Tag, an dem sie ihre Sachen packen und ihre Tiere zusammentreiben, seine Arbeit und setzt sich kurz etwas abseits auf einen großen Felsbrocken. Beim ersten Mal zieht ihn Xola damit auf, dass seine werdende Vaterschaft so anstrengend nicht sein könne, dass er sich während der Arbeit ausruhen müsse. Sie unterbricht ihr Tun nicht. Beim zweiten Mal geht sie besorgt zu ihm und sieht nach ihm. Urs hält sich den Bauch. Seine Wangen sind eingefallen. Eine Magenverstimmung mache ihm zu schaffen, sagt er. „Das ist schlecht, in Anbetracht der Tatsache, dass wir morgen aufbrechen wollen", erwidert sie. Mitten in der Nacht erwacht Xola daran, dass sich Urs neben ihr auf der Schlafstatt hin und her wälzt und leise stöhnt. Als sie neben sich greift, erschrickt sie. Urs hält seinen Bauch. Er hat rasende Schmerzen. Seine Haare sind verklebt vom Schweiß, das Fieber ist sehr hoch. Die Schmerzen sind von der Gegend um seinen Bauchnabel in seinen rechten Unterbauch gewandert. Urs hat die Seitenkrankheit. Xola fühlt die nackte Angst in sich aufsteigen und bittet Drud, rasch den Heiler zu holen. Drud kommt bald mit dem Mann zurück, der Opium verbrennt und Urs den Rauch einatmen lässt, was seinen Schmerz ein wenig lindert. Kopfschüttelnd zuckt der Heiler mit den Schultern. Am Morgen lässt Urs nach Aur schicken, der der Vormund seines Kindes sein und Xola bei dessen Erziehung unterstützen soll. Er soll den Stamm führen, bis Urs' Sohn alt genug sein wird. Aur weint, Lobele versucht, Xola zu trösten, die wiederum vergeblich versucht, sich zusammenzureißen und nicht zu weinen. Dann bittet der Fürst der Stiere und werdende Vater alle, sein Zelt zu verlassen. Er wolle allein sein mit seiner Frau. Urs ist ganz ruhig und nimmt Xola ein Versprechen ab.

Am späten Vormittag schließt Urs Ursohn, der Stier, dessen Hand Xola hält, für immer seine Augen. Für Xola bricht eine Welt zusammen. Nachdem Urs gestorben ist, beginnt sie zu schreien und schreit und schreit und lässt sich von Lobele, die sie im Arm zu halten versucht, nicht beruhigen. Als ein paar Männer des Stammes den Toten aus dem Zelt tragen wollen, zieht sie ihr Schwert und stellt sich vor ihr gemeinsames Lager. Sie sieht die Männer mit irrem Blick an. „Verschwindet!", schreit sie. „Und du auch", an Lobele gewandt. Zwei Tage lang wacht sie neben Urs' Leiche wie ein Hund, der niemanden an sein Herrchen heranlässt. Am Abend des zweiten Tages hat Lobele genug und wagt sich in Urs' und Xolas Zelt. Sie findet eine in ihrem Blut liegende Xola vor, die sich leise wimmernd an ihren toten Mann schmiegt, der zu stinken angefangen hat. Xola hat das zu früh gekommene Kind zwischen sich und ihren verstorbenen Mann gelegt. Es wäre ein Mädchen geworden.

Hangista starb an einem sonnigen Frühlingstag im Kampf gegen einen Bären, während er ein Kind verteidigte. Ehwaz erlegte den Bären mit Speer und Schwert. Sie sprach ihrem sterbenden Gefährten die Worte, die seither in Hochland für jedes Pferd gesprochen werden, das sich aufmacht zu seiner letzten Reise.

Kapitel 27

An einem schönen Herbsttag im zweiten Jahr von Olofs Herrschaft in Camroth, an dem die Zwillinge im Haus der Bücher sind, beschließt Königin Raa, mit ihrer Zofe auszureiten. Sie gibt dem König Nachricht, dass er sie erst am Abend zurückwarten darf. Wie freut sich die Königin auf einen Tag ohne Pflichten und Regeln. Gwenelle lässt von der Küche eine Kleinigkeit zu essen für unterwegs herrichten. In aller Frühe werden die Pferde gesattelt, damit man kurz vor Tagesanbruch aufbrechen kann. So werden die beiden Frauen die Wälder am westlichen Rand der Ebene vor der Mittagszeit erreichen. Raa gürtet das Schwert und nimmt ihren Bogen und den Köcher, in dessen Leder Lavendelzweige geprägt sind. In den Gassen begegnet ihnen eine Gruppe junger Mädchen auf dem Weg zur Schule, Freundinnen der Zwillinge. Die Mädchen verneigen sich. Eine von ihnen trägt eine hochländische Tracht, die anderen tragen ihre Röcke kurz über dem Knöchel. Allmählich ändert sich die Mode im Südlichen Land, stellt Raa fest.

Kurz nach Sonnenaufgang passieren sie das Stadttor im Westen. Doch kaum, dass sie die Stadt verlassen haben und über die Ebene galoppieren, strauchelt Lato und geht lahm. Der Reiterin ist nichts zugestoßen und auch das Pferd hat sich das Bein nicht gebrochen, aber an einen Ausritt ist heute nicht zu denken. „Dann verbringen wir den Tag eben in meinem Garten", sagt die Fürstentochter vom Lavendelhof und Königin vom Südlichen Land achselzuckend. Kurz nach ihrer Ankunft zeigte die Zofe Raa die Treppe in der Wand, die in den Garten der Königin führt, welcher zu diesem Zeitpunkt noch ein verwilderter Urwald war. Raa war begeistert. Inzwischen ist ihr Garten wieder ein Garten, in dem sich sogar eine Schwitzhütte und ein von einer sprudelnden Quelle gespeistes Tauchbecken befinden. Raa nimmt die Zügel in die rechte Hand, um ihren Hengst zurück zum Stall zu führen. Auch die Zofe steigt ab und bittet die hohe Frau, auf ihrem Pferd zu reiten. Raa lehnt dankend ab: „Man muss in Bewegung bleiben, um beweglich zu bleiben. Langsam werde ich alt. Meine Kinder werden bald groß sein und meine besten Jahre liegen hinter mir." Gwenelle widerspricht leidenschaftlich. Raa sei die schönste der Frauen, keine könne an sie heranreichen und ihre besten Jahre lägen sicher noch vor ihr. Raa lacht: „Ihr seid eine Schmeichlerin." Doch Gwenelle beharrt auf ihrer Meinung. Zurück im Schloss bittet die hohe blonde Frau die Zofe, die Pferde in den

Stall zu bringen und macht sich auf zu den Gemächern ihres Ehemannes, um ihm zu sagen, ihr Ausflug sei abgeblasen.
Gwenelle bringt die Pferde in den Stall und Frolof fragt erschrocken: „Seid Ihr schon zurück?"
„Lato lahmt, er ist an einem Maulwurfshügel gestrauchelt."
„Und wo ist die Königin?", fragt Frolof voller Sorge.
„Sie hat sich aufgemacht, um dem König ihre Rückkehr kundzutun", erwidert die Frau. Das blanke Entsetzen zeigt sich auf dem Gesicht des Stallmeisters.
„Eilt Euch, Gwenelle, der König ist nicht allein." Die Zofe braucht nur einen kurzen Augenblick, um zu begreifen, dann drückt sie Frolof die Zügel in die Hand, macht auf dem Absatz kehrt und läuft los.

In gewohnter Weise eilt sie durch die Gänge, vorbei am Tor des Thronsaals und nähert sich der Tür des Königgemachs. Der davorstehende Wachposten erschrickt, als er die Königin kommen sieht. Raa ist erstaunt, dass er ihr den Eintritt verwehren möchte. Er errötet und sagt: „Ich darf niemanden hineinlassen." Raa, halb belustigt, halb verärgert, schiebt den Jüngling beiseite mit den Worten: „Die Königin braucht niemandes Erlaubnis, um die Gemächer des Königs betreten zu dür..." Der Satz wird nicht beendet. Sie hat die Türe aufgestoßen und was sie sieht, lässt sie mit offenem Mund verstummen. Ihr Gefährte, Geliebter, Ehemann und Vater ihrer Kinder sitzt nackt auf einem Stuhl in der Mitte des Zimmers und auf ihm sitzt rittlings, ebenfalls nackt, eine der Hofdamen aus dem Haus der Falken. Aufkreischend flüchtet sie sich hinter Olofs Bett und presst ein Leintuch vor ihre Scham, um ihre Blöße zu bedecken. Dann schweigt sie und es ist völlig still in dem Raum, nur das Surren einer Fliege gegen das Fenster ist zu hören. Laut klingt das Geräusch eines Schwertes, das aus der Scheide gezogen wird und Raa spürt wie im Traum das Schwert, das ihr einst Meta in die Hand legte, in ihrer Linken. Es wiegt ganz leicht. Langsam geht sie auf ihren Ehemann zu, der sie entsetzt anstarrt. „Raa, bitte tu das nicht. Sie ist nichts. Du bist die Einzige für mich." Schritt für Schritt nähert sich ihm seine Frau. Ihr Gesicht ist aschfahl und sie fühlt nichts. Keinen Zorn, keine Enttäuschung. Sie steht nun eine Schwertlänge von Olof entfernt, der stammelnd zurückweicht. Sein Glied hängt schlaff herab und er sieht lächerlich aus. Die andere kreischt erneut auf, als Raas Schwert, das einst ihrer Großmutter gehörte und ein gutes in Hochland gefertigtes Linkshänderschwert ist, Olofs Haut über der Brust ritzt. Mit einem Mal begreift Raa: Diese Frau ist nicht die einzige, mit der ihr Mann sie betrogen hat. Der schuldbewusste Blick der Lehrerin, verheiratet mit dem Leiter der Schule, als die junge Raa Olof im Haus der Bücher in Inroth besucht. Die Abende, an denen er spät nach Hause kommt mit einer schlechten Ausrede. Ihre Base Anhild, ANHILD, die in lautes Schluchzen ausbricht, als Raa sagt, sie gingen nach Steinstadt. Wie Schuppen fällt es ihr von den Augen. ALLE wussten es. Nur sie selbst nicht. Der König von Camroth steht nun in einer Ecke des Zimmers. Es gibt für ihn kein Zurückweichen und kein Entkommen nach vorn. Raa lässt die Spitze ihres Schwertes an Olof hinab gleiten, eine blutige Spur zurücklassend, bis es auf seine Männlichkeit gerichtet ist. Raa zieht ihre Hand ein wenig zurück, um zu zustoßen. In diesem Moment legt sich eine weiche Frauenhand auf die ihre. Heftig atmend legt Gwenelle von hinten einen Arm um den Bauch ihrer Herrin und zieht sie zwei Schritte zurück. „Mögest du es nie gebrauchen müssen", sagt Gwenelle. „Nicht an diesem Tag." Die Dienerin nimmt der betrogenen Ehefrau das Schwert aus der Hand. Gwenelle führt Raa wie eine Schlafwandlerin in ihre Kammer. Beim Verlassen des Zimmers sagt Olof irgendetwas und die Zofe hält kurz inne. Der Blick, den sie dem König zuwirft, lässt ihn schweigen. Kurz betrachtet sie ihn, wie man einen Flecken auf seiner Kleidung betrachtet oder ein lästiges Kind, dann verlässt Raa den König und seine Buhlin.

Ohne Ansehen meines Gewandes,
meines Standes, trägst du mich treu an jedem Tag
über weite Strecken,
wohin ich auch reisen mag.
Nun sollst du frei in der Anderswelt weiden.
Vorbei ist nun aller Schmerz,
alles Leiden.
Am Tag meines Todes kommst du zu mir mich zu holen.
Auf dir will ich in die Anderswelt reiten.
Mein treuer Gefährte,
du wirst mich begleiten.

Kapitel 28

Nachdem Raa ihren Mann bei einem seiner vielen Seitensprünge erwischt hat, liegt sie für eine Woche in ihrem Bett und will nur sterben. Gwenelle bewacht ihre Herrin wie eine der alten Rachegöttinnen, mit denen man sich besser nicht anlegt. Nur den Kindern erlaubt sie, ihre Mutter zu sehen. Die Berge im Norden sind schon schneebedeckt, als sich Raa aufrafft und beschließt, zurückzukehren nach Hochland. Sie wünscht sich zurück auf den Lavendelhof, doch daran ist wegen des Wintereinbruchs im Gebirge vor dem darauffolgenden Frühjahr nicht zu denken. Olof hat die ersten Tage versucht, sich ihr zu erklären, doch es ist selbst für ihn unmöglich, an der Zofe vorbei zur Königin zu gelangen. Über den Winter hat Raa Zeit, sich Gedanken zu machen. Sie führt lange Gespräche mit Gwenelle, der sie vertraut. Eines Tages kurz vor der Wintersonnenwende besieht sich Raa bei einem Besuch im Waisenhaus die Fortschritte, die sie inzwischen erreicht haben. Jedes Kind trägt einigermaßen saubere und vor allem warme Kleidung. Die Waisen bekommen menschliche Wärme, eine Ausbildung und sind gut genährt. Ein kleiner Junge von etwa zwei Jahren läuft auf sie zu, umarmt ihre Beine, bis sie ihn auf ihren Arm nimmt, küsst sie nass auf ihre Wange und sagt: „Meine Mama." Da weint Raa leise in das Hemdchen des Kleinen und weiß, dass sie an diesem Ort richtig ist und dass die Zwillinge Mutter und Vater brauchen. Raa kann Olof seine Lügen nicht verzeihen, und das muss sie auch nicht. Manchmal versucht sie zu verstehen, warum er nicht treu sein kann, doch es werden Jahre vergehen, bis sie diese Kränkung überwinden wird.

Raa verändert die Enttäuschung auch äußerlich. Sie legt die kindliche Unschuld ab, die engelsgleiche beinahe körperlose Schönheit, die ihr anhaftete, und wird zu der Frau in der Blüte ihrer Jahre, die sie ist. Auch ihre hochländische Tracht legt Raa ab und kleidet sich in königinnenblaue Kleider, von Lise längst vorbereitet, die Radröcke haben und kurz über dem Knöchel enden, sodass sie die Königin beim Reiten und Kämpfen nicht behindern werden. Ihren Hochländerinnenzopf schlingt sie um ihren Kopf und steckt ihn fest. Als sie zum Fest der Wintersonnenwende zum ersten Mal in der Öffentlichkeit so in Begleitung ihrer Zofe und ihrer beiden in grüne Gewänder gekleideten Töchter den Thronsaal betritt, die verkrampften Hände in den Falten ihres Rockes vergraben, verstummen die Gespräche der Anwesenden. Olof, der auf seinem Thron sitzt und sich nicht sicher war, ob seine Frau erscheinen würde, springt auf und starrt sie mit offenem Mund an. Seine Königin ist die schönste Frau der Welt. Raa wird ihm nie mehr ihr Lächeln schenken, das weiß er, er kennt sie. Sie tanzt mit ihm und sie wird seine Königin bleiben, doch näher als beim Tanzen wird er ihr nie mehr kommen. Es wird ein wenig so sein wie in seinem Traum, den er auf der Reise nach Steinstadt hatte. Raa hätte ihm einen Fehler vergessen, aber dass er sie über Jahre hinweg betrogen und belogen hat, das wird sie ihm nie ganz verzeihen, dessen ist er sich bewusst.

Manchmal schleicht sich Olof in den Frauentrakt und „überprüft" die Wäsche der Königin im Wäschekorb. Er schickt alle Diener hinaus und vergräbt seine Nase im Schritt von Raas Hose. Der König weint bittere Tränen, den Geruch ihrer Scham einatmend.

Raa beansprucht weiterhin zwei Abende in der Woche für das Familienessen, an dem nun auch Gwenelle teilnimmt. Sie möchte, dass ihre Töchter in dem Glauben an eine heile Familie aufwach-

sen. Zudem ist es nötig, dass sich die Eheleute besprechen, was ihre Geschäfte anbelangt. Die ersten Male fällt es ihr sehr schwer, ihm gegenüberzusitzen. Raa möchte Olof nicht strafen, sie ist nur einfach verletzt. Bedingungslos hat sie Olof vertraut. Olof macht ihr häufig Geschenke, die sie dankend annimmt und weiter verschenkt, denn sie baut sich im Laufe der Zeit ein Netzwerk von Frauen und Männern auf, die ihr treu ergeben sind.
Vinko verstirbt in diesem Winter. Er war schon alt gewesen, als Meta vor etwa einem Jahrzehnt in Steinstadt war, und nun ist seine Zeit gekommen. Für ihn werden alle Hörner von Steinstadt geblasen und die Menschen trauern um einen, der vielen Gutes getan hat. Es ist für Raa ein herber Schlag. Gidi nimmt seinen Posten ein.

Urs ist noch am selben Tag, an dem man ihn aus seinem Zelt geborgen hat, gemeinsam mit seiner zu früh geborenen Tochter verbrannt worden. Xola hat es nicht miterlebt. Sie liegt in hohem Fieber in Aurs Zelt. Nur das Versprechen, das sie Urs auf seinem Sterbebett gegeben hat, hält sie davon ab, in die Anderswelt hinüberzugleiten. Zehn Tage verzögert sich die Abreise der Stiere aus dem Winterlager, bis Xola in der Lage ist, auf einer von ihrem Pferd gezogenen Trage mitzureisen. Erst nach Wochen ist sie wieder einigermaßen körperlich hergestellt, doch sie ist schweigsam geworden. Sie wohnt wieder mit Drud im Zelt des verstorbenen Anführers, das eines Tages brennt. Einige Dinge können gerettet werden, doch das meiste wird ein Opfer der Flammen. Niemand weiß, wie es zu dem Feuer kommen konnte, außer Xola, die es absichtlich gelegt hat, während Drud bei der Herde war, denn sie kann den Anblick all der Erinnerungen nicht ertragen.
Sie zieht allein mit Drud, der nun siebzehn Jahre alt ist, in ein kleineres, praktischeres Zelt. Xola will beweglich sein. Sie kann warten. Zweieinhalb Jahre nach dem Tod ihres Mannes und ihres Kindes schlagen die Stiere ihr Winterlager nur zwei Tagesritte südlich von Steinstadt auf, das sie aus den Erzählungen von Urs genau kennt. Sie wartet bis zum Donnerstag. Mitten in der Nacht zieht sie sich an und

weckt Drud, indem sie ihm zwei Finger auf die Lippen legt. „Leise, Drud. Ich muss für drei Tage verschwinden."
„Was hast du vor, Xola?", fragt Drud flüsternd.
„Das willst du nicht wissen", antwortet sie. „Ich habe Kopfschmerzen und soll nicht gestört werden, sag das den anderen, ja?"
„Also gut, aber pass gut auf dich auf." Leise schleicht Xola aus dem Zelt, leise sattelt sie ihre Stute und packt etwas Wegzehrung und Wasser in ihre Packtaschen. Als sie außer Sichtweite ist, steigt sie auf. Sie reitet zügig. Ihre Mütze hat sie sich tief ins Gesicht gezogen. Am Freitagnachmittag hat sie Steinstadt erreicht. Während sich der Torwächter gerade in seiner Stube aufwärmt, passiert sie am späten Nachmittag das südliche Stadttor. In der Nähe der Häuser der Heilung bindet sie ihre Stute an und wartet im Schatten eines Torbogens auf die Dunkelheit. Dann wird der König kommen, um sein wöchentliches Bad zu nehmen, und sie wird ihr Versprechen erfüllen.

Ehwaz verließ den Felsüberhang, den ihre Sippe bemalt hatte und gelangte an einen Hügel am Fluss. Sie errichtete mithilfe ihrer Nachkommen – Pferden und Menschen – Inroth. Von nun an wandelte sie sich nie mehr um in ihre Tiergestalt. Sie blieb Mensch und wurde erste Königin von Hochland.

Kapitel 29

Es ist Spätsommer, bald zwei Jahre, nachdem Raa den König mit seiner Buhlin überrascht hat.
Vor über einem Jahrzehnt ist sie Olof zum ersten Mal begegnet. Sein Onkel, der verstorbene König, war mit seinem Hauptmann über die Zugbrücke des Lavendelhofes geritten, um Unterkunft für die Nacht zu ersuchen auf der Reise nach Inroth. An jenem Tag hatte sie mit der Großmutter Wäsche gewaschen und aufgehängt. Olof, der an dritter Stelle geritten kam, hatte sein Pferd versorgt und ihr dann

seine Hilfe angeboten. Sie erinnert sich noch genau an seine dunklen Augen, die sie sehr ernst ansahen, während sie einen Stich in ihrer Magengegend verspürte.
Der alte Feigenbaum spendet Schatten, dennoch ist es so heiß in ihrem Garten, dass Raa nur mit ihrem Unterkleid angetan arbeitet. Gwenelle ist in Begleitung der Zwillinge in Steinstadt unterwegs, um Besorgungen zu machen. Die Königin ist allein. Unter dem Feigenbaum wuchern die Brennnesseln. Raa greift an ihre Hüfte. Sie hat ihren Dolch gemeinsam mit ihrem Oberkleid abgelegt. Es ist zu ärgerlich. Sie hat kein Messer zur Hand. Sie bückt sich, um den Brennnesseln mit ihren behandschuhten Händen zu Leibe zu rücken, als ein Schatten auf sie fällt.

Sie hat mit Aur gebrochen, als er den Spross aus dem Haus der Eschen als König vom Südlichen Land anerkannte. So wütend war Xola, als sie Aur mit dem Speer in der Hand als neuen Anführer der Stiere sah, dass sie nie wieder ein Wort mit ihm wechselte und auch mit Lobele nicht. In ihrem Zelt lebt sie allein, denn Drud hat geheiratet und ist zur Familie seiner Frau in deren Zelt gezogen. Doch das ist ihr recht. Das macht es einfacher, ihre Pläne zu verwirklichen. Ihr Zelt steht immer ein wenig abseits von den anderen. In diesem Sommer haben sie ihr Lager wieder an dem Platz zwei Tagesritte südlich von Steinstadt aufgeschlagen.
Nun ist es helllichter Tag und sie wird wieder einen Teil des Versprechens erfüllen, das sie Urs gegeben hat.
Sie hat Urs geschworen, dessen Mutter und Onkel zu rächen.
Der König soll denselben Schmerz fühlen, den Urs gefühlt hat, als König Ulf Urs' Mutter und Onkel ermorden ließ. Alle sollen sie verflucht sein aus dem Haus der Eschen, so hat Urs es gesagt auf seinem Sterbebett. Damals hat sie König Ulf umgebracht. König Olof hingegen soll spüren, wie es ist, wenn man das Liebste verliert, das man hat. Xola wartet seit drei Tagen auf eine gute Gelegenheit. Die Königin ist allein in ihrem Garten an diesem heißen Spätsommertag. Die kleine Pforte, durch die Xola eintritt, quietscht leise, doch

niemand scheint es bemerkt zu haben. Sie schleicht gebückt durch einen Orangenhain, am Bienenhaus vorbei. Im hinteren Teil des Gartens macht sie eine weiße Gestalt aus, die sich bückt, um ein paar Brenneseln auszurupfen. Xola zieht ihren Dolch. Während Xolas Schatten auf die gebückte Gestalt fällt, richtet diese sich auf und wendet sich zu ihr um. Sie ist fast zwei Köpfe größer als Xola und schön wie die Sonne. Die Königin hebt die Hand, um ihre Augen zu beschatten, und blinzelt gegen das Licht. Vor ihrer Brust baumelt das Schlangenamulett. Xola schaut in Beregirs blaue Augen und auf das Schlangenamulett, das die andere um den Hals trägt. Mit ihrer rechten Hand hält Xola den Dolch umklammert. Es kommt ihr in den Sinn, was Beregir zu ihr sagte, bevor er sich von ihr verabschiedete: „Bei all dem Dreck, den du erlebst, ist das Einzige, das zählt, dass du menschlich bleibst, liebe Xola." Sie schluckt und spürt, dass sie durstig ist und sehr müde. Raa sieht die andere an, die zwei Köpfe kleiner ist als sie selbst und irgendwie verloren aussieht. „Wie wunderbar – Ihr habt ein Messer. Darf ich?", ruft sie begeistert und streckt Xola ihre linke Hand entgegen. Die kann die Augen nicht von dem Amulett lassen und wie geistesabwesend legt sie den Dolch in Raas Hand. Mit tonloser Stimme fragt sie Raa: „Woher habt Ihr dieses Schmuckstück?" „Mein Vater, Beregir vom Lavendelhof hat es aus dem Östlichen Land mitgebracht. Er bekam es von einer Freundin geschenkt. Kennt Ihr es?", antwortet die Königin, die sich im Reden bückt und sich mit dem Dolch über die Brennnesseln hermacht. Xola setzt sich in den Staub. „Ich bin Xola", kann sie gerade noch sagen, bevor sie ohnmächtig wird. Als sie erwacht, liegt sie auf einer mit Kissen gepolsterten Liege, während ihr ihre Schwester, die Königin, die Stirn mit einem feuchten Lappen abtupft. „Trinkt etwas und esst ein paar Früchte. Ihr seid völlig ausgetrocknet und seid nur Haut und Knochen", schüttelt Raa den Kopf. „Mein Vater sagte immer, ich hätte eine Schwester, die ich nicht kenne und die in einem anderen Land lebt. Nun, da ich Euch sehe, mag ich das gerne glauben. Im Leben kann ich Euch nicht danken, was Ihr für meinen Vater getan habt. Warum weint Ihr?" Xola liegt auf ihrer

Liege und kann Raa nur anschauen. Die Tränen rinnen unaufhörlich über ihre Wangen, sie kann nichts dagegen tun. Sie schüttelt nur den Kopf. Wie dumm sie war. Beinahe hätte sie ihre Schwester getötet, Urs' Rache wegen. Der Rache eines Toten, um die Toten zu rächen wegen. Einer Rache wegen, die niemanden mehr lebendig machen kann. Xolas Kind nicht, Urs nicht, Brungard nicht, Skiluros nicht, Xolas Mutter und auch Xolas Bruder nicht. Raa hält Xola im Arm und gibt ihr schweigend Zitronenlimonade zu trinken. Xola und Raa halten einander bei den Händen, der Dolch liegt auf dem Tischchen zwischen dem Becher und dem Krug voll Zitronenlimonade, bis die Zofe und Ana und Beruda in den Garten gestürmt kommen.

Raa und Xola, der Tag und die Nacht, die Sonne und der Mond verbringen den Winter zusammen auf dem Hügel Camroth in Steinstadt im Südlichen Land, wo alles begann. Wo Lug am Weltenbaum, der Esche hinabgestiegen ist auf die Erde, wo er Ana zeugte und mit ihr das Geschlecht der Menschen und die acht Stämme.
Raa päppelt ihre Schwester auf, die sich noch im Herbst mit Aur und Lobele versöhnt, Drud ihren Hausrat schenkt, sich bei allen bedankt und sich verabschiedet. Nur ein paar wenige Erinnerungsstücke nimmt sie mit sich und natürlich ihr Pferd. Raa ist glücklich, endlich die Seelenverwandte gefunden zu haben, nach der sie sich immer gesehnt hat. Zweifelsohne liebt sie ihre Brüder, doch nun, da sie eine Schwester hat, fühlt sie sich wirklich vollständig. Gwenelle ist ein wenig eifersüchtig und auch ein wenig misstrauisch, doch mit der Zeit entwickelt sich zwischen den drei so unterschiedlichen Frauen Freundschaft. Auch Olof traut Xola nicht über den Weg. Es gibt keine Beweise für eine Verstrickung von Xola in die Ermordung von Ulf, doch Olofs Nackenhaare kräuseln sich unwillkürlich, wenn Xola in der Nähe ist, und der Mann, dessen Namen niemand kennt, ist stets wachsam.
Für fünf Jahre bleibt Xola am Hof in Camroth. Sie nimmt an den Abendessen der Familie teil, hält sich aber von den Gesellschaften mit den vornehmen Damen des Landes fern, die Raa auf Empfeh-

lung Gwenelles hin an jedem Mittwoch abhält. Die Menschen nehmen manchmal Anstoß an ihrem Aussehen und sie möchte sich nicht den Blicken der Frauen aussetzen. Xola ist es auch, die Raa sanft darauf hinweist, dass es schwierig sein kann für denjenigen, den es häufig nach der körperlichen Liebe verlangt, wenn in einer Ehe die beiden Eheleute eine sehr unterschiedliche Haltung zur Lust haben. Xola mag Olof gerne und sie bedauert ihn, wie er sich um seine Frau bemüht, während Raa vorgibt, er sei ihr gleichgültig.
Eines schönen Freitagabends sitzen Xola, Raa und Gwenelle in der Schwitzhütte in Raas Garten, lassen den Bierkrug kreisen und kommen auf den König zu sprechen. Die Zwillinge hatten ihren dreizehnten Geburtstag und Olof bat Raa, mit ihm zusammen zwei Stuten für die Mädchen auszusuchen, was Raa ungläubig zur Kenntnis genommen hat, denn in Hochland glaubt man daran, dass Pferd und Reiter für einander bestimmt sind und sich zum richtigen Zeitpunkt finden werden. Während Raas Rede schweigt Xola. Sie schweigt auch noch eine Zeit lang danach. Gwenelle wird es zu heiß und sie geht hinaus, um sich im kalten Wasser abzukühlen. Erst, nachdem Gwenelle die Türe hinter sich geschlossen hat, wendet sich Xola an ihre Schwester. Raa kann nicht unterscheiden, ob es Tränen sind oder der Schweiß, der Xolas Wangen hinunterrinnen. „Weißt du, Raa, es ist für einen Mann nicht einfach, eine Frau zu lieben, die ihn in allem – und damit meine ich nicht nur deine Körpergröße – überragt. Du bist schön und klug und frei."
„Aber das ist Olof doch auch!", wirft Raa ein.
„Ja, aber er ist nicht selbstsicher genug, um das zu sehen. Zudem Raa – du strahlst wie die Sonne. Betrittst du mit Olof einen Raum, richten sich alle Blicke auf dich und nicht auf ihn. Es geht mich auch nichts an, aber ich habe den Eindruck, dass du so sehr in dir selber ruhst, dass du es nicht verstanden hast, wie sehr es ihn danach verlangt, völlig mit dir zu verschmelzen."
„Was meinst du damit? Wir sind doch zwei unterschiedliche Menschen und nicht Mutter und Säugling, die eins sind", erwidert die Königin fast empört.

„Ja, das stimmt, aber das sagt sich leicht, wenn man derjenige ist, der die Zügel in der Hand hält und sich letztendlich entzieht. Sei nicht dumm, Raa. Ich würde alles dafür geben, damit Urs noch am Leben sein könnte. Dass er mich missbraucht hat für seine Rache, habe ich ihm verziehen. Sei du doch froh, dass dein Mann noch am Leben ist, und tu dir selbst und ihm einen Gefallen und versuche auch, ihm zu verzeihen. Wirf nicht weg, was du haben kannst mit ihm", sagt sie schließlich mit bebender Stimme, geht hinaus und taucht im kalten Wasser unter. Raa bleibt allein zurück. Sie erhebt sich langsam, geht in den Garten und atmet die kühle Nachtluft ein. Mit den Füßen voran springt sie ins Tauchbecken. Sie bleibt so lange unter Wasser, bis sie meint, ihre Lungen müssten bersten, und bis ihr das Herz bis zum Hals klopft. Schweigend trocknet sie sich ab. Xola ist nicht mehr im Garten, nur Gwenclle begleitet ihre Königin zu deren Gemächern. Die Prinzessinnen übernachten heute bei einer ihrer zahlreichen Freundinnen.

In der folgenden Nacht besucht die Königin den König seit Langem wieder einmal in seinen Räumlichkeiten. Es kostet sie einige Überwindung, an die Türe von Olofs Schlafzimmer zu klopfen. Einen Augenblick ist sie versucht, umzukehren und zurück zu ihrer Kammer zu gehen. Doch dann, nachdem sie eine gefühlte Ewigkeit auf dem Flur gestanden hat und gerade ihre Hand hebt, um anzuklopfen, hört sie Schritte am Ende des Ganges. Der König kommt von einer Besprechung. Olof, der, seitdem seine Frau ihn ertappt hatte, keine Buhlschaft mehr hatte, ist überrascht, dass seine Königin ihn zu so später Stunde in seinem Schlafgemach besucht.

„Willst du deine Königin nicht hereinbitten?", fragt Raa mit zitternder Stimme.

„Meine Königin hat mir wenig Anlass gegeben zu glauben, ich sei ihr König in den letzten Jahren. Aber bitte, tritt doch ein." Olof öffnet die Türe, gewährt ihr aber nicht den Vortritt, denn er geht voraus, um die Lichter zu entzünden. Zögernd folgt ihm Raa in sein Gemach.

Olof setzt sich auf einen Stuhl in der Mitte des Zimmers. Es ist der

Sessel, in dem Raa ihn bei seinem Stelldichein mit der Hofdame ertappt hat, und der König erinnert sich im selben Moment daran wie Raa. Doch er bleibt trotzig sitzen und verschränkt die Arme über der Brust. In diesem Augenblick begreift die Königin das Ausmaß des Leidens, das sie ihm seit ihrem Zerwürfnis zugefügt hat. Sie weiß nicht recht, wie sie beginnen soll, doch Olof macht den Anfang.

„Ich muss gestehen, ich war erstaunt, dich hier vor meinen Gemächern vorzufinden, zumal zu später Stunde." Der König erhebt sich plötzlich aus seinem Sitz und macht einen Schritt auf Raa zu, die zusammenzuckt und einen Schritt zurückweicht. „Oh, entschuldige, meine Teuerste, ich wollte dir nicht zu nahe treten", fügt er bitter hinzu.

„Hör bitte auf, mit mir zu spielen. Ich komme, um mit dir zu reden."

„Ha, ich soll aufhören, mit dir zu spielen? Du forderst viel in Anbetracht der Tatsache, dass du mich in den letzten zweieinhalb Jahren behandelt hast wie Luft, egal, was ich getan habe, um dich zurückzugewinnen."

„Ich war verletzt, was Wunder. Was hättest du denn getan, hättest du mich in den Armen eines anderen Mannes gefunden? Wärest du zur Tagesordnung übergegangen, als wäre nichts geschehen?", schreit Raa verzweifelt ihren Ehemann an. Er lässt sich wieder in den Sessel plumpsen, steht aber sofort wieder auf und geht zum Fenster. Mit dem Rücken zu Raa lässt er seinen Blick über den Burghof schweifen und über Steinstadt. „Ich weiß es nicht", sagt er leise.

„Wie bitte?"

„Ich weiß es nicht", wiederholt er etwas lauter. Raa in den Armen eines anderen ist eine unerträgliche Vorstellung und Olof ballt die Fäuste. Die Königin hat begonnen, im Zimmer auf und ab zu gehen. „Du hast mir nie ganz gehört. Für mich warst du immer die Einzige." Raa schnaubt verächtlich und hält in ihrem Lauf inne.

„Von wegen. Von Beginn an hast du mich betrogen. Wie wagst du es, mir zu sagen, ich sei für dich die Einzige. Ich bin nicht gekommen, um mich verspotten zu lassen. Ich habe alles aufgegeben für dich. Meine Heimat, meine Familie, mein Leben in Hochland. Nie-

mals habe ich einen anderen Mann auch nur angesehen, während du jedem Rock hinterhergestiegen bist, der an deinem Horizont auftauchte."
„Ja, das habe ich, und alle anderen Frauen hatten Freude an der körperlichen Liebe mit mir." Im selben Augenblick, in dem er es ausgesprochen hat, bereut Olof, was er gesagt hat. Raa hat Tränen in den Augen.
„Du kannst leicht reden. Meinst du, es sei schön, während der Geburt eines Kindes zu verrecken? Meinst du, es macht mir Spaß, ständig Angst zu haben, mein Leben zu verlieren wegen einer etwaigen Schwangerschaft?", stößt sie schluchzend hervor.
„Weißt du, im Grund bin ich gekommen, um mit dir einen neuen Anfang zu machen." Olof hebt die Augenbrauen. „Aber wie soll das gehen, wenn du davon überzeugt bist, im Recht zu sein. Es mag sein, dass bei euch im Südlichen Land nur Frauen von Wert sind, die freudig der körperlichen Liebe frönen und ein Kind nach dem anderen gebären, aber das ist nicht meine Haltung. Ich verabscheue eure Einstellung zu Frauen. Das Waisenhaus ist voll von Kindern, die von ihren Müttern auf der Schwelle des Krankenhauses ausgesetzt wurden, weil sie nicht in der Lage waren, noch ein weiteres hungriges Maul zu stopfen. Was willst du eigentlich? Ehwaz war keine Zuchtstute, das hast du gewusst, als du dich auf mich eingelassen hast", endet sie verbittert. Olof schaut sie betroffen an.
„Das denkst du von mir? Du denkst also, ich hätte dich betrogen, weil ich mir eine Zuchtstute gesucht hätte?"
„Das hast du doch gerade gesagt."
„Das habe ich. Ich habe das gesagt, weil ich dich kränken wollte."
„Ach, das ist aber freundlich." Olof fährt sich mit der Hand durchs Haar.
„Warum ich dich betrogen habe, weiß ich nicht genau. Als ich jedoch sagte, du seist die Einzige für mich, war das die Wahrheit." Raa will ihm ins Wort fallen, doch Olof hebt abwehrend die Hände.
„Du warst in der Tat immer die Einzige für mich, so widersinnig es für dich vielleicht auch klingen mag. Schon immer standest du über

mir in allem. Ich bin jetzt König, aber du bist vollkommen, Raa. Es war für mich manchmal kaum auszuhalten, dich zu lieben, weil ich nie und nimmer an dich heranreichen kann. Und du bist so unnahbar in deiner Vollkommenheit und immer hast du mich angelächelt mit deinem vollkommenen Raa-Lächeln und ich bin dir ausgeliefert mit allem. Diese Frauen …", Olof macht eine ausholende Handbewegung. „Ich glaube, diese Frauen machten, dass ich mich nicht so ausgeliefert fühlte und ich bereue es zutiefst", sagt Olof mit Verzweiflung in der Stimme. Die Eheleute stehen zwei Armlängen voneinander entfernt und für einen Augenblick oder für eine Ewigkeit sehen sie sich in die Augen, dann nimmt Raa wieder ihre Wanderung durchs Zimmer auf und Olof wendet sich wieder zum Fenster um und schaut hinaus.

Sie sprechen noch lange miteinander über ihre gegenseitigen Kränkungen. Für beide ist es schwer, auf den anderen zuzugehen. Im Morgengrauen sind die Eheleute müde vom Streiten und beschließen, schlafen zu gehen. Der König erwartet, dass Raa zu ihrem Zimmer geht, doch diese entledigt sich ihrer Kleider und steht nackt und fröstelnd vor Olofs Bettstatt. Sie sind sehr vorsichtig miteinander. Es ist anders als vor ihrem Zerwürfnis und Raa findet seltsamerweise zum ersten Mal bei ihm das, wonach es ihr verlangt, denn nun wissen beide, wie kostbar die Liebe ist.

Xola hilft Frolof in den Ställen. In den folgenden Jahren kümmert sie sich im Sinne Ehwaz' und mit Raas Unterstützung darum, die Stallungen zu erneuern und eine Zuchtstation in der Ebene aufzubauen, die sie „Beregirs Sowulo", „Beregirs Sonne", nennen. Die Arbeit mit den Pferden ist Balsam für Xolas Seele. Was sie erlitten hat, kann auch die Zeit nicht heilen, aber eines Tages spürt sie, dass ihre Vergangenheit ein Teil von ihr ist und dass ihre Geschichte Geschichte sein darf.

In dem Sommer, in dem Ana und Beruda die von ihrem Onkel Hana gefertigten Schwerter von ihrer Mutter geliehen bekommen mit den Worten: „Mögest du es nie gebrauchen müssen. Falls doch, mögest du siegreich sein", an ihrem fünfzehnten Geburtstag, ist der Abschied schmerzhaft für die Frauen, denn Beruda und Raa lassen ihren Zwilling ziehen. Wie einst Ehwaz machen sich Ana, Fürstentochter vom Lavendelhof, die zweifelsohne eine Hochländerin ist und immer noch hochländische Tracht trägt, und Xola, die sich ebenfalls nach dem Lavendelhof sehnt, auf zu der gefährlichen Reise über das Gebirge.

Um derer zu gedenken, die das Leben ließen, legen sie wie alle Reisenden vor ihnen einen Stein ab, bevor sie den Gebirgspfad betreten. Zwei Wochen reiten sie auf dem alten Pfad, den Sträflinge und Tagelöhner aus dem Gebirge geschlagen haben, nach Hause. Sie übernachten in Ignanstochter in Jos' Herberge während zweier Regentage, abgesehen davon haben sie mit dem Wetter Glück. Der Ritt ist anstrengend, doch die beiden Frauen reisen in der Geschwindigkeit, die ihnen zusagt, denn sie haben es nicht eilig.

So kommt es, dass der kleine Beregir an einem schönen Mittwoch außer der Reihe ein Schwitzbad nimmt, saubere Kleider anlegt und alle Arbeit ein wenig fahrig und unaufmerksam verrichtet. Er ist aufgeregt. Meta lächelt in sich hinein und freut sich still auf ihre Enkelin und auf ihre Tochter.

Um die Mittagszeit sehen die zwei Reiterinnen nach langer Reise den Lavendelhof in der Ferne auftauchen.

Am Fuße eines nach Süden ausgerichteten Steilhangs, zwischen Abhang und Fluss, liegt ein Gehöft, wie man es oft in Hochland findet. Wohnhaus, Stall und Tenne sind in einem Gebäude untergebracht. Vor dem Wohnhaus liegt ein großer Gemüsegarten. Um die Bienenstöcke, die an der Südseite des Schuppens aufgereiht sind, herrscht ein emsiges Summen. In Hochland ist das Klima rau. Doch aufgrund der geschützten Lage des Hofes gedeihen hier Obst und Gemüse, welches man sonst nur in südlicheren Gegenden findet. Lavendel wächst am Hang und Kirschbäume gedeihen im Garten.

Xola und Ana wissen in dem Augenblick, in dem Meta die Zugbrücke herunterlässt, dass sie zu Hause angekommen sind.

EPILOG

Die alte Frau ist müde. Meta ist heute Morgen aufgestanden, hat sich gewaschen und gekämmt, ihre Kammer aufgeräumt, eine Kleinigkeit gegessen und hat sich ihren gewachsten Umhang umgelegt. Heute ist ein besonderer Tag, das spürt sie. Der Frühling schickt seine ersten Boten. Die Krokusse brechen durch die Schneedecke, Vögel zwitschern vor dem Fenster. Der große Fluss beginnt anzuschwellen und die Tage werden wieder länger. Meta legt die Halskette an, die ihr Beregir zur Hochzeit geschenkt hat. Eine silberne Gewandspange in der Form eines Lavendelzweigs hält ihren Umhang zusammen. Seitdem sie aufgestanden ist, spürt sie ein Stechen in der Brust und ist außer Atem. Ein wenig möchte sie in der Ebene spazieren gehen und in dem kleinen Wäldchen flussaufwärts. Meta setzt sich auf die Bank vor dem Haus und lehnt sich mit dem Rücken gegen die Hauswand. Sie will aufstehen, um loszuwandern, doch sie kann es nicht. Zu stark ist der Schmerz in ihrer Brust. Doch plötzlich ist der Schmerz verschwunden und Meta erhebt sich. Sie fühlt sich so leicht, als wäre sie ein Hauch. Als sie an sich hinunter schaut, sieht sie, dass ihr Körper so jung ist wie damals, als sie Raa empfangen hat. Sie betrachtet ihre Hände und ihre Hände sind die einer jungen Frau. Meta wendet sich um und sieht Meta auf der Bank vor ihrem Haus sitzen. Dieser Körper sieht friedlich aus. Sie läuft zur Zugbrücke und findet sich auf einer weiten grünen Wiese wieder. Ein blaugraues Pferd galoppiert auf sie zu. Es ist Eisa und neben ihr reitet Beregir ohne Zäumung auf seinem Rapphengst. Ohne ein Wort zu sprechen, sagen Meta und Beregir einander alles, was es zu sagen gibt. Meta sitzt auf und sie galoppieren zusammen ins Licht.
Kurz darauf tritt der kleine Beregir vor das Haus und findet seine Tante. Zuerst denkt er, sie machte ein kleines Nickerchen, doch dafür ist es eigentlich noch zu kalt. Er geht zu ihr, um sie zu wecken, doch als er sie am Arm berührt, merkt er, dass sie verstorben ist.
Sie begraben Meta unter den Kirschbäumen neben ihren Eltern.
Zur Beerdigung kommen viele Menschen, Ana und ihre Familie, die auf dem Lavendelhof wohnt, Beregir und Xola und ihre drei Kinder, die im Abstand von jeweils einem Jahr geboren wurden und die in

Inroth zur Schule gehen. Der alte Gohor kommt mit Irmhild und Anhild, Begard mit seiner Familie, Hana mit seiner Frau, einer Matrosin aus Freistadt und viel Volk.

Ein besonders großer Stein wird auf Metas Brust gelegt, damit sie nicht zur Tag- und Nachtgleiche im Herbst aus ihrem Grab steigen kann, um die Lebenden heimzusuchen, denn sie ist mächtig gewesen im Leben. Dann erzählt man sich unter Lachen und Weinen Geschichten über die Verstorbene und feiert ihre Heimkehr zu den Altvorderen bis spät in die Nacht.

In Steinstadt ist Beruda seit dem Tode Olofs Königin vom Berg. Hier werden um die Mittagszeit des Tages der Beerdigung alle Hörner geblasen. In den Gassen stoßen sich die Leute gegenseitig an: „Eine Große unter den Menschen ist von uns gegangen", und die Familienangehörigen trauern.

So endet das Leben von Meta, die geliebt hat und die geliebt worden ist.

ANHANG

1) Zitat aus einem Brief des Ostgotenkönigs Theoderich, in dem er sich etwa um das Jahr 500 für die Schenkung von damaszierten Schwertern, wahrscheinlich aus Thüringen bedankt. Gefunden bei Wikipedia, „Wurmbunte Klingen".

2) Geißklee enthält pflanzliche Guanidin Derivate, wie sie zum Beispiel in dem Medikament Metformin enthalten sind. Gefunden in: Bäumler, Siegfried; Heilpflanzen Praxis heute, erschienen bei Urban & Fischer, München – sehr empfehlenswert. Nichtsdestotrotz ist Diabetes mellitus eine heimtückische Erkrankung, deren Behandlung in die Hände eines Arztes gehört. Ebenso ist von durch Nichtärzte durchgeführten chirurgischen Maßnahmen abzuraten.

3) Siehe Die Zeit online, Goldene Formel von Matthias Daum und Edda Grabar, August 2013 sowie arznei-telegramm 9/16: Im Blickpunkt Finanzielle Spekulationen behindern Versorgung mit Arzneimitteln.

4)   min libr nefe olof
       min son
       min tokter
       min gedanken sint bei eu
       libet eu fir imerdar
       makt file kinder
       halt fest eu glik mit bede hend
       eu eu libndr ulf
       konig fom sudliken land
       eu fater

Nach dem ältesten Futhark, also dem Runen-Alphabet, in der Völkerwanderungszeit vor allem von nordgermanischen Stämmen benutzt.

5) Nicht zur Nachahmung empfohlen, schön, dass es Impfungen gibt.

DANKSAGUNG

Ein Riesendankeschön geht an Bauedie, Jen und Corinna.
Dank auch an Annette.
Vor allem Anderen an meine drei Schätze.
Ihr seid der Mittelpunkt meiner Welt.